沐风 著

废墟中的宝盒

北京燕山出版社

目 录

第一天 …………………………………………………… 1
第二天 …………………………………………………… 55
第三天 …………………………………………………… 105
第四天 …………………………………………………… 133
第五天 …………………………………………………… 161
第六天 …………………………………………………… 181
第七天 …………………………………………………… 223
第八天 …………………………………………………… 249
尾声 ……………………………………………………… 273

第一天

　　找了半天，楼下小花园中一个人影也没有，树叶也都一动不动。没有风，只有正午的阳光推动着一阵阵热气扑面而来。远处，平日里车流不断的马路，此时像曲终人散的剧场，空空荡荡、无声无息。李一凡慢腾腾地从阳台回到屋里，踱步到挂历前，无聊又无奈地在5月的"15日"上画了一个圈，又把前面的"2003"四个数字描粗、描黑了一遍。他数了数，已经因为"非典"停学在家，憋了二十多天了。他又从地上拾起街道居委会从门缝塞进来的宣传单：

　　　　SARS"非典"预防知识
　　　　SARS，又称严重急性呼吸系统综合征（非典型性肺炎），是一种高强度传染性疾病，由一种未查明特殊病毒引起，通过呼吸飞沫传染，得病后死亡率较高，目前没有较好的有效治疗手段。北京已出现因"非典"死亡病例，疑似病例，部分小区居民被隔离。
　　　　街道居委会特此提醒社区内居民尽可能不要外出，不要去人群聚集的地方，每天每个家庭成员都要消毒、测量体温。家中如果有人发烧、咳嗽，必须马上打电话到防疫站，家庭成员主动接受隔离……

烦！就会瞎诈唬！传单更增添了李一凡的烦躁，"非典"已让他一礼拜没下过楼了。由退休老头老太太组成的"小脚侦缉队"，前几天还煞有介事地四处巡逻，街上还能看见俩人影儿，现在老太太们也都不敢迈出家门一步了！各居民小区都开始自行设置路障、关卡，或干脆就不让外人进出了。电视里介绍说，农村大多数村庄都实行了这种设防的土办法，外省市也不欢迎北京人再去了！

"我要疯了！"李一凡在心里默默地喊道。"妈！"他冲卧室叫了一句，没有人回答。作为区图书馆管理员的母亲也因图书馆关闭留守家中，名为"照看"实为监视他已有二十几天了。他走到妈妈那屋一看，他妈妈居然背对屋门睡着了。"看来老虎也有打盹儿的时候！"他小心地轻轻关上门回到客厅，抄起电话就给住在对面小区的同学和玩伴儿裘莹莹拨通了电话。

裘莹莹最大的优点就是平时像公主似的傲气，可只要哄上两句加上软磨硬泡，求她干什么事都好商量。李一凡经常对胡大雷说："树没有皮必死无疑，人不要脸天下无敌。"这一招数是对付裘莹莹的必胜法宝！他曾用这一招儿蹭过裘莹莹的零食、饮料，狂抄她的作业。可好友胡大雷从未听从过他的建议。可也邪了，裘莹莹每次还上赶着倒贴胡大雷，好像胡大雷让她做点什么事都如同恩赐一般，这也是李一凡最无奈的。按他自己的话说，自己先天条件不足。记得有一次本该胡大雷李一凡他们这组留下做值日，可正赶上学校高中篮球决赛，他们俩太想看了。李一凡虽是厚着脸皮向还在教室里写作业的裘莹莹求了多次，可"裘大小姐"就是无动于衷。后来还是胡大雷破天荒地离着老远用可有可无的口气对裘莹莹说了一句："哎，能帮我们做一下值日吗？"裘莹莹就像早有准备快速抢答一般地说道："行，你们快点吧，快开赛了！"等他们看完比赛回来发现，这是"他们"做得最干净的一次值日！可仅此一次，胡大雷此后却再没有让裘莹莹帮忙做过值日，其他的事就更甭提了。

当李一凡听到听筒那边有人拿起话筒，赶紧表现出乖巧的样子说："阿姨，我找裘莹莹。"听筒那边传来了久违的欢快清脆的笑声，过了好一会儿，笑声停下来才传来声音："小四四，你找阿姨我干什么呀！"原来是裘莹莹接的电话。"小四四"是因为李一凡戴眼镜，裘莹莹给他起的外号。李一凡脱口而出："讨厌！"又赶忙怯怯地低声说道："你不能乘人之危赚便宜呀。"现在只要能接到外来的电话，见到一个陌生的人影，裘莹莹都会兴奋。在家闷了二十多天了，不但没有同学来玩、一起聊天，表姐还整天关在家里练她自小就不喜欢的钢琴，还全是什么枯燥的 C 大调、b 小调练习曲，没有一首是裘莹莹喜欢的。现在，她是要多烦就有多烦。裘莹莹本来接到李一凡的电话心里很高兴，可听到李一凡敢说她讨厌，她立刻板起了脸故作冷淡地说："打电话有什么事呀，前天不是把作业都告诉你了吗？"李一凡的态度立刻变好了："不是作业的事，你也好些天都没出去了吧，我也是。可昨晚在阳台上，我看见胡大雷还拿着鱼竿和网子从我家楼下路过呢，他还喊我了呢。""是吗？"裘莹莹一听到"胡大雷"三个字，心中微微一颤，有些兴奋。

可以说，胡大雷几乎是她心目中的英雄，是她内心深处崇拜的偶像。胡大雷住在不远处正在拆迁的平房区。裘莹莹、李一凡和胡大雷就读的黄城根学校是九年一贯制学校，他们三人要从小学一年级到中学九年级一直在这个学校学习，还始终在一个班，她、胡大雷和李一凡还曾是一个学习小组的。胡大雷现在还是班长，而自己是学习委员，两人经常在一起。有两年多，他们三人每周都有一次早去晚归做值日的机会，那是她在学校里最快乐的日子。她可以为胡大雷洗擦课桌的抹布，她扫完地可以命令胡大雷给她倒垃圾去。他们两个曾被李一凡称作"一对"。第一回她听到此话时气哭了，还告了老师。第二回她只是象征性地轻轻踢了李一凡一脚,心底里还有些窃喜。三个人的这些"业余生活",给她平淡如白纸一张的学校生活,画上了一道绚丽的彩虹。

她模糊地知道,胡大雷的爸爸是在远洋船上工作,平常胡大雷只是和他奶奶住在两间小平房里。年迈的奶奶平常不怎么管他。他们家住的那一块儿地方叫东宫城角,出门不远就有一条从故宫里流出的小河和一个小湖泊,旁边还有一个不高的小土山。这个小湖泊也就如同农村里的小水塘一样大,只是周边很不规则,以前的石砌堤岸也全塌陷了。小土山也只有十几米高,是当初用挖湖的泥土自然堆积成的。传说古代时这里曾是皇太子宫殿的后花园,民国时还住过大总统。可后来日本鬼子来了,由于当时宅子的主人不与日本人合作,日本人就以修路为名把宅子高大的院墙拆了,花园也毁了。再以后,这里的花园就成了许多贫民自由盖房居住的地方,那一带唯一的一座好房子,是位于水塘另一侧不远处的一座西洋式二层小楼。而那里如迷宫般的胡同、小山、小水塘,都成了胡大雷放学做完作业后的天堂。他写作业的速度跟考试一样,总是全班第一。李一凡给他起外号叫小李飞刀的弟弟——小胡飞笔。胡大雷一写完作业就在那一带自由地撒欢儿。曾有一次裘莹莹做完值日后没有直接回家,大胆地和他俩体验了一次在湖里钓鱼的经历,那是她终身难忘的经历。

那次,他们俩先是拿胡大雷用竹竿自造的鱼竿垂钓,可都二十多分钟了也没钓上一条,她又急于回家,不断地催促胡大雷和李一凡快点让她看见鱼的模样。李一凡最后不耐烦地说:"鱼呀,鱼呀,你快来上钩吧,吃我喂你们的大餐吧!你怎么不听我的呀,要是捞鱼多快呀!"胡大雷听到他叨咕的话不但没烦他,反倒是自信地说:"裘莹莹,你信吗,十分钟我就让你带着一群小鱼回家!"

"真的!你们怎么弄?"

还没等她说完,胡大雷已没影了。不到一分钟胡大雷就拿来一个用铁窗纱折叠成的简易簸箕。他不好意思地对裘莹莹说:"我用公共厕所的窗纱做的。""大博士,是你提议的,下水吧。"他又扭头对专心垂钓的李一凡喊道。"干吗,不会吧!"李一凡看见他手里的"铁渔网"就知道要干啥了。"你又不是第一次,快点吧,人家还得赶回家呢!"胡大雷用命令的口吻催促道。李一凡听后不情愿又不得不服从地说:"哎,真是重色轻友,为了美女什么都豁得出去!"裘莹莹还没明白怎么回事,他们居然就转过身去把外裤脱了,穿着小裤衩蹚着湖水轻手轻脚地走到湖中心,水都快漫过他们俩紧绷的小三角内裤了,让她看着有些脸红。可他们的奇特举动,又吸引着她目不转睛地紧盯着。只见他俩四只手攥住"铁簸箕",全不顾湖水浸湿了内裤,深弯腰把它伸进水中,一起低声喊道:"一、二、三!"就直起腰使劲地向岸边跑来。俩人四周水花飞溅,波浪一直荡到岸边。蹲在湖边的裘莹莹看见俩人跑来时涌过来的波浪,赶紧站起来往高处跑,可还是被溅了一身水。他俩刚一跑上岸就喊:"嘿,快拿瓶子来。"裘莹莹赶忙把自己早已准备好的矿泉水瓶子递过去,先前里面已装了多半瓶湖水。她每天上学带一瓶矿泉水,他们三人来时说好了,让她今天用这个瓶子装小鱼回家,放养在她家的水族箱里。她看见他们俩一边紧张地喊"捂住!盖住!放这条!"一边小心地从纱网中把一条条乱蹦的小鱼捏进矿泉水瓶中。他俩竟用这个自创的"渔网"抄上来好几条小鱼,她心里真是乐开了花,既因为有了小鱼,也因为胡大雷能为她下水。她凑过去时,只见李一凡非常小心地把一条长得特别古怪,像毛毛虫似的"鱼"放进瓶子里,还得意且神秘地说:"这是我的特殊礼物,也算是我给的补偿吧!"胡大雷和李一凡的脸上都闪现出一种神秘诡异的笑容。裘莹莹看着他俩半湿贴身的衣裤,压低了头不敢正视他们俩,低声说:"谢谢你们,我得赶快回家了,不然我妈会急了的。"那几天,她回家后的第一件事是看那些小鱼,给那些小鱼喂食。

三天后的周末，在部队工作的父亲回家，看到了水族箱里新增加的小鱼和那个"怪物"，询问她那"怪物"是哪里来的，她把这次捕鱼的经历一五一十地讲了一遍。她这才从父亲口中得知，那个"怪物"的学名叫"水蛭"，俗名叫"马鳖"，是专门吸食人或动物鲜血的害虫。听到爸爸的介绍，她后脊梁直冒冷汗。如果李一凡在身边，她会直接掐住他的脖子，不过后来爸爸又告诉她，这东西晒干了也是很好的中药，她才平静一些。"怪物"被爸爸用镊子夹走了，她更喜欢那几条小鱼了。

可现在，已有二十几天了，她不但没出过家门，并且再没见着过胡大雷。猛然听李一凡说看见胡大雷了，裘莹莹急忙问："你们俩说话了吗？"李一凡答道："当然，说了半天呢，对了，他让我今儿中午找他去山上喂松鼠呢，有好几只呢！他在家里等我。你，你去吗？咱一起去。我妈睡着了。"李一凡的话让裘莹莹怦然心动，她妈妈也恰好睡着了，可现在是"非典"时期，每天都可能有人染病去世，还有人因为与"非典"病人接触被隔离。电视上一再说没事不要外出，而她妈妈则改成了"无论什么事都不准迈出家门一步"。

她真的太想出去了。可是，妈妈要是醒了发现她出去……对，叫表姐一起去。她对电话那边的李一凡说："你别挂，我先问问我表姐。"

此时，表姐方海琴正无聊地靠在床上看旧杂志，她也没心思练琴了，虽说再过一个月就要比赛了。本来她从大连来北京临时借住在二姨家，就是为了让中国音乐学院的辛教授指导"冲刺"一下，可来了没两个月就赶上了"非典"，辛老师家也去不成了。"海琴姐，咱们一起出去一会儿？还有我们同学呢！去那湖边的小山上，那儿没有人。"裘莹莹试探地问道。方海琴听了裘莹莹的话先一愣，她想不到这个乖乖女居然有这种大胆的想法，不过表妹倒是说出了自己这几天来最盼望的事——出去透透气。"真有你们同学？"方海琴还是迟疑地问了一句。裘莹莹立刻回答道："当然有，还有一个住在拆迁的胡同那边，他特棒，什么都行，敢在湖里潜泳。"自小在海边长大，看惯了周围同学比赛潜泳的方海琴，一听表妹夸北京的孩子会潜泳，不自觉地轻蔑地说道："嘻，他能潜多久多深，我和我们同学都是下海里潜泳。"裘莹莹不服输地说："他现在这天儿就敢下湖里潜水，我曾亲眼看见过！今天还要上山喂松鼠呢。"裘莹莹的话太有诱惑力了！方海琴看了看二姨所在的另一间屋，还是稍有犹豫地说："二姨醒了找不到我们怎么办？回来怎么说？"裘莹莹想了一想："你昨天不是还说要下楼买东西吗，咱们留个条儿。"方海琴也想到了这一步，真是不谋而合，她又想了一想，下了决心："对，写个条儿，咱们一会儿就回来。我写吧！"方海琴去写留言，裘莹莹轻巧地跨了两大步到电话旁："李一凡？""哎，你出来吗？"裘莹莹低声兴奋地说道："马上出去，你在胡大雷他们家那边的缎库胡同口等着，我和我表姐一起去，一会儿就到。"

裘莹莹穿了平常难得有机会穿的淡紫色短裙和胸前有花边的黄色T恤，方海琴则穿了一条弹力牛仔裤和淡粉色衬衫，她俩又都穿上同一个牌子的白色旅游鞋。方海琴还不知从哪里变出一条黑白格发带系在头上。裘莹莹看上去很娇柔妩媚，而方海琴精神抖擞得像个运动员。她俩出门前都没忘了各带上一个口罩挂在胸前。

李一凡来到临近交通主干线的缎库胡同北口时，已不敢确定这里到底还是不是胡同口了。这里在年初就开始了成片的危旧房改造，原来的住户，搬走一家拆一家，搬完一院，推土机推平一院，而所谓的拆，就是把房子先推倒，如果是结实一些的房子，就把房顶捅几个大窟窿。这里绝大多数人家都搬走了，胡大雷家是因为等远航出海的父亲回来签字，属于"坚守阵地"的几家"钉子户"之一。

原本比较狭窄的胡同，全被渣土湮没了。本来渣土是要运走的，没想到四月份"非典"来了，这种可怕的传染病，把本来就对大城市有恐惧感的民工们吓得全都以最快的速度逃回老家了。碎砖瓦、碎木板组成了一望无际、连绵起伏的"废墟",几处灰土坑中的几汪浅浅的积水,已变成墨绿色,红色的小线虫不知何时以何种方法游了进去,在里面自由地撒起欢儿来。

李一凡拐过半堵残墙,刚到胡同口,就有几十只麻雀"呼"的一下全惊飞起来,两只野猫也从一块木板下蹿出来,吓了他一大跳。虽说"非典"只有一个多月,砖瓦堆上、墙头上已长出了成片的野草,野蒿、二月兰、蒲公英都已争相怒放。李一凡心想这要是做成电子游戏的场景,玩打仗游戏太适合了。他小心地走进砖堆中想拣着点什么,可又没发现有啥可拣的。"怎么刀疤老头儿老能拣到好东西呀!"李一凡自言自语道。

这一片儿一直是"刀疤老头儿"负责打扫街道、收拾垃圾。"刀疤老头儿"的脸上有一个很深很长的刀疤。据大人们说,他以前是小洋楼主人的司机。可他的脸不知怎么被弄成那种"鬼"样,人见人怕。这些日子,每天还能在街上见到的人就只有他了,他的铁皮垃圾背篓里永远不缺"宝贝"。平日里,每天早上四五点钟他就把这一片的胡同扫干净了,下午再出来捡"破烂"。拆迁这些日子他最忙活,四处寻"宝"。他住的是一间临街房,院墙上镶着的"文物保护单位"石匾,让他躲过了拆迁。

正当李一凡用木棍掀开一大块石膏板屋顶棚,弯腰低头往里看时,身后传来一个低沉威严的声音:"不许动!找存折呢?"李一凡被这突如其来的声音吓得一哆嗦。他忙回头一看,竟是裘莹莹。他摘下口罩惊喜地喊道:"你真来了!"裘莹莹一仰头把口罩摘掉,以胜利者的姿态对他说:"怎么着,就你敢!快点去找胡大雷吧!这是我表姐方海琴。"

"海琴姐!"李一凡冲方海琴点了点头,就打开话匣子,"你就知道胡大雷。这一片哪儿还叫胡同呀,你看像不像刚打完仗。这

'非典'真的是太可怕了，没一个人敢上街了。我妈连美容院都不去了。听说以后这儿也要盖楼了，真没劲。咱们走墙缝儿胡同吧，能抄近儿。"边说着他领着她们拐进一条弯曲的几乎只能通过一个人的窄胡同中。胡同两边的墙体大多只剩下一人多高，院子门口的门墩和门板也全让古董贩子拆走了。

"这胡同几百年了都这样，能出'非典'？那病都是住高楼大厦里才能得的……"李一凡一边走一边继续嘟囔，发着牢骚，口罩也没再戴上。

"我爸说要是以后真的打仗，恐怖分子就能使用这种细菌战。我爸这几天一直在部队不回家，是一级战备状态。说了你也不懂。"

"我不懂？！日本731部队就是，他们造的鼠疫就是！一发病全村人都得死，房子也得烧了。不过呀，我得纠正你一下，'非典'可不是细菌引起的，是病毒引起的。病毒比细菌小多了，一个细菌的体积能顶上几十个、一二百个病毒那么大。"李一凡看到他的话已引起了裘莹莹的兴趣，就继续故作深奥地说道："病毒也有大有小，种类不同形状也不同，有像一节小木棍儿似的叫杆状病毒，也有的像那个蒲公英花球似的叫冠状病毒。'非典'病毒形状就像花冠，是冠状病毒，得在电子显微镜下才看得见。我上小学时就有一个普通的显微镜，能看见细菌看不见病毒。"

"我最喜欢吹蒲公英了，怎么到你嘴里就变味了。"

"这不是我起的名，是国外医学家起的。国外还有许多医学家根本就不认为病毒是生物。它要是没寄生在人或动物身体里就没有吃的，只能每天休眠，自己根本就没有生命。它得和人的细胞融合在一起才能活。对了，细菌是一个变俩，病毒可以一个变好几个，就跟那蚯蚓似的，分成几段还都活着。"

"你一说话就那么恶心。还是我表姐家好，能驾船去大海，什么病菌病毒的都沾不到。"

这时方海琴用无奈的语气搭腔道:"可我倒了大霉了,关在你们这儿了。"一开始她还真没注意这个身材单薄、个头不高、妹妹嘴里的"小四四"。可李一凡的一番话,让她感到这个"小四四"肯定是看了不少书。李一凡听了方海琴的话后,故意幸灾乐祸地说反话:"有本事走啊,也可能还有更大的霉在后边呢!"裘莹莹听后立刻回击道:"你乌鸦嘴!一路就没好听的,你快戴上口罩吧你。"

没走几步路,三个人就到了胡大雷家门口。胡大雷家是从一个大杂院中隔出的一个小院儿,随墙砌的小院门紧闭着。

"胡——大——雷!胡——大——雷!"李一凡和裘莹莹站在胡大雷家小窗户下面压低嗓子叫道。窗户"吱"的一声打开了。胡大雷探出了脑袋:"真来了!裘莹莹你也……你们再大点声也没事儿,这一片没别人家住了,我奶奶耳聋。晚上有刺猬咳嗽我奶奶都不知道。"裘莹莹惊奇地张大了嘴:"这有刺猬,它还会咳嗽?"李一凡催促道:"这你也新鲜,赶紧上山逮松鼠吧,我可不能待太长时间。"

当胡大雷走出院子时,一只手拿着一个饮料瓶,里面装了半瓶花生米,另一只手拿着一个铁丝编制的小笼子,他向脸上带着疑问的裘莹莹解释说:"逮松鼠用的,是我自己做的,里面放点花生进去就能逮松鼠了。"裘莹莹对胡大雷的崇拜又增加了几分。她想起身边的表姐,马上向胡大雷介绍道:"这是我表姐,叫方海琴。她家住在海边,她和她同学都能在海里潜泳。"胡大雷大方地伸出手说:"海琴姐好!我长这么大都没见过海呢。""我也没逮过松鼠。"

刚才李一凡也称呼自己"姐"时,方海琴觉得挺自然,现在听到高大健壮的胡大雷也这样称呼自己,她心里还真有了一点优越自满的感觉。方海琴也大方地握了一下胡大雷伸过来的手,两人还会意地一笑。裘莹莹没想到他们的这种举动,她自己还从来没有和胡大雷握过手呢。

"快走吧,快走吧,赶紧上山吧,还不知道找得着找不着呢。"

李一凡催了一句。

"你跟我说的是喂松鼠，可没说逮，不许逮。"

"咱们往树下倒点花生，看看它怎么吃就行了。"

"那些松鼠都特聪明，只要我一摇这瓶子，它们听见声儿就知道有人来喂食了，几个老太太就老这样喂。"

"小松鼠太老实单纯了，你们两个太坏了，今后不许逮。"

四个人一边聊着一边疾行穿过两条小胡同来到土山脚下，又顺一个小缓坡爬上小土山。山坡下平静的湖面如翡翠般碧绿无痕，由于"非典"时期街上没有往来车辆排出尾气，湖水中倒映的天空也显得格外澄澈湛蓝，浮动的云朵也是格外洁白灵动。远处金黄色的故宫角楼和红色的城墙，掩映在绿树丛中若隐若现，琉璃瓦反射出的金色光点在树叶的缝隙中跳跃。方海琴的心，有如见到大海一样舒畅，可再转身往另一侧眺望，那几间在"危改区"内残留的老平房，则像是在浅滩中挣扎的鲤鱼。耸起的屋脊如同鱼背，一排排黑色的陶瓦如同鱼鳞，它们布满伤痕的身躯，趴伏在碎砖烂瓦组成的泥潭中。这景色不免让人心生惋惜。还好，远处故宫城墙下边还有一片保存完好的平房，那一排排规整的屋顶排列得整齐有序，像是列好队的鱼群，顺着如洋流般的胡同排开，不争不抢，缓缓地游向远方……

"哎，你们睁大眼睛，仔细地在树枝、树梢上找，松鼠最爱藏那儿。"胡大雷大声提醒着四下分散的三个同伴。裘莹莹不愿让胡大雷小看了自己，她仔细地寻找起来。小山常常长满杂乱无章的松树、柳树、槐树、碧桃……要想找到一只松鼠也不是很容易。就在几个人蹑手蹑脚地四下里寻找时，裘莹莹突然大叫起来："呀，晃死我了，什么呀，那么亮！"她这么一叫，剩下的三个人立刻向她那里凑过去。李一凡一边走一边抱怨道："我的娇小姐，又怎么了，有松鼠也让你给吓跑了。"裘莹莹看大家过来了，先是有意让胡大雷离自己更贴近，又用手指着不远处一座拆了一半的二层小洋楼说："你看你看，那里什么反光那么亮！"胡大雷顺着裘莹莹的手指往那小楼上望去。他眯着眼睛仔细扫了一下，真的在二层天花板和楼顶之间不大的三角空间内看到一束刺眼的亮光，从太阳照射的角度来看，显然是个什么东西反射了太阳光。还没等他说什么，方海琴先喊出来："我也看到了，像是镜子。"个子矮又被挤到后边的李一凡一边向前挤一边说："是不是窗户呀，拆房肯定有碎玻璃，有什么大惊小怪的，在哪儿呢，让我看看。"裘莹莹听到他先说的那几句话，本来不想告诉他在哪儿，可为了证明自己不是大惊小怪，她还是指给他看，并厉声训斥道："睁大你的小四眼好好看看，你们家窗户开在吊顶上？"李一凡仔细地找了找，真的看见了，而且千真万确非常耀眼。"宝贝！值钱的宝贝！"他在心中喊道。他爸爸就是常把贵重的东西和小工艺品放在柜子顶上，以免他够着。小时候父亲也给他讲过，在江苏老家，祖宗牌位和传家宝都是放在屋里顶棚中！

这东西是什么呢？他又撩起上衣擦了一下眼镜，再戴上后眯起眼睛仔细地看了看，这一看又让他的眼睛像是火燎了似的疼了一下。他实在是忍不住了："一定是宝贝，那家人藏的。快去拿！"还没等其他人反应过来，他已经往山下小跑了。"财迷慢点，是我发现的！"裘莹莹边喊边追了上去，没跑十几米，其他三个人都超过了李一凡。"哎，我这不争气的腿呀！"李一凡无奈地长叹道。

等跑到小洋楼下，他们才发现，小洋楼的吊顶离地面得有七八米，刚才是在山上看，正好与洋楼二层吊顶一样高。洋楼是用红色水泥砖砌成，窗户四周边框镶着刻有花纹的白色花岗岩，屋顶上盖的是红色长方形的陶瓦，一座砖砌的方形烟囱立在楼顶边缘，通向楼内的壁炉。从拆开的侧面看到，木质吊顶与屋顶之间是用一根根拇指粗细的钢条连接着，它们焊接交织成了一个个大小不一的三角形，组成支撑屋顶的桁架。李一凡他们到了楼底下后，反而看不到那个反光的东西了。

怎么办呢？李一凡仔细看了一下四周的环境。洋楼已拆到一半，像是从中间自上而下斜着砸开，拆毁的砖瓦已堆成小土包，挖掘机就停在土包上。挖掘机的长臂和铁铲就搭在拆了一半的楼房后墙上，后墙如同很陡的不规则的台阶，通过后墙能够爬到楼顶上和吊顶上。吊顶是木制的，看上去倒是很结实。

"如果先爬到那挖掘机的铁臂上，再从那儿爬上墙，从墙上爬到吊顶上就行了。"李一凡停顿了一下，又自言自语道，"谁上呢？"胡大雷抬头看了看抢先说道："我上，这不算什么，我爬的枣树比这高多了。""我也上，我们那儿海边上的石崖比这陡多了。"方海琴也跟了一句。李一凡虽是知道怎么上，可要让他爬上去，他还真的有点肝儿颤。他忙说："我扶你们上那个车，给你们观敌瞭哨儿。"裘莹莹本想说和胡大雷一起上去，可看到楼顶那么高，一想到要爬上去，心就"突突"地跳，腿不自觉地有些发抖。她是真的不敢呀。可是表姐上去她却不能上，又让她心里很是不平衡。"表姐，你也上呀？"她不禁问了一句。方海琴当仁不让地答道："我得接应他！"

胡大雷打头阵，方海琴第二，裘莹莹第三，李一凡殿后，他们一个跟着一个爬上了挖掘机。站在机器的平台上，裘莹莹既觉得很新奇，又觉得自己很了不起。她还从来没爬上过这种大机器呢。挖掘机的铁臂像一座倾斜的独木桥搭在墙头上，而"桥"面上还有一个光滑闪亮的圆钢管，真的是太不好走了。裘莹莹紧张迟疑地问道："这能爬吗，墙上也那么窄？""没事！"胡大雷说话时已经弯腰屈腿，双手半扶半抱着钢管爬到铁臂上。方海琴也如法炮制爬上去了。

裘莹莹的心都提到嗓子眼了，双手绞在一起，手心儿里全是冷汗。也就几秒钟，胡大雷他们俩已经登上了洋楼的后墙。胡大雷直接迈了上去，方海琴也在胡大雷连拉带拽下登上墙头。胡大雷和方海琴在残破的墙上直起腰时，额头上已微微冒汗。脚下的墙面倒还不算太窄，胡大雷仔细看了一下，它们是一横一竖地用水泥砌筑的，宽近半米，不像四合院平房的砖墙，都是用白灰砌成的。他转身征求方海琴的意见："咱们接着往上？""嗯！"方海琴虽只是"嗯"了一声，可声音干脆、坚定，胡大雷心里感到踏实多了。他放心大胆地顺着墙头的斜坡向上方二层吊顶处爬去。每当他发现手下面的砖头有些活动时，他就尽量把它们掀起来扔下去，这样方海琴爬过来时，就安全多了。随着他爬得越来越高，砖头扔到地上的声音就越来越响，有一块还把一棵高大的野蒿砸折了。砖头每响一声，裘莹莹的心就紧缩一下，那砖头像是砸在她心上。

多亏了吊顶和楼顶间那些圆形钢条，它们交错组成一根根斜拉杆。胡大雷一走到顶端，就顺手攥住了近处的一根，稳住了身体。经常爬树的他一下子感觉安稳多了。他蹲下来把另一只手递给了脸上全是汗水的方海琴。他俩喘了口气后，胡大雷与方海琴商量："我一人上去就行了吧，看看是什么，拿下来给你。"方海琴已经一条腿跪在墙头上，脸庞绯红，她点头叮嘱道："你也小心！"经过前一段时间的"长征"，她真觉得他们会捡到珍宝。"放心，小菜一碟。"说话的同时，胡大雷双手紧紧抓住两根成45度的斜钢条，双脚用力一蹬就离了墙头，身子腾空如秋千一般荡了起来，又一下子身轻如燕地落在了小洋楼的吊顶上。"动作太美了！"方海琴不禁在心中暗暗赞美道。

胡大雷一站到吊顶上，就看到侧前方一米外，紧邻吊顶被拆断处的他们心中盼望的"宝贝"。如果拆房的人再往前多拆几厘米，它就会露出来掉下去。那是一个长方形的、外表镶镜面的长方盒，原本用黄色牛皮纸包着的。盒子卡在吊顶上的一个特意打造的木制暗格中，木暗格也被拆掉了一面。巧合的是在拆房时，可能是房顶的木棍或瓦片在下落时刚好把牛皮纸给剐破了，正好让宝盒明亮如新的镜面露出来，可下面的人是根本看不见的。

盒子冲外的一面的包装纸虽然都被剐破了，可两旁侧面还是被木板轻轻地夹着，胡大雷用力把手伸到下面，把盒子一点儿一点儿抠出来。

"宝盒！月光宝盒！真的是宝贝！"胡大雷兴奋地把盒子举起来，大声地向下面的裘莹莹、李一凡喊道。他又转身小声对方海琴说了一句："还真的是宝贝。"方海琴露出欣慰兴奋的笑容，她捋一下粘在额头上湿透的发梢，露出整个红润的脸庞，深深地冲胡大雷点了点头。

裘莹莹不知是太高兴了，还是因为刚才太紧张的心一下子放松下来引起的，看到胡大雷举起宝盒的一刹那，在她露出灿烂笑容的同时，人斜靠在了挖掘机驾驶室的铁门上，嘴里不停地念叨着："太好了，太悬了！"李一凡倒像是一位军师似的，很镇静很平稳地说："怎么样，我说得没错吧。现在，关键是要小心地拿下来。"他这话倒是提醒了裘莹莹，裘莹莹赶忙抬头大声地对胡大雷喊道："胡大雷你快下来吧，下来再高兴！一定要小心！"裘莹莹的喊声也提醒了方海琴，她也意识到还不是高兴的时候："胡大雷，先别急着打开，咱们先下去。上山容易下山难，我腿都酸了。"听到方海琴的话，再看到她已半趴半跪在墙上，胡大雷点点头，弯腰又从房屋斜杆下钻了回来，先趴着探过身子，一只手牢牢地拉住身边桁架的一根钢条，另一只手伸直了，把宝盒递给方海琴："给你！""好，你怎么过来？要小心。"方海琴伸直手臂把宝盒接了过去。

是啊，过去时有钢条抓，回来可是光秃秃的墙面。"我再向上爬一点就行了。"胡大雷又抓着钢条往上爬了半米，这样他就可以侧过身直起腰来把一只脚先搭在墙上。"看看砖结实不结实。"李一凡在下面喊道。胡大雷用脚踹了踹砖头没有松动，喊道："结实！"他一用力，身体的重心就向踏在砖墙的脚上移动，双手再用力一推吊顶与屋顶间的钢条，整个身体重心就移了过来，另一只脚也同时踩到了墙面，紧跟着弯腰屈膝，双手伸向下方紧紧地扣住了墙体两侧外

沿。李一凡在下面的挖掘机上高举右臂,食指和中指做出了一个V字形大喊道:"耶!"裘莹莹也高兴地把双手捂在胸前默念道:"上帝保佑!"

方海琴把宝盒又交回到胡大雷的手中,倒退着向下爬。随着离挖掘机和地面越来越近,她的紧张的心情慢慢地开始放松,步伐越来越稳。胡大雷是下一两层砖就把"宝盒"放在墙上一次,再下一两层砖再放一次,高度不断降低。

当方海琴最后一蹦,跳到挖掘机上时,裘莹莹禁不住眼含泪水,上前紧紧地抱住了表姐。胡大雷把宝盒递给李一凡,跳下来后假装委屈地喊道:"就没人抱我了吧!"李一凡伸了一下舌头说:"我抱你?咱俩就成gay了!我闭眼,裘莹莹你抱他一下吧!""呸!找踹你!"裘莹莹松开表姐,转过头来娇嗔地骂了一句。方海琴掸了掸衣服,捋了捋头发说:"先别逗了,看看宝盒吧!""对,对。"李一凡用T恤衫擦了擦盒子又仔细看了看,双手抱着掂了掂,"还挺沉的,你们俩功劳大大的!"

盒子顶盖是木制的,木纹如绚丽的花瓣,宝盒的正面是上下两块严丝合缝地合在一起的玻璃镜子。上面一块镶着玻璃雕花,雕花晶莹剔透,这也正是裘莹莹当初看到的那面。盒子另外三个侧面同样是木制的,闪着厚重的枣红色亮光。盒底部的木板非常厚,摸起来更显光滑密实,乌黑发亮。从侧面看上去盒子分两层。盒顶盖也从中间分成两部分,好像只有临近正面的一半能打开,像钢琴盖一样。玻璃雕花的花瓣恰好能作为打开宝盒的抠手。李一凡对胡大雷说:"你托着,我打开。"胡大雷接过盒子,双手托住,李一凡用拇指抠住花瓣就扳。裘莹莹担心地嘱托道:"你千万小心点儿。"方海琴在他扳起时也叮嘱了一句:"太精美了,慢一点儿,多像钢琴盖啊。"盒盖并没有一下子打开,打开的过程像是给钟表或玩具上弦似的,"咔、咔、咔"地轻轻响了几声。"海琴姐你太神了,就是钢琴!"盒子打开了,里面正是一排比例缩小的钢琴键盘!琴键是用黄铜制成的,非常规整、精致。

正当四个人的脑袋全凑在一起仔细观察时,盒子里突然传出了奇妙的音乐。裘莹莹大喊道:"八音盒,钢琴八音盒!"她对八音盒太熟悉了。她小时候每次过生日,无论是爷爷、奶奶、姥姥、姥爷还是其他人问她要什么礼物,她都会说:"八音盒!"八音盒是她的最爱,她不仅喜欢它们演奏出的美妙的音乐,也迷恋它们神奇的制作工艺。她家里收藏了好几个八音盒,它们的外形有的被造成了小房子,有的是白雪公主跳舞的样子,有的像首饰盒,如同这只一样。也正是由于她对八音盒的喜爱,父母以为她有音乐天赋就给她买了架钢琴让她自小练习,可她对弹琴却没有多少兴趣。那架钢琴反而成了表姐来她家时的最爱。

方海琴被八音盒演奏出的乐曲迷住了。她虽然会弹的乐曲不是很多,可听过的乐曲绝对不算少,她可是从音乐学院附小上到附中。无论在学校还是在家中还是在课外班,音乐几乎是她的生命的全部。她这次来北京准备参赛,临时辅导她的辛奶奶也要求她不仅要多弹更要多听,让她寻找到音乐的感觉。可是不用说这段乐曲的曲调,就是对这乐曲的风格,她也只是隐约感到似曾相识,而这乐曲,却又是这么动听、迷人,似梦似幻。正在她迷惑不解时,乐曲忽然戛然而止。几个人全都怔住了。"这音乐太好听了,很神秘。"李一凡感叹道。"是啊,跟咱们刚走过的那片胡同似的,没有人,特安静,还挺幽深的。"胡大雷附和一句。"打开下一层看看。"李一凡不死心地又冒出了一句。

从宝盒的外观上看,它是还能打开一层的,可几个人把宝盒翻过来掉过去地仔细查看了一番,却没找到下面一层的按钮或抠手。下一层的上下两部分也是严丝合缝,连个头发丝都伸不进去。"你伸进指甲抠一下。"李一凡对胡大雷说。胡大雷也正想找个下手的地方，他试着把指甲往里划。正当几个人全神贯注地想打开这宝盒时，不远处传来了一声令他们心惊肉跳的巨吼："别动，给我放下。谁也不许动！"胡大雷他们几个被这如惊雷般的声音吓得一哆嗦，裘莹莹下意识地双手抓住了表姐和胡大雷，李一凡下意识地把宝盒"啪"的一下盖上，夹在了他和胡大雷的前胸间，两人都不约而同向前迈了半步，护住宝盒。他们顺着声音扭头一看，在小洋楼后边已拆到一人高的残墙外面，刀疤老人正扒着墙头的砖头，脑袋越过残墙死死地盯着他们的一举一动，他的表情透出万分的焦急和恐慌，他那本来就吓人的脸庞此时更是让人感到胆战心惊。他正双手撑着墙头要翻过来。"刀疤老头儿！他要抢宝盒，快跑！"其实伙伴们就在身边，李一凡却声嘶力竭地喊道。

其他三个人听到他的话，想都没想就拉着他往挖掘机的扶梯跑去，刀疤老人的吼声和他那张令人生畏的面孔，让方海琴和裘莹莹万分恐惧，跑，成了她们俩的第一反应。方海琴第一个下扶梯，走了一半就跳了下去。李一凡跟着方海琴也只在扶梯上走了两步就跳了下去，又赶忙回身伸手接裘莹莹，嘴里还喊道："别慌，小心。"如果不是表姐和李一凡接着，裘莹莹还真有可能跳下来就摔趴到地上。还没等她着地，胡大雷几乎也同时抱着宝盒"嗖"的一下跳了下来。他指挥道："我们往这边跑，他得从那儿绕过来，他翻不过墙来。"他们不是再朝门口，而是朝小洋楼侧面院墙的一个豁口处跑过去。

跨过近一米高的残墙，墙外是两边堆满废砖瓦的只能一人通过的小道。这里原本是一条名叫后库夹道的窄胡同，现在两边废砖一挤，胡同几乎是似有似无。他们四人踩着废砖瓦深一脚浅一脚，不顾一切地往前跑。胡大雷、李一凡包括裘莹莹都不是第一次见到刀疤老人了，平常他们对他已有些恐惧，今天更是怕上加怕。方海琴今天是第一次看见，刚才与刀疤老人对视的那一刹那，她吓得几乎要崩溃了，那张脸太恐怖瘆人了。刀疤老人那自上而下贯穿整张脸的刀疤，像是要把头颅劈开两半，而凌乱地挡在脸前的灰白头发，既挡住了大半个脸，也挡住眼睛，让那从发梢间射出的目光更显凶狠。

"别跑，你们站住！站住！"后边追来的刀疤老人仍边跑边声嘶力竭地喊叫着，声音如同振膜破裂的高音喇叭一般沙哑、混浊不清。李一凡跑的时候不住地扶着自己的小眼镜，不知是眼镜要往下掉，还是跑时震得眼镜晃动让他看不清道路，跑着跑着他的步伐就有些离了歪斜了。裘莹莹虽是还拉着表姐的手，可刚跑到胡同的一半，就明显地有气无力，原本平行拉着的两只手，已变成一只向后扯拽了。刀疤老人的喊声，把她吓得快要哭出来了，加上这一快跑，她觉得心脏都快从嗓子眼儿蹦出来了。慢慢地，她几乎变成让表姐拽着跑了。跑到前面一个丁字路口，看着刀疤老人与他们的距离越来越近，李一凡弯腰喘着粗气说："分开跑吧，我快不行了。""我和海琴姐跑得快，我们俩吸引他，你们俩先往那边跑。"胡大雷说着就先把裘莹莹和李一凡拉扯到左边的岔路上，又把宝盒交到了裘莹莹的手中："你拿好宝盒。"本来裘莹莹还不想同意这个方案，想和胡大雷在一起。可当胡大雷把宝盒交到她手中时，她的心里一下子又涌出莫名的感动和满足感。"李一凡，你带她往妇产医院宿舍那儿藏着，我们待会儿找你们去。"胡大雷对那片楼群非常熟悉，那一带有四座五层住宅楼全在一个大院里，是妇产医院的职工宿舍。前几天胡大雷还曾到那个院的传达室，用公用电话给远洋船上的爸爸打电话。有时，他也按约定时间在电话旁等父亲的来电。

裘莹莹在李一凡的陪伴下，双手把宝盒抱在胸前，朝那片楼群小跑了过去。裘莹莹临走时还是有些不放心地嘱咐道："你们也小心点儿，快点儿找我们来。"裘莹莹万万想不到，在以下的几分钟内，她的命运将发生翻天覆地的改变。

胡大雷看见他们一走，就把已湿透的衬衫脱下来，随手捡了一块刚拆下来的整砖头裹在里面，又走回到丁字路口。刀疤老人已跑近，他弯着腰，脸上脖子上全是汗，气喘吁吁地拼着老命往前跑。看着他这可怜的样子，胡大雷都有些不忍心再跑了。可为了引开他保护裘莹莹他们，他又不得不跑。他举起手中裹着砖头的衣服向刀疤老人高喊道："嘿，宝盒在这儿呢，你快来拿吧。"说完，他就拉起方海琴向另一个方向跑去。本来方海琴还要想说什么，看到了刀疤老人的样子，她真不忍心再跑了。可胡大雷没给她一点表达自己看法的机会，就已拉起了她的手强拽着她往前跑去。"哎，你先听我说两句，先别跑……"方海琴还在做最后的努力。这条道倒是离胡大雷和裘莹莹家越来越近了。

李一凡、裘莹莹两人没用一分钟，就上气不接下气地跑到了妇产医院宿舍院。来到这里，李一凡感觉像如鱼得水，这里的"地形"他太熟悉了。这里住着几个他以前小学的同学，他常与胡大雷等几个同学到这个院滑旱冰。"走，到最后一栋楼，在那儿的后院墙有一个小门儿。咱们进可攻，退可逃，不怕刀疤老头儿。"李一凡护着裘莹莹快步走到了最后一栋楼。裘莹莹这时大脑几乎是一片空白了，已没有什么想法了，李一凡怎么指着走她就怎么走。她最想做的事，就是能找个地方坐下歇会儿。可当他们来到后院墙时傻眼了，后墙的小门居然用碎砖砌死了，上面还贴着一张大红纸，上面写着："为预防'非典'，此门近期封闭！望居民同志们谅解！妇产医院宿舍街道居委会。"

"又是居委会那帮人，谅什么解呀，'非典'是从你们这个门传出去的。"李一凡抱怨着嘟囔道。他看了看四周的环境。侧面是高高的砖墙，楼的对面是自行车存车处。这时，又有两个像高中生的男孩，从楼的另一个单元出来了。李一凡认出，这两人是这一片儿出名的"小玩闹"，经常欺负年纪小的同学。李一凡急忙拉着裘莹莹走进楼内单元过道中。可是，听着那两人说话的声音，像是朝他们这边走来。"上楼，到楼顶上去，那里有平台能看四周情况。"他搀扶起裘莹莹向楼上爬去。

当李一凡、裘莹莹几乎用尽了最后一点力气，到了楼的顶层后，又傻眼了。这里确实有通向楼顶平台的半截楼梯，可是通向楼顶平台的铁门也上了锁！"肯定又是居委会！"李一凡真想上去踢铁门一脚。他俩像软泥一样瘫坐在楼道里。歇了几分钟，李一凡意识到不能再这么坐下去了。怎么办呢，他想了想与裘莹莹商量道："裘莹莹，你坐在这儿先歇一会儿，我下去侦察一下，看一下胡大雷他们来没来，来了我喊你。"裘莹莹瘫软地坐在了楼梯台阶上，被汗水浸透了的头发全贴在了头上，湿透的衣服也紧贴在身上。她双手抱着宝盒，无力地点了点头，又费尽力气说道："一定快点儿，我跟表姐还得马上回家呢。"她心里开始着急和害怕了，她妈妈肯定该醒了，如果发现她们私自跑出去这么长时间必然要发火，她都不敢再往下想了。

李一凡这时心里也有些发慌，他终究也是偷偷跑出来的，从他小时候到现在，这也是第一次。他也很想尽快与胡大雷他们会合。他"咚咚咚"地跑下楼去，到了二楼时，他从楼梯的窗口向下望了望，院中一个人都没有。是啊，这种居民院在"非典"时期又是在大中午，怎么会有人呢！他走出单元门四下里看了看，还是什么人都没有。他急忙小跑到院门口向四下张望，仍不见人影。李一凡心里有些打鼓了：咦，该来了，他们会在哪呢？他又往右侧来时的路口走了十几米，到了路口。

胡大雷他们此时已跑到了他家胡同口，胡大雷感觉回到了自己的地盘，心里有了底。他看到刀疤老人还在拼着老命紧随其后。方海琴跑步一停下就蹲了下来，要不是胡大雷拉了一把，几乎就瘫坐在地上了。胡大雷的棉布小背心也全湿透了，拿着一块砖头跑，也着实让他觉得很累。胡大雷等刀疤老人离自己和方海琴七八米远时，冲着他大喊道："你追我们干什么呀，你看看，就是一块砖头，有什么可追的。"他说着就把衣服打开，把整块砖"咚"的一声扔到了地上。当刀疤老人看见抛到地上的砖头时，一下子惊得嘴大大张开，什么声音都发不出来了，像是那整块砖砸到了他头顶上，"咕咚"一声瘫坐在了地上，又懊恼地大叫一声，像是几乎要从嘴里喷出一口血来。方海琴看到老人这样，心里无比懊悔，她真想过去解释一下，安慰安慰老人。可看到老人那因懊恼愤怒而扭曲，变得更加恐怖的面孔，再想到表妹拿的宝盒，她又退却了。她低声问胡大雷："那宝贝是不是与他有关系呀，你看他那样？"

"他是这一块扫大街捡破烂的，宝盒跟他能有什么关系呀。他就盼着捡到宝贝发大财。"胡大雷愤愤地抢白了一句。突然他想起曾听到过奶奶她们几个老人说过，刀疤老人曾是那小洋楼主人的用人，好像还当过司机呢。"他可能也认识这宝盒。让他坐着歇着吧。咱们先绕那条道找裘莹莹吧，他们肯定着急了。"方海琴一想也只能如此了。可是她没想到就这一会儿工夫，裘莹莹那边已经发生了天翻地覆般的巨变。

李一凡还靠在十字路口的电线杆下等着呢，就在他在路口不停地四下张望，还没想好下一步怎么办时，一辆警车开来，带着两辆警笛鸣叫的救护车，闪着车顶警灯，风驰电掣般从另一侧开进了宿舍院。"喔啊，是不是'非典'呀！"李一凡忍不住自言自语了一句。说心里话，他这几天慢慢地也开始害怕起"非典"了，而哪儿一有救护车警笛响，就预示着哪里可能出现"非典"病人了。可他又忍不住自己的好奇心。他看车开进去后，又往院门内走了两步，看了看救护车往哪儿开了。这一看不要紧，吓出了他一身汗，车是往最后一栋楼开去了。不会吧！不会是最后一栋楼出"非典"了！他一边想着一边骂自己是乌鸦嘴。他提心吊胆地快速往院里小跑过去。当他走到最后一栋楼时傻眼了。救护车竟然就是停在了他们刚才藏身的最里面的第四单元！而且在第四单元和第三单元之间还拉了一道警戒线！警车的顶灯依然在闪着具有威慑力的刺眼的灯光。好几家住户的窗户都打开了，窗户都仅仅开了一条小缝，人们微探出半个脑袋往外张望。这下可惨了，裘莹莹还在里面呢吧？！这可怎么办呀，胡大雷你快来吧。李一凡的脑子立刻"嗡嗡"作响，心里乱成了一团麻。他壮着胆子往前走了几步，到离警戒线还有两三步时，就被站在四单元门口的一个警察看见了。警察大喊一声："躲远点！"他下意识地退了一步，不敢再向前了。他双手拧着潮湿的衣服原地站着，束手无策。不行，不能这样。李一凡豁出命似的仰起头，拼全力接连喊了两声："裘莹莹！裘莹莹！"四周寂静无声。

　　坐在楼梯上的裘莹莹在李一凡下去后一直未动。从下面楼道里不断有阵阵凉爽的微风吹上来，还真让她感觉舒服多了，湿透的衣服贴在身上，让她渐渐感觉到身体有些冷了。她捏了捏腿，感到一阵酸痛，此时嗓子眼干得快冒烟了。就在她准备站起来时，她突然隐约听到楼下有救护车的警笛声。没等她再往下想什么，就听到了多个人由下往上跑的声音，楼道被踩得"咚咚"直响，楼板震得轻轻颤动。大约是到了三楼吧，就听见有人喊："拉上警戒线，戴好防护面罩。"紧跟着，是"咚咚咚"的敲门声。怎么回事呀，她小心地慢慢地一步一步顺楼梯往下走。走到第五层和四层之间时，她看到了第四层和第三层之间有两个人穿着有面罩的防护服站在那里，手里还拿着喷雾器，正在往楼道里喷消毒液，消毒液的气味马上飘了上来，她家也每天喷，而那两个人穿的防护服她也认得，这两天电视报道传染病医院大夫抢救"非典"病人时，大夫们都穿的是这种防护服。这防护服她也曾在爸爸部队中看见过类似的。人们一穿上它，从外表上就看不出是谁了，全都一个样。"非典！"她一下子猜到了，害怕地又往回退了几步。她看到已有一个大夫在前面抬着一副担架往外走,担架上好像躺着一个女人,裘莹莹看到了耷拉在担架外的长头发。这时五层一家住户的门打开了,一位七十多岁的老奶奶先探出半截身子也往外看了看。她先看到了往后退的裘莹莹的背影。"小姑娘,下面怎么了?"老奶奶慈祥地慢声细语地问。"是'非典',三楼、三楼有'非典'病人,正往外抬、抬呢。"裘莹莹已吓得说话都哆嗦了,全身也随着颤抖的双腿抖动起来。老奶奶听后也惊得"啊"了一声,顺楼梯向下走了几个台阶,侧身往下看了看。看完她赶忙对裘莹莹说:"你快上来,别往下走。"老奶奶说着已走到楼道中。这时裘莹莹转过身来,看到了老人。老人头发全是灰白的,可梳得非常整齐,还别着一副发卡,身上穿着一件淡蓝色棉布睡衣。老人面庞非常白皙,布满了皱纹。老人虽是听到裘莹莹的话很吃惊,倒也没有露出十分惊慌的样子,正在面带微笑地从头到脚打量她。当老人的目光最后落在裘莹莹手中的宝盒上时,老人的目光也从慈祥变成了惊诧,面部表情也一下子凝固了,全身也仿佛中了宝盒的魔力,都僵在那里。裘莹莹下意识地把宝盒更紧地抱在怀中。老奶奶的表情让她想起了刀疤老人的表情,他们仿佛是一个样子!

　　大约有一分钟时间,老人像是进入梦境一般僵立在那里。这一分钟,她们俩四周的空气几乎都如同坚冰一样冻结了、凝固了。裘莹莹也是站在那里,一动也不敢动。老人好像是经过了沉思,终于又回到了现实,恢复常态开口说话了,她用克制、平静的语气问道:"姑娘,你不是这个单元的吧,怎么上这儿来了?"老人这一问,倒让裘莹莹犯难了,她使劲咽了咽唾液,声音有些沙哑地说道:"我,我也没想来,不小心,走上来了,走错了,我想上楼顶平台的。我也着急回家呢……"说着说着,泪水不知不觉地充满了眼眶。老奶奶走近了一些安慰道:"孩子,别急。等一等。别在楼道里待着,小心空气传染。先进我家来。你住在哪儿?"老奶奶一边说着一边先是摸了一下她的肩膀,似是轻轻地推她到了屋门口。老奶奶临进门又声音不高地冲下面喊了一句:"什么时候能让下去呢?""赶紧进屋等着吧!甭想着下去了。"下面传来了一声严厉的呵斥。裘莹莹本来还不知是该进去还是不该进去,自己还抱着宝盒呢!可这声斥责,吓得她不情愿地快速挪动脚步进了屋里。

这是套小两居室,客厅也非常小,近似于过道,只摆了一张小桌子和两把椅子,墙上挂着一幅画着春天自然风光的油画。老奶奶让她坐在桌旁的椅子上,"你先喝点水,歇一下。你出来家里知道吗?"老奶奶这一问,裘莹莹的眼泪"哗"的一下下来了,她想到妈妈是肯定醒了,看到她俩还不回去会气急了,她怎么说呀。老奶奶看到她不断滴落的泪水,急忙进卫生间拿了一条白毛巾出来说:"好姑娘先别哭。一会就好了。我待会儿出去再看一眼。"老奶奶把毛巾递给裘莹莹,又仔细扫了一眼她手中的宝盒,不经意地问了一句:"怎么现在'非典'时候跑这里来了?"裘莹莹毫无戒心地仍然抽泣着答道:"我和同学约了出来玩,去了小土山又去了'小洋楼',就到这儿了,也就一会儿的时间。"是啊,虽是发生了这些变故,其实从她出来到现在也不到两个小时。老奶奶听完她说的话,心里有一些底了,慢慢地说道:"你坐着,我开门看一眼他们完了吗!""我,我跟,跟着您……"裘莹莹还是想早点回家。

李一凡此时已慢慢地走到了三单元对面的存车棚拐角处。他觉得躲在这儿安全些,他看到不一会儿就从四单元抬出两个病人来。就在这时又开来了一辆警车,一名警察戴着口罩还用手捂着口罩,仿佛恐怕漏进去什么似的走下车来。警察来到警戒线旁冲救护车的医生含糊不清地喊道:"嘿,我们来了,怎么着?上面让我们过来,这儿怎么办?"一位医生戴着专用医护口罩,手上也戴着透明橡胶手套,从救护车的后门走出来说:"应该确诊了,我们马上回医院,再确定一下。这里消过毒了。你们一个守在这儿,一个上楼守在楼道上面，市里有指示，只要发现了疑似病例必须立即隔离。什么人都不能进出，这里得马上隔离。""你们得留人呀，我们懂什么呀，也没法解释呀！"警察不满地抱怨道，一只手把口罩捂得更紧了。医生停顿了一下说："你等等，我再请示一下。"医生又回到了驾驶室，过了不到一分钟，医生又出来对警察说道："好吧，我们也留下两人，警戒线你看好了，千万不能放人过。"警察不耐烦地说："知道了，知道了，赶紧把人拉走吧。"

他们的对话李一凡一字不落地全听到了。"这回可惨了！"他已明白自己是别想进去了，就看让不让裘莹莹出来了。要是裘莹莹刚才也跑出来就万事大吉了。当救护车拉着警笛一开走，他也急忙跑到院门口，这种情况得赶紧告诉胡大雷他们。就在他急得直跺脚时，胡大雷方海琴他俩小跑着过来了，看他们的样子也是累得够呛，步伐也是跟跟跄跄的。看见他们俩越跑越近，李一凡又有些心虚了，怎么跟他们说呀。全是自己的主意造成的这个结果。哎，只好改编改编吧。胡大雷他们也看到了他，先开口了："咱们回我们家，我们甩掉刀疤老头了，裘莹莹呢？"李一凡有些心虚地放低了声音回答道："哎，现在遇到比刀疤老头儿更麻烦的事了。你别急啊，你们听我说啊。"李一凡把刚才的整个过程又讲了一遍。不过，他把他和裘莹莹上楼说成了两人商量的，他一人出来是因为裘莹莹让他出来找胡大雷，他不敢不听。胡大雷一听就一只手抓住他的衣领怒吼道："裘莹莹让你一人出来找我们，她那么胆小，你敢说不是你出的主意。"李一凡也急红了脸，掰开胡大雷的手大声回敬道："是我让她在那等的，我也不知道会有这事呀。她一有什么事，就怪我！"两人此时已是怒目而视。方海琴赶紧站到两人中间，对他们俩说："你们俩怎么回事呀，都什么时候了还吵架呀。埋怨有用吗，现在最要紧的是找莹莹啊，我二姨非急死不可。我怎么……"说到此，一向比较坚强的方海琴也开始嗓子发堵，她使劲咬着嘴唇控制住自己，嘴唇几乎快让她咬破了。她真是后悔死了！她甩掉李一凡胡大雷二人就快速往宿舍院里大步奔去，现在最重要的是马上见到表妹。胡大雷对李一凡喊道："赶紧前面带路呀。""就是最后那楼，警察都拦上了。"李一凡说着眼圈也红了，声音也有些哽咽，跑到了方海琴的前面。三人默默地跑到了警戒线前。此时已有几个胆大的年轻人在楼下三三两两地议论着，"那家两人'非典'，肯定完了。""这一隔离至少半个月，谁也甭想进甭想出。你就是住这儿也没用。""离那边远点，空气都有可能传染。""赶紧回家吧，这日子不知道哪会有危险，就自己家还安全点……"

这些人都离警戒线较远，谁也不敢靠前一步。警察已坐在了一把折叠椅上。三人这回真的是傻眼了，方海琴再也忍不住了，泪水无声地滑落下来。"怎么办呢，我怎么向我姨交代呀，怎么办呀？我怎么能让她一人离开我走呢。"她越说越难受，人不由自主地几乎要瘫倒在地上了。胡大雷看到她的样子心里感到无比的内疚，他劝说道："别，别哭，海琴姐，是我让她和李一凡跑的。不怪你。你们别动，我过去问问，求求警察。""那还是咱们一起吧，咱们都有份儿，我罪过最大，但愿警察能放了裴莹莹，她又不住这儿。"李一凡随声附和着。

三个人一起走到了警察面前，他们的举动也把警察吓了一跳，警察马上站了起来："你们仨小孩干什么，不要命了，赶紧躲远点儿。"胡大雷先开口了："警察叔叔，刚才我们一个同学进这单元了，她不住这儿，是，是来玩的……路过，能让她出来吗？"李一凡帮腔道："对，她就在楼道里，本来正要下来呢。"警察瞪了他们一眼："上哪玩儿不好，上这儿来，不行。什么人也不能进出。""警察叔叔求求您了，我是她姐，我们一起出来的，她回不去家里人也不干呀，我求求您。求求您！"方海琴边擦着满脸的泪水边哭着求道，人又半蹲到警察的身旁，并用双手拉住了警察的胳膊。警察的一只手还捂着口罩,原本是要发火,想甩掉方海琴的手,可看见她流着泪,也不戴个口罩,再看她那哭得让人揪心的样子又不忍心了,只好忍下来说:"你先松开,看见没有,那还有医生呢,这里绝对不让进出。我让你进,不但我得被撤职,也害了你,刚拉出去'非典'病人了。""我妹妹怎么办呀,她是碰巧来的。"方海琴一只手依旧抓住警察的胳膊,仿佛这胳膊成了她的救命稻草。这警察看样子也就二十多岁,让已是成熟少女的方海琴这么一拉着,再看到她脸上不断流淌的泪水,也发不出脾气来了。他同情地问道:"她干什么来了,肯定在上面吗?""肯定在上面,本来我们想上楼顶平台歇会儿就下来的。""她在五楼楼梯那儿歇着呢。我就是在你们到之前刚下来的。"李一凡赶紧上前解释道。警察听到李一凡的话下意识地退后了一步,从腰后拿出一个步话机,一手拧开开关按住按钮,一手把口罩掀开一道小缝儿对着步话机喊道:"老赵,老赵,听到了吗?""听到了,有事请讲!"步话机里传来了回答的声音。

"楼上,楼道里是有一小姑娘吗?"

"是,有一个,碰巧进来的,刚才还在这儿哭来着……,我让她回五楼的一住户屋里,给她家打电话去了,有一个老太太在旁边陪着呢。"

"明白。"

年轻警察把步话机一关,对方海琴说:"听见了吧,赶紧回家吧,你们家人都知道了。"

方海琴听到警察的对话,泪水更是如泉水般涌了出来。她真不知道回家怎么向二姨交代,二姨会急成什么样子。李一凡劝她道:"阿姨都知道了,你先回家看大人怎么办,你不赶紧回去不行,你得知道她电话里说什么呀!"

方海琴缓缓地站了起来,松开了手中的救命稻草,失魂落魄地在胡大雷和李一凡的陪伴下低头无语地往家走去。

到了楼门口，方海琴停下来站了一会儿对胡大雷、李一凡说："你们俩就别上去了，上去更添乱，有什么事我再打电话告诉你们吧。你们家长肯定也着急了。""那你记住我电话，32005852。我再告诉胡大雷。"李一凡知道胡大雷家没有电话，他也确实怕再不回家他妈会急疯了。"我记住了。"方海琴一句话也不愿再多说了。胡大雷无奈地低头移动了脚步，临别又回头看了一眼满脸泪痕的方海琴："你也小心。是我们连累了你。要不，还是我们一起向你姨解释解释？"方海琴摇摇头，没言声儿就上楼去了。这更增加了胡大雷的自责。"唉！"他叹了一声，重重地给自己脑袋一拳。李一凡看他这样子，上前劝说道："这不赖你，看看她打电话说什么再说吧，也许没事呢。我，我也得先回家了，咱们，咱们怎么办呢？"胡大雷也不好拦着李一凡，是啊，他们本来都是他招出来的，也是找他来玩儿才有这些事，他也不能拦着别人回家呀。他最后嘱托李一凡："晚上八点时我在你家楼下的街道上，你到时在楼上告诉我裘莹莹怎么样了，不行你给她家打一个电话。"

"行，挨骂我也得问出来，你也小心刀疤老头儿，他不会善罢甘休的。"

"我现在还想找他算账呢。"胡大雷说话时拳头攥得紧紧的，狠狠地咬了咬牙。最终，俩人依依不舍地分手了。

在刚才，当方海琴在楼下软磨硬泡时，裘莹莹也在做最后挣扎。在她的央求下，老奶奶从抽屉中拿出一副自己做的加厚的大口罩递给裘莹莹："好闺女，戴上它，系紧了再出去。"看到裘莹莹"武装"好了，老奶奶才和裘莹莹来到楼道中，向下走了两步，老奶奶用手搂住裘莹莹安慰说："好孙女别怕，有奶奶呢，啊。咱们也不能再往下走了，危险。"老奶奶安慰了她一会，看她稍好了一点就说："奶奶再替你下去几步问问他们。"老奶奶又隔着一层楼梯，向楼道里拦着她们的警察和防疫人员喊道："这个隔离什么时候能解除呀。

消完毒两小时后就能过了吧？"仍然戴着大口罩和帽子的防疫人员看了看老奶奶说："大妈，您以前是干什么的呀？"老奶奶诚恳谦逊地答道："不瞒您说，我以前与您同行儿，也当过护士，不过我是在妇产医院。对'非典'确实不太懂。""我看出来了，您虽然干过医护，可您真的是不懂'非典'和新定的政策。"那医护人员口气很大地说道，"前天刚规定的，哪儿发现了疑似的病人必须完全隔离。何况刚才一下拉走俩，百分之百是'非典'。这隔离怎么也得几星期吧。我们也只能在这儿受罪了。您老也快回去吧。多说一句，我也容易被传染！""是，你们真不容易。可这孩子，你看……"老奶奶又试探着问。"先搁您家代养着吧，您学学雷锋……"那防疫人员大大咧咧地说了一句，就摆摆手，什么也不说了。老奶奶摇了摇头，不再说什么了。她知道跟他说是没用了，又看了一眼警察。警察没等老奶奶说话就先说了："这事我也不能做主。您先让她去您家，给她家里人打电话吧。"警察说完也往身前抬了抬手，示意老奶奶离开。老人想了一想也只好如此了。她走回来蹲下来，跟裘莹莹脸对着脸细声地说："孩子，你都听到了吧。你呢，先再跟奶奶回屋去给家长打个电话。现在你不告诉他们也不行了。有奶奶呢，奶奶会帮你说。楼道里空气不好咱们先回去。家长会有办法的，啊！"老奶奶的话使裘莹莹的情绪缓和了很多。她也不忍让老奶奶总在楼道里这么待着，现在只有按老奶奶说的做了。她点了点头，拉着老奶奶的手一起回屋了。

裘莹莹来到客厅拿起电话，她的手紧张得直抖动，老奶奶马上把手搭在她肩膀上说："别怕，孩子，有奶奶呢。"裘莹莹一下一下慢慢地按下她家的电话号码。当她听到她妈妈的"喂，您好！"的声音时，泪水夺眶而出："妈，我回不去家了，我错了。"

"是莹莹吗，你在哪儿？我看见你表姐留下的字条了，你们俩也太没王法了，你们在哪儿？我都快急死了。"电话里她妈妈的话像机关枪一样"突突"不停，这些话又像泥石流一样迅猛地向她倾注下来，把她压垮了，她不由自主地跌坐在椅子上。她能想象出妈妈着急生气的样子，她擦了一下眼泪啼哭着说："我，和表姐没在一起，我们走散了。我在一奶奶家。"她妈一听到她的话更急了："你说什么？你们俩走散了？你们去哪儿了？我说没说过不许出去？"裘莹莹真不知怎么向她妈解释，这两个多小时所经历的事情比她以往一年甚至几年经历的事还多。平常她就是上学、回家、写作业，每天走的也是学校与家之间的固定路线。裘莹莹无助地抬头看了看老奶奶。老奶奶看着她那淌满泪水的脸庞心疼地说："好吧，孩子，我跟你妈说两句。"她从裘莹莹手中接过电话后对着话筒说："孩子她妈，你好！你不认识我，我姓梁。你先别着急，听我说一下情况。我住在离你家不远的妇产医院宿舍院里。是这样，我们这院儿里也有几个你女儿这么大的孩子，小孩们憋得时间太长了就约着来这院儿玩儿。太不巧的是，刚才我们这个单元里发现有两个疑似'非典'病人。不过还好已经拉走了。可不巧的是，我们这个单元就给隔离了，什么人都不让出去。你女儿跟人家防疫人员和警察都说了半天了，我也请他们通融来着。我是正好碰见了你女儿。可人家有人家的制度，也是为了大家好。现在她在我家呢，我可以打保票，只要我老太太没事，她就绝对没事。我今年都七十多岁了，女儿出国了，家里就我一个人。我年轻时在妇产医院当护理护士，孩子临时在我家休息一会儿绝不会受委屈的，你放心吧。你看看你和孩子她爸是找谁、什么部门，商量商量怎么让孩子早些回去，千万别再埋怨孩子了，这不是赶上特殊时期了嘛。"裘莹莹的妈妈听到一半时，人已站不住了，一手扶着墙就瘫坐在椅子上，等全听完了已是气不得，恼不得，感觉心痛如刀绞。电话中隐隐约约又传来了女儿裘莹莹的哭声，她自己也抑制不住地泪如雨下："这孩子怎么这么不让大人省心呀，她们要是出事我可怎么活呀，我可怎么办呀？您家在哪儿，我马上过去。"她想扶墙起来，可又感到力不从心，有些头晕目眩。老奶奶听到她的话忙说："您别急，现在隔离了，您来了也不让上楼。您爱人在家吗？你们先看看能找哪个部门说一说，再接走孩子。万幸的是，孩子不是还好好的嘛。啊，别急，先想想办法。您要是先慌了，那俩孩子不是更不知怎么办了嘛，别再吓着她们。"是啊，莹莹从小到大好像也没有离开过自己，没有这么哭过。女儿的哭声让她对女儿的怜惜之情又超过了气愤。可老奶奶的话提醒了她，还有莹莹的表姐呢，莹莹的表姐更不能出事，出了事自己怎么向姐姐交代呀。她擦擦泪水说："梁大妈，谢谢您。孩子她爸在部队工作，过会儿我就打电话给他。孩子就暂时让您多费心了。不是客气，真的太谢谢您了。这要不是遇到您，还不知道怎么样呢。您把电话给她，我问问她表姐在哪儿，她们真让我操碎心了。"梁奶奶客气了两句，把电话给了裘莹莹说："孩子，没事的，好好跟妈妈说。""妈，是我。"裘莹莹的声音怯怯的，微弱如蚊蝇一般。"哎，你呀，你呀！你先老老实实地在奶奶家待着，无论什么事都不准出屋了，我马上告诉你爸爸让他想办法。你告诉我，你和你表姐在哪儿分开的，有多长时间了？""就在土山旁边的一个胡同里，拆迁的那一块。她和我们班班长胡大雷在一起。他们家还没拆呢，还住在那儿呢。"胡大雷家，莹莹妈妈是认识的，她有两次接裘莹莹回家是顺着那个胡同走的，路上还与胡大雷聊了几句，那孩子很聪明也很有礼貌，就是胆子太大心太野，这好像是胡同里长大的孩子的通病。她想，她先找到方海琴才是最重要的。她对裘莹莹说："你好好在那儿待着，听奶奶的话，绝对不允许出屋。向奶奶要个口罩戴上，听见了吗？我还得找你姐去。你问问奶奶还有什么事吗？"裘莹莹转身把电话递给梁奶奶并说道："奶奶，我妈问您还有事吗？"梁奶奶接过电话说："没什么事了，你记一下我家电话号码吧，我每天很晚才睡，你要找女儿说事就来电话。""太谢谢您了,还不知要给您添多大麻烦呢。您说吧,我记着呢,对我女儿您也别客气,就像对您孙女一样管教。都怪我没管好……"

裘莹莹的母亲没有马上给她父亲打电话,而是穿好外套先下了楼。她觉得现在最重要、最紧急的事是先找到方海琴。她刚走到楼道的二层,就看见正在楼道内扶着楼梯踟蹰不前,暗自落泪的方海琴。"海琴……"方海琴抬头看见了姨妈,马上忍不住愧疚无望地哭诉道:"姨妈,对不起,对不起!我没有照看好莹莹。您骂我吧,是我不该带她出去,她、她、她……"裘莹莹的母亲一把将外甥女紧紧地搂进怀里,泪水如雨线般洒在方海琴的头上,她带着埋怨的口气安慰道:"别哭了,好孩子,二姨都知道了。你不该在这儿不回家呀,你让二姨急死了。你有什么事应该先回家告诉二姨呀。""我错了,我错了,您骂我吧……"

方海琴已在二姨怀里哭成了泪人。"别哭了,不哭了,莹莹已经打回电话了,没事的。咱们赶紧回家,给你二姨夫打电话,看看有什么办法让莹莹出来。"方海琴听到这里努力止住泪水说:"那就快点吧。"她随着二姨上了楼梯,她仿佛又看见了救命的稻草。

当裘莹莹的父亲裘仲昆在电话中听完裘莹莹母亲说完事情的经过,并愤恨地斥责他长期不回家,还要求他立刻回家想办法把女儿救回来时,眉头几乎拧成了一个疙瘩。是啊,作为父亲、丈夫他太不称职了。他已有近两个月没有回家了,可作为军人他又不得不坚守在这里。自从"非典"在全国爆发后,许多部队尤其是他们这支专门负责防疫防化的队伍,就进入了一级作战准备的状态,随时准备开赴疫情区。不用说回家,他们一个多月睡觉都不脱衣服,而且就驻扎在军用飞机场跑道旁临时搭建的帐篷中。妻子来电话有急事找他,也是经过好几个弯才转过来。他还是保持着军人的沉着冷静安慰妻子道:"孩子她妈,你也别太着急,一个已经知道在哪儿了,一个已经回来了。现在情况还不算太严重。而且，莹莹遇到那么好的一个奶奶，真是福气。从小姥姥就说她是福命，遇危难总有贵人相帮，你看是吧。你别急！我呢，先打电话问问地方上有关部门，看看人家什么政策，她这种情况能不能破例。""这么说你还是不回来了是不是，老裘呀，你平常几个星期甚至几个月的不回来我可没说过什么，可女儿出这么大事你还不回来，就打个电话了事。裘仲昆，别怪我跟你急，这回你不回来，你就永远别回来！"裘莹莹的母亲恼怒地喊道，差点摔了电话。

"莹莹妈，你别急嘛，现在部队这种状态我能离开嘛，部队有纪律，你不是不知道。莹莹现在的情况是比较稳定的，我也会想办法，我马上打电话，如果情况紧急，我也没说就不回去。你先与街道上联系联系……"

"你是铁了心地不回来了，莹莹出什么事你别后悔。"裘莹莹的妈妈没等电话那边说完，就把电话筒狠狠地扣在电话机上。"我命怎么这么苦呀，从来没有人能帮我，全都只会找事儿，还不如让我隔离了呢！"裘莹莹的妈妈号啕大哭发泄道，她再也控制不住自己的情绪了。

方海琴听了二姨的话真不知说什么好。这事主要该责怪的人应该是自己，如果不是自己，作为乖乖女的妹妹是绝不敢私自出去的。她想劝劝二姨，可又不知道说什么，二姨应该也在生自己的气。她们二人就在这种沉默中，一个因担心女儿暗自流泪，一个因自责低头悔恨。不知过了多长时间，方海琴看了看墙上的表，都六点多了，她鼓足勇气说："二姨，你饿吗，我给你做点吃的吧。""吃什么呀，你倒还有'吃'心。"裘莹莹妈妈这话刚一出口，就意识到自己说错话了，马上后悔了，她急忙对方海琴说："海琴，对不起，二姨……"

"哇"的一声，方海琴的哭声和泪水如同决堤的洪水狂泄而下。

她低头大步跑进了自己临时居住的琴房中，趴在床上大哭不停。莹莹妈心中也是无比的悔恨，自己对丈夫再有气，也不能对外甥女说这种话呀。其实，在自己心中，这外甥女几乎比自己的亲生女儿还重要。自己内心不愿她们受到任何的伤害，可没想到今天伤害外甥女的竟是自己。这孩子今天本来就受到惊吓了，再哭出病来怎么得了呀……莹莹妈不禁内疚：我太浑了，得找个能安慰她的人……

她定了定神，用家里的无绳电话拨通了姐姐的电话："姐，什么，你正要给我打电话呢。咱们还真是心有灵犀呀。不过，这回大姐你要有心理准备。我刚才干了一件错事，也对不住你……"

她原原本本地把今天经历的事向大姐述说了一遍。方海琴的妈妈听完妹妹的述说后停了一会儿严肃地说："咱们姐妹分开也很长时间了，今天我做姐姐的得说你两句。你今天是做错了两件事。一是这种时期，妹夫在部队多不容易呀！他不想回家呀，你这么逼他，就是你的不对。二来海琴是我的女儿，可我也不怕你说我偏心眼，你作为长辈那样说话确实不对。孩子本来是要安慰你、帮你，她终究是个孩子，想不出什么好的方法。你那样说话太伤她心了。""是，姐，都是我的错。我都明白了，以后我们给你们俩赔罪。她现在还在那里哭呢，你告诉我怎么办吧。莹莹她爸也不回电话。"莹莹妈一边说一边急得直跺脚，泪水滴滴答答地往下落。"这样，你把电话给海琴，我跟她谈。你呢，按妹夫说的，马上出去找一下街道居委会和派出所，说一下莹莹的情况，听听人家的意见也好再商量对策。对了，按海琴说的，就是吃点心也得吃两口，现在身体最重要。出门戴好口罩。"方海琴妈妈的话几乎就是命令，一点商量的口气都没有。"好的，好的。还是你有办法。"莹莹妈听到姐姐的话，仿佛浓云密布的黑夜中看到了一缕星光，终于有了一个比她更有主意还可以与她同舟共济的人了。她走进外甥女住的那间小屋，对仍趴在床上呜咽的方海琴说："海琴，你妈妈的电话。你先接着，二姨去一趟居委会，问问莹莹的事。"她把无绳电话交给方海琴，出门时又把屋门紧紧关上。"妈，妈，我做错事了。我想回家。我想你，我心里难受。您接我走吧，要不让我自己坐火车回去吧……"海琴又一次泣不成声。海琴妈并没有急于回答她的话，而是停了好一会儿，等女儿的呜咽声小了一些，知道女儿一直没有得到肯定的答复，心里有些发毛了，才缓缓地说："今天的事，你二姨全都告诉我了。你二姨刚才跟你说话态度不好，我已经批评她了。今天你带妹妹偷偷出去，也有欠妥当的地方。你们没有征得家长同意就出去是不对的吧？你想回来我不拦着，关键是你想好了没有？仔细想过没有？"妈妈的话把方海琴问怔了，她一时陷入失语状态。海琴妈妈接着开导道："你妹妹还未回来，姨妈一人在忙，你就这么走了心安吗？你不觉得应该留下来帮助二姨做些什么吗？你是大孩子了，不能一点委屈都受不了，遇难事就逃避。""妈，我没想逃。"方海琴毫无底气地争辩了一句。"我也不希望你逃避，妹妹的事你确实有责任，你应该和二姨一起努力克服困难。二姨急昏了头，说了一些错话，你想想你应该怎么办？""我……"方海琴此时的泪水已少多了，她沉默了一会儿，隐约感觉到自己心中已有了逐渐清晰的目标。

"你知道该怎么做了吗？"

"我知道了妈，我不回去了。您和我爸都好吧？"

"还真没白养你，还能想着你妈你爸，我们都挺好的。你爸老是念叨，以前是你练琴整天吵得他晚上睡不着。现在是他想你的琴声想得睡不着了。我胡乱给他找了几张以前你练琴的光盘放给他听，还真管事，他还就睡得香了。"

妈妈的话让方海琴破涕为笑。电话那头的妈妈也笑出声来。她们又聊了一会儿，海琴妈妈问道："你还与辛教授每天保持联系呢吧，她教你练的曲子和弹奏方法你都练呢吧？"方海琴回答说："几乎每天我都给辛奶奶打电话，我有时还让她在电话里听我弹奏，给我指点。辛奶奶对我特别好,水平特别高。'非典'前我去她家,还看见了她年轻时在国际大赛上得奖的照片呢。"

"奶奶对你这么好,你要珍惜。这一段时间闹'非典',妈妈也没逼你回来,不就是为了你参加八月份的大赛取得好成绩嘛。那是你自己坚持要参加的,既然决定留在北京了,就一定要努力做好。"

"我会的。您放心吧。"方海琴看了一下墙上的挂钟说,"妈,一会儿二姨就回来了,我去给她做点吃的吧。"

"嗯,好吧,你们一定要小心,现在'非典'还是非常厉害的。啊,再提醒二姨今晚再给我打个电话。"

海琴妈放下电话,才长出了一口气,摘下眼镜揉了揉太阳穴。可能女儿想不到,几乎每一句话,她都是仔细琢磨了又琢磨才说的,唯恐哪一句把握不好,或是使女儿脆弱的心再受伤害,或是不能使她脆弱、伤痛的心变得坚强起来。她真的希望女儿通过这件事能变成熟了。在内心深处,她又何尝不想让女儿立刻回来呀!可这个时候,出了这种事,是绝不能有这种念头的。

裴莹莹的父亲裴仲昆与爱人通完电话后,很长时间坐在椅子上没有说话,他点上一支烟,狠狠地抽了几口,为了防止"非典"疫情的爆发,他现在直接带着调整来的这两个防化团和防疫团,这一个多月都处于一级战备状态,随时准备出发。他几乎是守着电台、电话一分钟都不敢离开呀。从军部派来支援他的何汉武参谋,绕过简易的布屏风走了过来,说道:"裴旅长,嫂夫人来电话有急事,有什么需要我帮助的吗?军部调我来,就是全方位帮助您这个老上级的。要有急事需要回去,我也可以帮助向军部说说情。"裴仲昆想了想说:"这种时候,算了吧。对了,你与地方上的人熟吗?"何参谋说:"熟啊,我们每年都与地方上搞联谊,平常也不少跟他们打交道,尤其是'双拥办'的同志。"裴仲昆听后愁眉展开了一些说:"太好了,有这么一件棘手的事,你看地方上能不能帮助了解一下,但是一定要遵守人家的制度。"裘仲昆把妻子告诉他的情况又转告给了何参谋。他最后很勉强地笑着说:"哎,想当年军区大演习时,我是带你们一个连的人孤军深入敌后。没想到今天我女儿也是一个人陷入了孤军奋战的境地。"

"我们这辈子也忘不了那次经历,是您给了我们每个人一个立功的机会。您不是总说吉人自有天助嘛。我这就给他们打电话。"何参谋办事仍然保持着军人的雷厉风行的特点,说完就开始一个个联系地方上的相关部门和他的那些地方上的朋友们。不一会儿,他就从旁边的屋子里走回来了,乐着对裘仲昆说:"裘旅长,您放心吧,市里的赵部长说了,部队同志的事就是他们自己的事,他马上去询问一下。他晚一会儿会给我回电话的。""好,谢谢他们,我先通知你嫂子一声,然后咱们吃饭去。今天能不能破例喝两口啤酒呀……"

莹莹妈这时也从派出所回来了。要进楼下的单元门了,她心里仍在犯愁,不知大姐和自己的这个宝贝外甥女谈得怎样,自己回家怎么向这个宝贝道歉呀,如果不搭理自己或是一门心思要回大连怎么办?今天莹莹是回不来了,晚上给她打电话时怎么嘱咐她呀……

她就这么满脑子乱想着,走到了五层她家的门口,摘下了口罩,深深地吸了一口气。这个楼总共就五层,她家是顶层。她忐忑不安地打开了家门,刚换了拖鞋,还没等她说话,外甥女海琴从厨房里快步走了出来:"二姨回来了!您饿了吧?我刚做好饭,您别太着急,洗洗手,先吃点吧。"方海琴说话间端出了一盘西红柿炒鸡蛋放下了,又转身回厨房。莹莹妈看着桌子上那红黄相间、色泽鲜艳喜人的西红柿炒鸡蛋,站在客厅中鼻子又发酸了,真是懂事的孩子呀,自己还瞎担心孩子能不能原谅自己呢。正在她站在那儿犯愣时,方海琴居然又一手端着一盘冒着香气的肉丝炒蒜苗,一手端着一碗米饭从厨房出来了,还用小拇指和无名指夹着一双筷子。"二姨快吃吧。"莹莹妈已从感动转为惊喜了。自打海琴来到自己家到现在,她还从来没舍得让海琴做过饭,也从未听姐姐说过这孩子会做饭。当方海琴最后从厨房端出一大碗紫菜汤时,她激动地说:"海琴,这都是你做的?你在家会做饭?"海琴微笑着说:"也就帮我妈做过一两回,我妈做饭的时候我有时站在旁边看。这回还不知道好吃不好吃呢。""一定好吃,一定错不了。"莹莹妈抑制不住内心的喜悦连忙乐着说,说话的同时,心里又是一阵酸楚。

莹莹妈很想马上就把与派出所商量的情况告诉外甥女,可她转念一想,孩子这么用心给自己做了一顿饭,自己一定要先吃饭,别扫了孩子的兴。方海琴也是一见到二姨就想知道与街道上商量的结果,可她又想还是让二姨先吃饭吧,别只是想着自己着急的事。她们俩就这么默默地吃了两三分钟,方海琴终于忍不住了:"二姨,街道上和派出所怎么说呀?"莹莹妈看着外甥女含笑地说:"你是不是一进家门就想问呀,怎么忍到现在呢?告诉你吧,虽然人家不同意莹莹今儿晚上回来,可答应向上面反映她的特殊情况。明儿一早我再去一趟。他们呀也都查过了,暂时留莹莹住的那位老奶奶是妇产医院有名儿的高级护理师,以前还得过南丁格尔奖呢。莹莹在她家应该没事。那个楼也全都消毒了。三楼那一家也是有一个在医院呼吸科当大夫的,传染上了自己也不知道,一不小心又把病传给家人了。哎,这些医生也真的不容易。晚上我会再给莹莹打电话,到时候儿你也和她说两句。"

"太好了,太好了!谢谢二姨。"

"傻闺女,谢我什么呀,别怪二姨就行了,刚才都是二姨不好。"

俩人吃饭的速度都明显地加快了,都急着要给裴莹莹打电话。正在这时,电话铃响了,莹莹妈抄起电话听出是爱人裴仲昆,虽然听到爱人还是不能回来,打听的情况也与自己知道的差不多,但她还是忍住了没有发火,一来姐姐已劝了自己,二来她的心情已经好多了……

当胡大雷懊恼不已地迈进院门，奶奶一见他就劈头盖脸地数落起来："怎么又到外面这么长时间呀，'非典'现在这么厉害，你可得小心啊。你爸在海上多替你担心呀，你看现在谁还出门……"奶奶一边擀着面一边继续唠叨，"今晚咱们吃炸酱面，这两天奶奶也不怎么出去买菜了。前两天发了一大盆豆芽够咱们慢慢吃了。你先好好洗洗身子，也帮着涮涮豆芽儿，别带着皮儿。肉我从冰箱里拿出来了，过会儿你再把干酱拿出来。现在老师也顾不了你们了吧，作业是一点儿都没有了哈，还得自己自学啊，你们可逮着了放了羊了……"

"知道了，奶奶。"胡大雷赶紧打断奶奶，不然她会没完没了地说，而且他也想快点干活儿，吃完饭再出去。他涮着豆芽儿时想到，奶奶倒是提醒了他，今天这事儿告诉不告诉老师呀。前几天去小区公用电话亭给老师打电话时，老师还嘱托他，如果知道班里谁要是发烧、有什么事一定第一时间告诉老师，学校也几乎是每天都统计学生的健康情况。哎，今天的事算是什么事呢？晚上再去一趟李一凡家楼下，不知他会不会露面，不行豁出去给裘莹莹家打个电话。她要还没出来怎么办呢，方海琴回家后怎么样了，她家里人怎么对她呀……

"拿豆芽过来煮，咱们吃饭了。"奶奶的叫声打断了他的思绪，他端着洗好的豆芽儿走进了小厨房。小厨房是他爸自建的，也就四五平方米，在正房的斜对面。他家正房总共只有两小间，平面呈L形。一进门左首是自建的过道，再往里是他和爸爸的卧室兼客厅，他平常写作业就用客厅吃饭的方桌。从这间屋子向右一拐就是奶奶现在住的小屋。他家的房子，拆迁公司的人曾给算过，加上对面自建的小厨房一共才二十五平方米，院内污水管和院内的一个水龙头还是他爸爸走时给安的。他奶奶在小厨房里放了一个大桶，存污水，每天倒一回。他和爸爸的床，据说还是防地震时搭的上下铺，现在上铺成了放杂物的地方。按爸爸的话说，妈妈在他小时候就得病去世了。可随着年龄的增长,他越加对此表示怀疑。他曾有两次问奶奶,奶奶总说一两句就岔过去了。但是,平常他从来想不起这些事,也从未有过什么思念之情,因为他脑子里对妈妈的情况几乎是一片空白,没什么印象。爸爸曾经在一家中外合资的大饭店里当过服务员,看年轻时的照片还挺帅。爸爸也很好玩,尤其是用弹弓打啤酒瓶、打鸟最拿手了,几乎百发百中,小时候胡大雷常吃炸麻雀,全是爸爸打的。后来爸爸又业余学了厨师。爸爸总说,得想办法改变家境,最后,终于在以前饭店同事的鼓动下跑到远洋轮上去了。他走时逗趣地说:"这样挣钱多,家里还不挤。"可胡大雷知道他是没别的办法。爸爸常常是一走少则两三个月多则半年或更长时间。爸爸回来时常眉飞色舞地讲着外国的新奇的事,例如非洲一个国家,大象多得让当地人种粮食、盖房子都得躲得远远的,房子四周支上画着怪兽的粗树干,不然被偷猎者激怒的象群早已把房子拱翻了,村民只有四处逃跑的份儿了。还有一次到了南美洲巴西去拉黄豆,他们一群大人跟一个小学校里的小孩们比足球,结果让人家赢了,十比零。欧洲的小汽车特便宜,旧车全压扁了当垃圾。胡大雷倒是非常羡慕爸爸的生活,聊天时好几次对爸爸说:"等我长大了也跟您去几次吧,哪怕就是扫地、帮助收拾厨房都行。"每到这个时候,他爸就立刻绷起脸来说:"你给我好好学习,将来好好考大学。我这罪就受得够可以的了。"其实,他也曾听父亲讲过,他们常常几个星期一直在海上航行,四周除了海水什么都没有,天上连只鸟都没有,就是在旅游的豪华游轮上干活,那些游泳池、酒吧也是不准许他们船员随便进的。偶尔遇到台风,就是万吨巨轮也像大浪中的一片树叶上下漂浮,苦不堪言。可这一切,对胡大雷都有着无穷的吸引力。他觉得北京这些小院、小胡同不是他的天地,就是每天都能看见的紫禁城,他都不喜欢老待在里面:一道高墙连着一道高墙,太憋屈,走路也太绕脚。他理解不了爸爸回家后那种惬意、恬适的心情。他爸爸回来没事时，就是在胡同里看人家下棋支着，有时一看就是半天，可爸爸连自己都下不过，爸爸为什么这么爱在这小胡同里呢……

吃完饭，胡大雷收拾完碗筷对奶奶说："奶奶，我上趟厕所啊。"他家旁边的大院儿也是拆了一半了，以前院东南角的厕所也拆了，他得去胡同里的公厕。奶奶心如明镜似的说："你就是在家闲不住了。你一定别太晚回来。我待会儿把后窗户开开，屋里也能透风。"

"知道了，您放心吧，胡同都快没人了，哪儿会有'非典'呀。"

"戴上口罩。"

"行，正好挡臭味儿。"胡大雷往兜里揣了一元钱零钱就跑了出去。

他还是先到了李一凡家后面的街道上。他朝李一凡家看了看，阳台上没人，从窗户向里望，里面有微弱的灯光。自打"非典"以后，同学们都谁也不去谁家串门儿了，老师也要求同学之间不能再串门儿或在一起玩。他合起双手形成一个空鼓形放在嘴前使劲吹了几声响哨，他邻居家每回招鸽子回家就吹这种响哨，他打小就学会了。有一次他在学校吹，李一凡缠着让他教，可李一凡那点小气力一直没吹响。

当胡大雷第三次把一根弯曲的食指含在嘴里吹起响哨时，被母亲关在屋里反省的李一凡终于听到了，一下子猜出来了是胡大雷在召唤他。他一打开窗户就看到了在下面焦急得原地直转圈的胡大雷，李一凡扯着嗓子喊道："嘿，我回来就被关禁闭了。"

"你给裘莹莹家打电话了吗，她怎么样了？"

"我一直挨批又被关禁闭，还没呢，你别走，我马上问。"李一凡面露难色地解释道。

"快点，快点！再晚了我也不行了。"胡大雷催促道。

李一凡刚开门要去客厅,就被他妈从另一间卧室里看到,大声吼住了:"你出来干什么?你爸今天值班不回来,明天他回来看我怎么让他抽你!""我上厕所,打电话问家庭作业。"李一凡快速地回答,以堵住他妈的下一句狠话。他做样子上了一趟厕所,出来后马上拿起话筒,拨通了裘莹莹家的电话。裘莹莹的母亲一听到电话响还以为是丈夫打来的,马上走过去说:"喂,老裘?"李一凡怔了一下,差点说出找裘莹莹。

他稳住神,机敏地改口说:"阿姨好,请找一下方海琴。"李一凡的话也让莹莹母亲怔了一下,这里怎么有人认识她外甥女呢。她喊外甥女接电话。方海琴也没猜出是谁:"你好,谁呀?"李一凡压低嗓门说:"海琴姐,是我,李一凡,裘莹莹同学,下午时咱们在一起。胡大雷还在我家楼下等着呢,他问裘莹莹怎么样了。"方海琴扭头看了一眼二姨,内疚地说:"人家说今天不能回来,再研究一下,也许明天吧。过会儿我和我姨还要给她打电话。""噢,行,那明天再说吧。嗯……"李一凡说到半截,迟疑了一下,还是不甘心地问:"你再问问那宝盒打开了吗,别使劲,肯定有机关,而且肯定有秘密。"方海琴"嗯"了一声就把电话挂了。现在,她心里最关注的还是妹妹能否马上回到二姨的身边。她能感觉到二姨非常害怕表妹染上"非典",她自己也被这种恐惧包围着。只要一想到"非典",她整个人就像往一口没有尽头的深井里下落,头顶的光亮越来越小,越来越暗……

李一凡回到自己的小屋里,又赶紧对楼下的胡大雷压着嗓子喊道:"她表姐说人家今天不让她回来,明天研究了再说。"胡大雷听后垂头丧气地说:"知道了,我走了。"他转身想回家,可不甘心地走向了妇产医院的宿舍大院。没想到的是,大院门口大铁门紧锁,只有一个小门开着,一个胳膊上戴红箍的老人在门口那儿把着门,进出的人一个一个地放。院儿里是进不去了,他绕到了楼后面的胡同里。抬头向上面望去，那一单元的顶层的房子倒全是开着灯。她会怎么样呢？打针了吗，千万别真的得上病，那就全完了。还不如换成自己被隔离进去呢！他懊恼无奈地盯着那个单元的灯光和阳台看了半天，总想窗户上能映出个身影或是阳台上出现个身影，结果什么也没有！

　　胡大雷做梦也不会想到，在他背后不远的一个墙垛后面的阴影里，一个更加懊恼无奈的人正用一双愤恨的眼睛死死地盯着他，盯着他的一举一动！那就是刀疤老人！刀疤老人身后依然背着他那招牌似的装废品的"铁斗"，手里拿着一个捡烟头和废弃物的大夹子。有了这副装备，即使是现在这种几乎没人敢在大街上走动的时候，在没人敢去的地方，他也能像幽灵似的四处自由游荡，畅通无阻。他的心中几乎充满了悔恨。自己怎么能让这么一个小孩子给骗了呢，自己太不冷静、太冲动了。如果他们在挖掘机上面时，自己不大喊大叫，悄悄地过去，一切就不会是这个结果。如果自己不被这个小孩用砖头给骗了，而改去追赶另外两个孩子，那当时不就给追上了吗，明显那两个孩子跑得又笨又慢。这些孩子哪知道那宝盒对他有多么重要啊！那是他的生命的寄托，他能坚守到今天就是为了它！他几乎是一辈子的冤情，也只有那宝盒才能证明！只有那宝盒才能让他在小初那里洗清自己的不白之冤。自打小洋楼开始拆除以来，每天晚上，他都以捡废品为由，在没人的晚上打着手电筒进入那残破的小洋楼。在拆之前，几乎对于每块砖、每块地板，他都敲打过一遍，以期望能发现什么蛛丝马迹。白天他也一有时间就去那里转悠一趟。他不敢肯定一定能找到宝盒，但是"拆楼"是他能证明自己的最后一次机会。哪怕不能改变自己今后的命运，哪怕不能改变任何事，只要能让小初知道自己是清白的就行了！证明梁先生的死不是像别人说的那样就足够了！为了这个信念，他委屈地活在这个世上五十四年了，守在这个令他伤痛欲绝的地方也已经五十四年了，就是为了小初，为了这宝盒！自从1949年至今，他心中还没有过一次真正的快乐，人生没有过真正的幸福。他丑陋、面目可憎，人们都远离他。他扫大街捡烂纸，行为卑微几近猥琐，没有人看得起他。他一个人生活了五十多年，他不愿与人交谈，只想着如何躲避周围所有的人。在人们眼里他不只是丑陋，更是一个孤僻、古怪的糟老头。他觉得自己像不远处硬是从皇城墙的墙缝中长出来的那株老树，根系扭曲外露，枝叶稀疏羸弱。同样是树，位于它下面，长在河畔的垂柳惹人怜爱，而它却令人憎恨。不知是哪一年的一场风雨，不经意间把一粒干瘪而又不认命的种子吹到了墙缝中，它就硬在墙逢的白灰浆中找到了生存空间，它用自己遍体鳞伤的根系舔食吮吸夹杂在灰浆中的养分，慢慢地长大了，每天忍受着石灰的灼烧，苦苦地挣扎着，等待最终被铲除的那一天。没有人关注它、在意它时，它还能依靠自己顽强生存下去，人们关注它时可能就要除掉它了。可他是人，他改变自己命运的机会来了，而且，他不仅是为了自己，还为了梁先生、为了小初、为了老太太的留言……

不知有多少个晚上，刀疤老人一个人把自己灌醉，他遥望星空，遥望那深不可测的城墙和那株老树，仰天长叹以泪洗面！在这个世界上，他没有朋友，没有亲人。由于他可憎的面容，他甚至连向人们表示友善的权利都没有。可这一切，本来很可能在今天就可以结束了。他可以打开盒子，那个盒子里的东西能让小初明白他是怎样的一个人。她就近在咫尺，她本来可以是他最亲近的人。可这一切就让这个孩子给毁了。他真想冲过去抓住他逼他交出来，可他不能，那样他可能真的这辈子也得不到宝盒了。而且，宝盒在谁的手里现在他还不知道。他唯一能做的，就是紧紧地盯住这个孩子。这孩子就是他的希望！而且，自己应该感谢他们，终究是他们发现了宝盒，没有让它毁掉或落入其他不知情的人手里。盯住他，想办法让他还给自己，或是打开让自己看看，只要能看看就行！

几十年来，1949年年初与老太太分别时的情景像电影一样在他的脑海中上演过无数次。在他洗完伤口，敲门进入老太太的房间时，老太太坐在桌子前，桌上就放着那个宝盒。老太太满脸泪痕地转身对他说："路加，我给梁先生的信就放在这里了。过一会儿我会把它搁好。梁先生会知道它放在哪儿，你下去发动车吧，送完我们就马上按我说的去办，梁先生会有救的……"那宝盒不属于自己，它永远是属于梁家的。"只求打开了让我看看，让小初看看！苍天呀，睁睁眼吧，帮帮我吧！"他每天晚上都去小洋楼一趟，对着它说说自己的心事，求它帮助自己。今天晚上，他正是在这种内心的挣扎中，像一个游离的影子，一直跟随胡大雷到他家院门口……

已经夜里十点多了，莹莹妈才盼来丈夫的第二个电话，依旧没有什么令她惊喜的消息，只是说情况已经反映上去了，得市领导仔细研究后才能定，地方上的同志还在帮助争取。她听后当时又控制不住发起火来："莹莹是不是你闺女呀，她一个小孩子回自己家还要市领导研究，你到底找了什么人呀？我闺女要是有个三长两短，我也不活了。"丈夫裘仲昆又无奈又心疼地解释道："莹莹妈，你也得理解人家嘛。莹莹不是赶巧在隔离区里面嘛，人家有人家的纪律嘛。""你这一辈子就知道纪律，都'非典'了，人家都知道顾家，你倒好，为纪律连个人影儿都不见。现在女儿都回不来了，你还说是纪律，你就自己跟纪律过去吧。"莹莹妈摔下电话，泪珠再次像密集的雨点似的不停地往下掉。她不敢放声哭，外甥女还在另一间屋里，过一会还要出来给莹莹打电话呢。

还未等她调整好情绪，电话又响了。电话是姐姐打来的，问她与派出所商量的结果。她就把刚才丈夫来电话的情况和商量的结果说了一遍，她最后带哭腔地对姐姐说："姐，你说这怎么办呢？"姐姐在电话里长出了一口气说："人家不是也没把话说死吗，还是有希望。你也得问问她的体温，看看有什么情况没有……"

"姐，你别吓唬我，不会、不会有事吧？"裘莹莹的母亲听到姐姐的话，心一下子又揪了起来，说话都发颤了。

"你看你，不会有事的，你别害怕。在家的时候你不是也让她们俩每天量体温吗？我就是让你掌握了情况心里踏实。啊！还有啊，老裘真的不容易，你就别逼他了，听见了吗？"

"好的，我赶紧给莹莹打电话。求求老天爷保佑了。我不跟你说了啊。"莹莹妈马上又怀着焦急、忐忑不安的心情拨通了梁奶奶家的电话。没想到的是，电话刚一接通，竟然是莹莹的声音："是妈吗？"听到女儿娇嫩而急迫的声音，她的心里像打翻了五味瓶一样，酸、甜、苦、辣、咸全都涌上心头。她都几乎不知说什么了："莹莹你还好吗？"莹莹听到真的是妈妈的声音，心里也是又高兴又酸楚。她微笑着对妈妈说："我挺好的。奶奶还给我做了水果沙拉，也量了体温，称了体重了呢。奶奶说我全都正常，就是瘦了点，让我多吃。"莹莹妈听后禁不住流出了欣慰的泪水，欣喜地说："真是太谢谢梁奶奶了。你真是命好，遇到这样一位好奶奶。"莹莹妈停了一下，声音变得沉重了一些说："莹莹，我找了街道和派出所了，人家说得研究一下。今晚，你先在梁奶奶那儿住一晚上，啊。""妈，我猜到了。明天你得再催他们，行吗？我还是害怕！"妈妈的话，又引起了裘莹莹内心的恐惧。莹莹妈立刻答应道："你放心，我肯定会催，你爸爸也在找人呢，他不去找人我跟他没完。""您别又欺负我爸。我爸什么事不让着您呀。"莹莹撒娇地说。在她印象中，她妈妈总是不停地让她爸做这做那，稍不满意就一大顿呲儿。"你真是你爸的好宝贝！"莹莹妈似有委屈地感叹道。"我也是您的好女儿。我以后再不给您找事儿了。"莹莹妈听到女儿的这些话，就像在漆黑隧道中摸索前行时，突然照进了一缕阳光，立刻把这一天的忧虑、烦恼、伤心都消除了，整个人全被幸福感所包围。"哎，你和你爸让我怎么说，真是上辈子欠你们的。在人家你要听奶奶的话，可不能像在自己家似的。"她们又聊了几句，莹莹妈就让裘莹莹把电话早点给梁奶奶，老人还要睡觉，不能太影响老人的生活。

"梁伯母，太谢谢您了啊，莹莹不知哪辈子修来的福气，遇到了您。要不然我真愁死了。"梁奶奶听完后淡然地笑了一笑，和蔼地说："你太客气了！我老太婆一人在家也闷得慌，你派这么一个可爱的好孙女儿来陪我，我还得谢谢你呢。"

"啊呀，您可别这么说，这可太不好意思了。已经给您添够多的麻烦了。"

"哎，遇见这种事大家都要相互帮一把，孩子在我家，我老太婆就有一份力尽一份力。街道上、派出所也给我打电话了，也劝我同意孩子先安顿在我家。我跟他们说了，你们要是放心呢，我就尽心去做。我呢文化水平不高，也不敢说做得多好，尽全力吧。现在国家有难，人人都该尽一份力。但愿早点过了这道坎就行了。"梁奶奶也感慨地说。

"您太客气了，街道上也跟我说，这一个楼里也再找不到您家这么好的条件了，你是妇产医院的高级护士，莹莹也是那里出生的……"两人既像是长辈和晚辈，又像是老朋友似的又聊了半天，压在莹莹妈心头的乌云一时间几乎全都随风而散……

当许多人家的灯光都已熄灭了，当莹莹已在梁奶奶家原来外孙女住的小屋里睡着了的时候，梁奶奶一人坐在阳台的小椅子上，仰望窗外的星空，陷入沉思。这小姑娘身上什么都没带，却偏偏带着那个宝盒来她家了，这世上怎么会有这么巧的事呢！小姑娘又是怎么在小洋楼里发现宝盒的呢？这姑娘几乎是上厕所都拿着那盒子，仿佛那是她的命根子似的。那些久远的她多年都不愿回忆的往事又浮现在眼前。

当年，她曾偶尔看到老太太擦拭这个宝盒，很显然，宝盒在老太太心中是十分珍贵的，她也曾在老太太门外和窗下听到过那宝盒传出的声音，那是她听过的最动听的声音。她虽然没见过那乐曲是怎么演奏出来的，可她猜得出那乐曲是宝盒发出的。那时她还只有十七八岁，在梁家当女仆，服侍老太太。她是孤儿，是梁先生收留了她。可老太太和梁家的人从不把她当下人看，不仅教她学文化，教她读《圣经》，梁夫人还教她护理方面的知识，让她自学了好几本医护书籍。她和梁先生一家以及梁先生的司机路加，全都跟一家人似的。当年，老太太不止一次跟她开玩笑："小初呀，我可看出来了，人家路加可是喜欢上你了，哪一天你们要是大喜了，我把这个宝盒给你当嫁妆吧！"每当这时候。她的心中既是欢喜又是羞臊，她总是面庞绯红地低头对老太太说："老太太，您又拿人家开玩笑。"其实，她内心对老太太充满了感激。老太太几乎把她像自己亲孙女一样善待。只有老太太发话了，自己的将来才能真的梦想成真。她也是很喜欢路加的。他比自己大两岁，也比自己早来梁家几年，与自己一样曾经是慈幼会的孤儿。梁先生让人教会了他开车。他平常是给梁先生和夫人开车，没事时也在医院和学校里帮忙。用大家的话说，他是一个"大忙人"！他也好像浑身都有使不完的劲儿。可是，一旦他看自己闲着时，就凑过来和自己聊天，聊他在学校和医院里遇到的新鲜事。她也是很喜欢听他讲，哪怕是她并不关心的。有时他聊得时间太长了，她又不得已催他去干活。他总是赖着不走，有一次还差点误了去接梁先生。那些年的日子是她一生中最美好、最幸福、最难忘的日子。可是没想到，灾难如同晴天霹雳一般降临，而更令她想不到的是，梁先生一家人从那一刻起就家破人亡，天各一方。她与路加也从此成为冤家对头，相见不识，更准确地说应该是恨之入骨的冤家对头。可今天，这个小女孩怎么会拿着老太太的这个宝盒来到这里呢。她怎么得到的呢？这个宝盒既是一个八音盒，也是一个工艺绝顶的首饰盒，或者说是宝物盒，里面曾放过老太太最珍贵的东西。如何打开，除了梁老太太之外没有人知道。梁奶奶抬起头，用迷茫的眼神遥望苍穹，默默祈祷着：上帝，我在天的父，你是要你的女儿做什么呢？天堂的门是窄的，可它到底有多窄？

梁奶奶回到卧室内，拉开写字台中间的大抽屉，拿出了她收集剪报的大夹子。里面的剪报有的是一整版，有的只是小"豆腐块"。这些剪报都记载了"非典"的新闻，更多的是"非典"防治知识，她得再温习一下。

虽然她知道"非典"的可怕，可在今天以前，她的内心深处从未对"非典"有过恐惧感，几十年的医护生涯和苦难的经历，让她已能对所有的突变、灾难泰然处之。尤其是现在家里只剩下她老太太一人。最初她知道"非典"还是因为二月份在美国的女儿打电话询问北京的情况。那时遛弯碰到几个老同事也在议论，先是说深圳的餐馆吃果子狸，从果子狸传染了一种特殊的病菌。她觉得此说法比较可信，艾滋病就是非洲黑猩猩传给人类的。许多野生动物身上都携带一些人类所不知的病菌或病毒。随着"非典"传染人数的增加，一些著名专家先证明"非典"是衣原体所致。对于衣原体，许多抗生素都能治疗，北京在四月初也只有十几例病人，还都是外地人染病后来到北京。许多中医老专家都纷纷提供防治药方，梁奶奶自己也到药店排队，抢购了一些板蓝根、连翘、双花等中草药。她还收藏了一篇剪报安慰自己——《中国是安全的，戴不戴口罩都是安全的》。可后来，又有一些专家证明"非典"是一种特殊的冠状病毒——SARS——所致，还未找出有效治疗方法。到了4月20日，北京公布的染病人数也突然增长到三百多例，以后是每天都有上百人新感染了"非典"，不断有人因"非典"被隔离，不断有病人因"非典"溘然长逝。女儿、女婿、外孙女的越洋电话也几乎是天天往家里打，周围人再提起"非典"也是风声鹤唳、草木皆兵，所有的人被一种前所未有的恐惧所包围。

前两天的一幕又浮现在她的眼前。还记得那天晚上快十二点了，她最喜欢的徒弟之一于娜哭着给她打来了电话："护士长，我不知道去跟谁说，我没办法呀……"像对待初遇难产的产妇一样，费了好一番耐心的安慰，梁奶奶才了解清楚事情的原委。前几天传染病医院医护人员告急，向各医院求救。既是业务尖子又是护士长的于娜勇敢地报了名并被选中，当天就到第二传染病医院住院部报到，此后就再也没有回过家。她的女儿才两岁多，想女儿时只能晚上九十点钟甚至十一点多钟才抽出一点时间给爱人和女儿打个电话。可就在于娜给梁奶奶打电话的一小时前，性格原本温和的爱人第一次向她发了火。平常爱人很能理解她的工作，他们谈恋爱时她在住院部病房工作，经常是"三班倒"，也曾护理过传染病人，爱人一直是关爱有加。可刚才，她由于过度劳累、紧张、恐惧，第一次向爱人发了牢骚，埋怨他不能让她见见女儿。爱人开始倒是安慰了她几句，可说着说着慢慢地就变了调，最后爱人竟流着眼泪埋怨起她了："……现在知道了，你怨谁呀？就是想当牺牲英雄也再等两年行吗？等女儿大一点，上幼儿园、上学了行不行？一边是让家里人小心，不让爸妈带孩子出家门，一边自己往火坑里跳。你在本院里踏踏实实地做好本职工作不行吗？我不值得你心疼，你不管就不管了，可你不能连自己孩子都不顾呀！……我是不能把孩子带去看你。你，你近期也别回来了，孩子是你亲生的，你每天在'非典'病区，万一带回来……"于娜骂了一句"你混蛋！"就把电话摔在机座上，趴在桌上号啕大哭。她不知该再去找谁倾诉。自己的亲生父母不能说，她来传染病医院的事一直和爱人一起瞒着他们呢。而在心中与父母和爱人一样亲近知心的，就是她的师父老护士长梁奶奶了。梁奶奶听了于娜的哭诉后，又问了一些医院现在的情况，才知道"非典"疫情真实的严重性，每天都有人隔离、确诊，由于无药可医，只能大量使用激素……

如果早几年她还干得动,她一定会替换于娜出来!她知道母亲对于只有两岁多的女儿有多么重要!她先安慰了一下自己这个爱徒,并真诚地赞扬道:"于娜,平时你不言不语的,关键时刻你没给师父丢脸。好样的!小夏的事,你交给我吧。你别怨他,他一个大男人这几天可能也上不了班了,又要带孩子。你这次没商量就走了……怎么也该打个招呼。平常他谦让娇惯你,可这次不一样呀,你呀,过去在家一直称王称霸的,也该轮到人家发回脾气了。"梁奶奶的话让于娜破涕为笑,过了一会又幽幽地说道:"护士长,我真的是很想见见我的女儿,我们这里已经有护士染上了,我也怕万一……"后面的话她不敢再说了,也哽咽得说不出来了。梁奶奶沉思了一下,严肃地说道:"于娜,你是一名专业医护人员,无论什么时候都要相信,无论什么样的传染病,只要做好防护就绝不会被传染上。你自己一定要有信心,不然怎么去救护病人。我也不允许你传染上,你可不能给我丢脸。'非典'肯定能找出治疗办法,这一段时期是最艰难的时期,你必须要挺住。先不能太劳累,要适当休息。防护服再热也要穿好了……"

　　当天晚上,梁奶奶又给于娜的爱人小夏打了电话,自己曾是他俩的证婚人,她也很喜欢那个开朗活泼而又温和惧内的小伙子。在他身上她看到了路加的影子。第二天,小夏开着车带着梁奶奶和女儿来到传染病医院铁栏杆围墙外。细心的小夏把车窗上的贴膜全都撕掉了,让于娜隔着铁栏杆和关死的车窗,仔仔细细地看了一遍自己的宝贝女儿,女儿还在梁奶奶怀里甜甜地睡着,梁奶奶轻轻地将她举起,让她的脸贴在了车窗玻璃上。于娜虽是知道车内的女儿听不到外面的任何声音,可还是用双手紧紧捂住仍戴着厚厚口罩的嘴,唯恐自己的哭声、伴着泪水的笑声惊动了梦乡中的女儿。爱人拿出她最心爱的一支口红,在车窗玻璃上画了一个大大的"心",又在下面写道:"亲爱的,我和女儿等你归来!!!"那天在帮助小夏收拾整理完家务，十点多钟回到家后，梁奶奶才真正感觉到"非典"离自己已是这么近。

梁奶奶一边仔细翻看着收集的剪报一边暗暗地下了决心，自己要像徒弟一样担当起医护工作者的责任，要保护好这个小女孩，绝不能出任何差错！"非典"终究不同于以前自己熟悉和遇到过的那些普通疾病……

第二天

　　一向睡不醒的李一凡今天倒是出奇地醒得早，他晃悠到阳台，往斜对面的马路上观望。本来平日里车水马龙的道路，今天却连个车影和人影都看不到。今天干什么呢？怎么办呢？他有生以来头一次陷入了如此让他纠结和困惑的情绪中。能出去吗？其实都不用想就知道他妈绝不会让他出去。裘莹莹会有事吗，是自己给她带到那个单元、那个楼顶的。妈妈还不知道自己昨天做了什么，发生了什么。就是告诉她又能怎么样呢，自己能干什么呢？"让开！"妈妈气哼哼的声音从后面传来。他下意识地向旁边闪了一下，他妈妈侧过身拿起了阳台上的一大桶84消毒液，准备掺兑入自来水中拖地。干活时她依旧嘟囔着："人家是躲都躲不及呢，你还往外跑去送死。看见你我就有气。"妈妈的话激怒了李一凡，他大声回敬道："我不去送死，今天我干什么？""你爱干什么干什么，反正别想再出去，你再出去试试，看不让你爸打折你腿！"他妈妈更是气势汹汹地恐吓道。

　　"好，我不出去，我就在家折腾！我在电脑上造病毒。"

　　"你折腾试试，还管不了你了。"

　　"还不如让我得了'非典'呢！"

　　"你再胡说八道一个。你给我呸两下。你不知道轻重了你。"

"啊———呸!"

李一凡与他妈妈是你一言我一语各不相让,他最后一个"呸"字想把心中所有的郁闷吼出去。可郁闷没有减轻,反而在心头又增加了几分酸楚。

李一凡无聊地吃早点时,顺手把电视打开,调到他喜爱的科学频道,电视上正播着"世界通讯日"特别节目,主持人正介绍古代时人们保持联络的各种方法和古代遗迹:秦代的驰道、虎符,文物古迹。江苏高邮盂城驿站,诸葛亮发明的孔明灯,战争中的飞鸽传书、响箭报信……他渐渐地被节目吸引住,暂时忘记其他的一切,甚至胡大雷在楼下两次吹响哨他都没有听到!

胡大雷一早起来就抓紧吃饭干活,他打完水、扫完院子就赶紧跑到了李一凡家楼下,他怕李一凡会一早就在阳台上等着他。可吹了两次响哨,都已过了五分钟了他居然仍没露头?时间虽然不是很长,可胡大雷心里火急火燎的。李一凡应该在家,最近几天几乎没有一个家长会让孩子出家门的,可能李一凡上卫生间了。胡大雷又强忍着等了几分钟,再次双手握成壶形放在嘴前,吹响"鸽哨儿"。

电视又播起了无聊的广告,李一凡正好借机站起来活动活动身子。他慢腾腾地站起来,心烦地走向了阳台。他刚打开阳台门就听到了胡大雷那急促、尖锐的哨声。

"胡大雷!"李一凡弯腰向楼下喊道。"我在这儿等了半天了,你怎么这么半天才出来。"胡大雷一直悬着的心终于落了地,他既高兴又不满地嚷道。"嗨,我妈开空调把门窗都关得特严实,我哪能听得见呀。Sorry, sorry!"李一凡不好意思地解释道。胡大雷没等他再说别的,就赶紧逼问:"裘莹莹还隔离呢,咱们怎么办呀,她怎么样了,咱们得想办法跟她联系上啊!"胡大雷的话提醒了李一凡:"是啊,嗯,咱们得跟她联系上,最好见着她。宝盒还在她那里呢。""你先别老想宝盒了,先说怎么能见着她。"胡大雷最不喜欢的就是李一凡的慢性子。李一凡想到了刚才的节目马上说道:"啊,有好几种方法呢……""快说,快说!"胡大雷又打断他一次。李一凡又梳理了一下思路说:"你看有两个办法,一个是写封信别在风筝上,放风筝落在她住的那家,不一定容易。还有呀,咱们以前不是用硬皮纸叠纸箭,用皮筋往楼上射过吗,咱俩还有一次往马怀盛他们家窗户里射过。昨天海琴姐说裘莹莹隔离在五楼了,要不你写信叠好,射进去试试。我家有复印纸,我给你扔下点儿去……"一句话点醒梦中人,真是山重水复疑无路,柳暗花明又一村。胡大雷觉得眼前豁然云开雾散,自早起一直憋闷的心像是突然打开了一扇门,做风筝、做纸箭,他都是高手。风筝家里有现成的,射纸箭的橡皮筋更是他家从来没有少过的东西。他仍心存侥幸地喊道:"不用你拿纸,你,你还能下来吧?"李一凡面露难色地摇头道:"下不去呀,我妈像看犯人似的盯着我。""行了,我不管你了,我先自己去了。"胡大雷还没说完就转身走了。李一凡一看着急地大声朝胡大雷的背影喊道:"哎,你晚上再来一趟,告诉我你们俩见面了吗,不行明天早上还这个时候找我一趟。听见没有,啊,求你了还不行,可是我告诉你的联系的绝招啊!听见了吗?""听见了!"胡大雷头也没回地高声喊了一句,脚步更加快了。

胡大雷回家后就开始忙起来,他先是从床底下找出旧风筝和线框子,又翻出了上回爸爸回来时从国外带回的画报。这画报的纸比一般的纸厚,又硬又结实,最适合做纸箭。他在路上就想好了,他要风筝和纸箭一起上,一定要保证能让裘莹莹看见,要和她说上话。他先从画报上撕下几张图案少、颜色淡的,又拿粗水笔在靠下方写下了"你还好吗"几个大字。他又从作业本上撕下一张纸,准备写信别在风筝上。等他铺好纸准备写时,突然发现自己不知道该写啥,总不能再写"你还好吗",得写得像信呀。而且,而且不能写得太差了。他真的有点犯难了。好在前几次父亲出海后,他也曾写过两封

信。他定了定神,开始下笔:

裘莹莹:
　你好!
　知道你被隔离了我们都很着急。这件事是我出的主意,对不起!我正式向你道歉,向你家长道歉。我们现在也帮不上你,希望你别伤心。你肯定过不了多长时间就能出来了。你住谁家了,怎么吃饭睡觉呀?需要帮你什么事吗?我保证想办法帮助你的。
　此致
敬礼!

同学胡大雷
2003 年 5 月 17 日

他又想了一想,又在中间加上一行字:"如果老师问起来,我还得告诉老师。你别怕,全由我负责。不知道学校会怎么处理,但愿别给廖老师找麻烦。学校通知不许出家门。要不,就说咱们在一起商量作业吧?反正怎么着都是我出的主意让你们出来的。"

他写完后,整齐地叠好了信纸,又用透明塑料胶条粘在风筝上。他又叠了几个三角形纸箭,并在箭身上剪出了挂皮筋的三角形小豁口,在纸箭尾端剪出两个尾翼。

他要出门时被奶奶拦下了:"雷子,你干什么去,可不能再出去了。收音机里说'非典'越来越严重了,人家外地人都不来北京了。北京人也不让出去了,你,这是什么日子,你还有心放风筝?"奶奶尽量严厉地斥责道。胡大雷急忙对奶奶解释说:"奶奶,我不是玩,是有重要事。这风筝也不是玩的,是真有事。咱们这院里和外面不是一样吗？那枣树不是从北院儿都长咱们院儿来了吗？咱们这儿都快拆光了，哪会来病人呀。您放心吧。我到外面呼吸新鲜空气才不会得病。我不出咱们胡同儿。"他边说边把奶奶扶到里屋，打开了小电视说："您歇会儿，看会儿电视。"奶奶是有管他之心无管他之力，就这样被连推带搡地坐在椅子上。"那你早点儿回来，别出胡同口，戴上口罩！"奶奶还是不放心地朝胡大雷的背影大声喊了一句。

胡大雷拎着风筝来到妇产医院宿舍楼后边的小胡同里。他仔细观察了一下周围的环境。宿舍院内的楼并不算高，好像院内的地面还稍低于马路。如果胡同要是再宽一点儿，再有一点儿风，胡大雷还真能把风筝控制好了，让它落到五层那家人的阳台上。那家还好，没有封阳台，只是摆了几盆花儿。可是，路边栽着一排香椿树，风筝无法越过高树再低下去落在阳台上，现在也没什么风。他发现在前方不远的路边上有一个木头电线杆子，下面还绑着一个跟他差不多高的水泥墩儿，用来固定这个老电线杆儿。最巧的是，电线杆旁停着一辆三轮车，车轱辘牢牢地锁在电线杆儿上。这真是太好了！

胡大雷轻轻一跃就蹦到三轮车上，又从三轮车上迈步蹬到电线杆的水泥墩儿上。这一下就好多了，他人已高过了宿舍院墙头，能从两棵树中间直接看到那栋楼五层的阳台。"距离还不算远。下面就看我的技术了！"胡大雷在心中默念了一句。

胡大雷尽量让自己在水泥墩儿上站稳了，身子靠在电线杆上。他在皮筋上挂上一支纸箭，瞄准了，一手拉着皮筋一手捏着纸箭尾部慢慢向后拉，使皮筋绷足了弹力。猛然一松手，"唰"的一声，纸箭带着风声飞了出去。"哎！"胡大雷懊恼地喊了一声，就差半米左右纸箭就射到阳台内的窗户上了。纸箭射在了阳台左侧的砖墙上，无声地向下落去。胡大雷把方向向右调整了一下，挂上纸箭再次瞄准。"嗖！"又一支纸箭发射出去。可能是叠的质量问题。纸箭飞出去并没

有直行，竟划了一条弧线向楼顶飞去。胡大雷气得真想跑过去把纸箭捡回来给它撕了。他没多想就又急忙挂上一支快速地射了出去，结果又偏了！他原本很强大、自信的内心现在已开始打鼓了，这前三支箭让他的心悬了起来。他一共叠了六支箭，本以为用不了，只是当时正好有六张好纸。可现在可不敢给自己打保票了。不能再出错了，一定要射准了。他心里默默地想着，从裤兜中拿出第四支箭，小心地捏了捏，捋了捋，把箭挂在皮筋上又停了一下。他调整了一下身体，脚站得更稳了。他慢慢地瞄准好目标，对准阳台正中间的大窗户，只要能射到就行，裘莹莹能看到就算成功！第四支箭又快又直，稍带一点弧线地飞了出去。一刹那间，他几乎听到了纸箭撞击玻璃窗的声音，终于成功了！不到一两秒钟阳台通向室内的门就打开了。先是出来一个老奶奶，她看到了地上的纸箭，捡了起来又翻过来仔细地看了看。哎呀，老奶奶可别扔啊，也别打开看！胡大雷没想到会是个老奶奶出来捡。他想喊又不知怎么说。恰在这时裘莹莹也出来了。胡大雷立刻大喊起来："裘莹莹，裘莹莹，是我！"这喊声先是让裘莹莹一愣，当她顺着声音一下子看到了站在水泥墩儿上挥手的胡大雷时，兴奋地大张着嘴，居然什么也说不出来，眼圈一下子就红了。从昨天中午到现在不到一天的时间里，她是几次大喜大悲。看见胡大雷，她觉得像是见到自己的主心骨儿一样。从早晨一醒来她就焦急地等待着，可她又真的不知道自己在等什么。自己能出去吗？自己会得上"非典"吗？这里隔离不让别人进来，肯定很危险。妈妈是打电话来还是接她走？爸爸找人找得怎么样了？她站在小屋窗前瞎想着，没有一点头绪，也不知希望在哪。在这紧要关头，胡大雷竟然冒了出来，她感觉如同自己滑到悬崖边，突然冒出一棵大树托住了她。她甚至为自己能在这里感到一丝欣喜，她使劲向胡大雷挥手喊道："我看见你了，我看见你了！"胡大雷急忙从兜里又掏出一支纸箭，用手比画着把箭打开的样子，又指了指老奶奶。

裘莹莹愣了一下神，再扭头看到梁奶奶手中的纸箭，立刻明白了胡大雷的意思。她赶忙对梁奶奶说："梁奶奶，这是我那个同学射给我的，您，能，给我，看看吗？"梁奶奶顺着裘莹莹的目光也看到了胡大雷，也影影绰绰地看到了胡大雷手中的纸箭。"噢，那，给你吧，小孩子主意还蛮多的。"裘莹莹接过纸箭一折一折地轻轻打开后，"你还好吗"四个彩色的大字映入眼帘。泪水终于抑制不住地夺眶而出，她流着泪抑制不住内心的兴奋，使劲地不住地向胡大雷点头。胡大雷一下子觉得轻松多了，心中一直绷紧的弦松了下来。他从风筝上取下写好的信，再把手中的纸箭打开，把信平铺，与叠箭的纸重叠好，再小心地把纸箭叠好，把信完好地叠进了纸箭中。他小心地把这支特殊的箭挂在皮筋上，这次他瞄高了一些，因为纸箭分量重了。他轻轻地往后拉，估算好皮筋的弹力足够了的时候再次弹开双指。纸箭在空中划出了一道优美的抛物线，向裘莹莹站着的阳台飞去。还没等纸箭落下来，裘莹莹双手高高伸向空中，抓住纸箭，纸箭几乎射到了她的手心中。她急忙打开了纸箭，双手捧着信念了起来，看完后她几乎要把信叠在心口上，激动得泪水滴滴答答地落在了信上。她抬头看着远处的胡大雷，不好意思地快速擦了一下眼泪喊道："别说对不起，不怪你。真的不怪你。"她的声音有些哽噎又不是很大，胡大雷好像根本没听出来还在高喊："你说什么？""不怪你，你等等。"裘莹莹喊完就小跑进屋里。她从屋内书架上找到一张白色的A4复印纸和一支粗彩笔，她快速地写道："不怪你！我很好，和老奶奶在一起。你们回家后都还好吧？"本来她想问他们回家后挨没挨呲儿，可写到这儿她又禁不住眼圈红了。她禁不住还是跟着写上了一句："我家人会想办法救我出去的。"她又看了看身边的宝盒接着写道："宝盒还在我这里，你们放心吧！"

昨天晚上，她是搂着宝盒睡的觉，整整睡了一宿，早上起来时前胸都被宝盒硌出了一个深深的红印。昨晚上她睡不着时，还把宝盒放进薄被中打开，又听了一次那梦幻般的旋律，她就是在不断重复的奇妙的旋律中睡着的。

　　裘莹莹又赶紧接着写道："也不知道宝盒怎么打开，里面有什么。等我出去一起打开……""莹莹啊，你还要说什么吗？他还站在水泥墩儿上等着呢。"梁奶奶的话一下子又提醒了她。她喊道："噢，我马上来。"她来不及写别的就把信叠成了一个她最拿手的纸飞机。她以前曾多次在自家楼上玩这个，扔好了能滑翔很远很远。她一手捏着纸飞机一手抱着宝盒来到阳台。她把纸飞机和宝盒高高举起向胡大雷晃了晃，然后又向飞机机头部位使劲哈了哈气。其实她也不知这能起到什么作用，只是大家在扔飞机前，为了能飞远都这么做。裘莹莹踮起脚尖儿把上身倾出阳台，屏气凝神，轻柔地往前一送，双指一松。飞机缓缓地划出了一道优美的弧线，向前飞去。裘莹莹的心一下子又悬起来了。她可不是想看这美丽的弧线，她恨不得它笔直地向胡大雷飞去。可纸飞机刚划了一个弧线回到了裘莹莹与胡大雷之间，好像是又遇到了风，又转了45度角划出一个S形，高度还升高了一点。裘莹莹紧张得手上冒出了汗。纸飞机终于飞过院墙落在了墙外一棵香椿树的树杈上，茂密的树枝像鸟巢托住小鸟儿似的托住了纸飞机。裘莹莹一只手拉着梁奶奶的衣服焦急地问道："梁奶奶，他能够得着吗？"看着裘莹莹和胡大雷"飞雁传书"，梁奶奶不禁想起了往事，那时候她和路加也曾扔过纸飞机，路加也曾爬到树上，拿竹竿给梁先生和夫人够羽毛球。有一回，终于有机会让路加帮助自己和梁夫人够卡在树上的羽毛球，他像是得了奖赏一样高兴，跟猴一样连跳带蹿地就上了树，还没爬到地方他就在树上使劲晃动树干，把她和梁夫人吓坏了。就在梁夫人要阻止他时球就掉了下来。下树时，他也是在离地面还有两米高的地方就直接跳了下来，快把她吓死了。看着没事人似的路加，她是又气又恨又爱又怜地瞪他说："干脆摔残了你。"路加仍嬉皮笑脸地对她说："摔残了腿我就到妇产医院住院去，就正好让你和夫人照顾我。"路加的话把梁夫人逗得笑得几乎喘不过气来，人笑得弯下了腰。她缓了口气说："路加呀，你要是住进我们妇产医院那可是天大新闻了，你也和那些妈妈们一样给婴儿喂奶吗？喂谁的呀？"梁夫人说话时还快速地用眼角瞥了一眼当时被称为初晴的梁奶奶。梁夫人的话又把生着气的初晴给逗乐了，同时一股莫名的羞腆迅速染红了她的脸颊。路加被梁夫人说得手挠着头发傻笑，傻笑了一会儿说："我还是赶紧接先生去吧。"就撒腿跑了。

"梁奶奶，他够得着吗？"裘莹莹的问话打断了梁奶奶的回忆。她看了看说："不高，他肯定能够到。可还是要小心。这'非典'的时候也不能老在外面。让他快点儿回家吧。莹莹呀，你也快进去吧，啊。"梁奶奶说完就先回屋了，心里默默地埋怨道，我怎么能想起那个可恶的人。我这是怎么了？都是那个宝盒招惹的！世界就这么小，它怎么又回来了呢……

胡大雷一看见裘莹莹扔出纸飞机就明白了她是在跟自己学，也肯定写信了。裘莹莹在阳台上不停地挥手，花园内藤萝架开满了紫花，纸飞机在花架上方、树梢间缓缓滑翔。他突然觉得这景色是那么的美，裘莹莹是那么的可爱，她瘦弱的身躯在远处随手臂的挥舞而摇摆，更显得楚楚动人。由于自己和李一凡的错误，她被迫离开父母陷入那么一个危险的境地，可她也没有一点沮丧和怨气，刚看到她时他本来是等着她哭诉埋怨自己呢，可眼前的她如同给花园洒满阳光的朝阳一样温暖、灿烂。胡大雷几乎有生以来第一次被自己的同学，被亲眼所看到的景象感动得眼睛湿润了。"裘莹莹，我一定要帮你，保护你！将来有机会，我会还你一次让你快乐的经历。"他攥紧拳头在胸前默默地发誓。裘莹莹仿佛是听见了他的心声，在远处不住地使劲点头……

裘仲昆在天刚蒙蒙亮时就起床了。他平常就有每天早起锻炼的习惯。静谧的营地笼罩在浓浓的晨雾中,不远处的西山更是云烟氤氲。十几架战斗机整齐排列在停机坪上,机身上结满了晶莹的露珠。两架直升机停在不远处的草坪上。他自己的防化团和防疫团都住在搭在跑道尽头两侧的十几个军用帐篷中。他跑了不到半圈就跑到了训练操场上。随身听里早间新闻报道昨天又有21个"非典"疑似病人隔离,4名"非典"病人死亡。北京市正在北郊小汤山地区建造专用于"非典"病人的隔离医院。听到这里,裘仲昆的眉头又紧锁起来。女儿的事让他几乎一夜都没怎么睡。这对于他这个历来是躺下就着的人,是极罕见的例外。自己平常回家时间少,心里本来就有着对妻子女儿的愧疚。在家里女儿与他最亲近,妻子常常当着他们爷俩面调侃:"这女儿我算是白心疼了,我是整天在家里伺候她,结果倒不如你这甩手掌柜惹她喜欢。"这时他和女儿总是背着妻子的面做鬼脸。每次回家女儿总有问不完的问题,他也有答不完的话。可女儿有一次来部队吃了两天部队的伙食就忍不住了,嚷着让她妈接她回家。这倒好,他每次回家,女儿先嚷着要妈妈给爸爸做好吃的,不用他自己好言争取了。爱人曾几次私下里对他说,女儿就是他派到她身边的内奸。他曾笑着跟爱人逗趣,要是政策允许,这样的内奸多养两个才好呢!可现在,女儿身处险境自己却无能为力。他用力向眼前的沙袋打了几拳。"裘旅长早!"一声响亮而清脆的问候声从身后传来。裘仲昆一回头,看到是飞行大队的政委聂云风。"早啊,聂政委。"裘仲昆整理了一下军装问候道。聂政委是老资历的大校,俩人早已成为好朋友。"早,你女儿的事我也听说了。要是我们能帮上什么忙就好了。多少次洪灾我们队都是冲到第一线,可这回我们是一点儿使不上劲儿啊。"聂政委面带遗憾地说。裘仲昆听后拍了拍聂政委的肩膀说:"谢谢了。我这个做父亲的不是也干瞪眼嘛,现在是想回去看一眼,到女儿隔离的地方查查地形都不行啊。有烟吗?"两人都叼上烟,坐在了旁边的"独木桥"上。聂政委感慨地说:"以前洪水围困群众时,我们直升机经常放悬梯把受灾人吊上来,这回隔离是地方政府的措施,我们有劲儿使不上。"裘仲昆深吸了一口烟说:"隔离,隔离,就是为了不让里面的人出来。可小孩子是无意中走进去的,在那儿停下不到十分钟。现在倒好,都过了十二小时了还没个结果呢。这要是咱们,一个战役都结束了,也不知他们吃喝怎么办呀?"聂政委顺着说道:"是啊,对啊,不让我们往外吊人,还不让我们往下吊东西,部里研究过,要提建议给军委和中央。如要出现大的隔离区,我们准备用直升机空投物资,小隔离区我们下悬挂篮送物资。"裘仲昆有些激动地说:"那当然太好了。要不是任务在身,我都想让你给我空投到隔离的地方。我才不怕'非典'呢!"裘仲昆吸了一口烟,眉头紧锁地补充了一句:"女儿是我爱人的命啊!万一……"裘仲昆说完把烟蒂扔到地上用脚使劲儿踩碎,聂政委看着低头不语的裘仲昆,又抽出一支烟递了过去:"裘旅长,您别急。咱们是军人,我说话也不转弯。隔离了并不等于会染上。我们每次有大行动不都是抱着牺牲的准备,尤其是我们空军,那更是没危险用不上我们,用我们就是其他方法解决不了的。可我不是也都这岁数了还坐在这儿好好儿的嘛。你信我一句话,你女儿保证什么事儿没有地回来。""谢谢老兄。我想也不该有事儿。可就是心里揪着,打鼓。你的建议一定快上报。飞机放个吊篮下来,或至少从楼上放个吊篮下来让孩子她妈送点儿吃的穿的也行啊。也不知这场疫情会怎么发展,我们借你的宝地待命一个多月了……"

他们这么聊着时,太阳就把火辣辣的阳光洒满营地。刚才还静悄悄的营地,现在已出现此起彼伏的出操声。直升机也发出震耳的轰鸣声,机械师开始检测各个部位和设施。这几架直升机每天都处于一级战备状态,随时准备起飞,而跑道另一头的运输机,则已装满了医疗设备、临时生活用品,就等着一声令下了……

裘莹莹拿着胡大雷的信回到"自己的"的小屋里,心里不仅没有了昨日的恐慌，反而涌动着无比的喜悦和甜蜜。一早上妈妈和表姐就来电话询问、安慰，现在胡大雷又来了信，要是再有爸爸的电话就更好了。虽然被隔离，她对"非典"的恐惧感已在不断地下降。梁奶奶今天早上又给她做了好吃的，还对她说："要多吃，只要身体棒，抵抗力强，什么病都不会染上。"她能做些什么呢？她这么乱想着顺手把唯一"属于"自己的东西——那个宝盒又捧在了怀里。她忍不住又轻轻地打开了。其实，每一次打开，她都像是开启通往天堂的大门似的那么小心、庄重，慢慢地如同给钟表上弦一样，终于宝盒的盖子被打开到90度，与盒体完全垂直。那舒缓而又神秘的旋律慢慢地如蓝色薰衣草的芳香，一点一滴地沁入她的心田……

等裘莹莹从音乐中醒过来，她实在是按捺不住自己的好奇心了。这乐曲为什么总是在最美的时候、她最爱听的时候突然停下来呢？学了几年琴，也听过不少曲子，可她觉得这宝盒奏出的乐曲才是她听过的最美的。她轻轻把宝盒关上，双手抱着它来到外屋，只见梁奶奶正在看一本关于编织的书。她轻声地对梁奶奶说："梁奶奶，我能给我表姐打个电话吗？"梁奶奶好像在沉思着什么，裘莹莹的话一下子使她惊醒似的。梁奶奶身子微微一颤说："打吧，坐这儿打，我正好要去厨房。"说着梁奶奶就起身去了厨房，进去后又把门给轻轻带上了。不过裘莹莹并没有发现，梁奶奶并没有关死门，而是留了一丝缝隙。在妇产医院长期听产妇胎心的训练，使她有一双超人灵敏的耳朵。都七十多岁了偷听小孩子的话真是太不好了，可是这小女孩手中的宝盒又和自己的关联太密切、太深了，她无法控制自己的强烈欲望。

没两秒钟，裘莹莹就拨通了家里的电话，恰好是表姐海琴接的电话，并告诉她二姨又去街道办事处和派出所了，看看有什么希望和结果。裘莹莹打内心深处心疼妈妈。本来这些日子妈妈连买菜都是一周才去一次京客隆，一下子买好几样就不再出屋了，出去时是大口罩捂得严丝合缝，回来后所有衣服也马上扔进洗衣机，泡上消毒水"狂洗"，然后是直接进淋浴室。想到这里，她心头又有了一些酸楚，不知说什么好了。"莹莹你还好吗，有急事找二姨吗？"电话里传来表姐关切的询问。她急忙说："没有急事。我本来也是要找你的。表姐，你听过那八音盒的音乐吧，它下一段会是什么样呢？"方海琴早晨起来也无意中想到了八音盒的音乐，而且刚才在她心烦时还哼了一段。说也奇怪，当她哼哼这并不复杂的旋律时心情立刻就平静多了。她忍不住说："莹莹，你能再放一回给我听吗，我以前也没听过，不知是什么曲子。不过待会儿我要给我老师辛奶奶打电话，可以问一问她，她在欧洲留过学，见多识广，可能会知道的。"裴莹莹仍有点不放心地问："你问你老师，你能全记清楚吗？"方海琴听到这句话立刻自信地保证道："莹莹，这你就一百个放心吧，听别的我记不住，听音乐我一个音符都不会错的。""好吧，你可仔细听，找到了后半段一定要给我演奏一遍。"裴莹莹说完就又一次打开了八音盒，她回头看了一眼厨房。还好，门仍是关着的。宝盒中的奇妙旋律又一次响起，打动着电话两端的莹莹、海琴，还有厨房中的梁奶奶。一个个音符如从高高的崖顶滴落下来的清冽甘甜的泉水，一滴一滴，浸润到每个人的心底。随着乐曲的展开，梁奶奶的泪水也如泉水般涌出来。五十多年了，第一次听这乐曲，还是在五十多年前从梁老太太打开的窗子中飘出来时，她和路加一起坐在楼下的葡萄架下屏息凝神偷听到的，这乐曲如同他俩的爱一样纯净，或者说是让他们的爱更纯净。可幸福却如同这乐曲一样到了最美的时候突然戛然而止。一切来得那么猛烈，那么让她措手不及，结局又是那么惨烈，她又不得不接受。曾几何时，她觉得那惨烈的结局全部压给了她一个人，让她几乎崩溃。今天这音乐又响起来了，为什么？本来如果昨天晚上被隔离的只是她老太婆一个人，她可能会写下遗嘱，等待着去天堂与梁先生、夫人、老太太相聚。她不知道明天会怎样,她不敢确定会不会被染上。而在隔离区里,一般情况下,被染上的可能性更大。可这个小女孩来了,反而让她突然觉得她仿佛又一次像五十多年前一样,保护另一个幼小生命生存下去的使命,又一次向她发出了召唤!而这个年少的生命竟是带着老太太的八音盒来的……

方海琴也几乎是屏着呼吸听完这段音乐的。她一听完就马上说:"莹莹你放心吧,我一定会找辛奶奶帮助谱出下面的曲子来。我一定要在你回来之前就让你听到,我要用它来迎接你。你一定要好好的啊。""非典"的可怕、隔离区的含义,方海琴是深知的。终于有一个机会能帮助妹妹了,方海琴觉得这真是上天眷顾她的最好的礼物。"好的。你别太急,我挂了。我去帮奶奶做饭去了。"裘莹莹听了姐姐的话心里又一次充满了欣喜。

方海琴挂断表妹的电话就立刻拨通了老师辛奶奶家的电话。辛奶奶也因为"非典"正在家中休息呢。这是方海琴第一次求辛奶奶帮她学琴以外的事情,她忐忑不安地恳求道:"辛奶奶,我有一件事想求您可又不知道它有多难,可我特想您能帮成了我。它对我非常非常重要。"辛奶奶听了海琴的话笑道:"噢,这'非典'时期你在家憋着,还憋出非常非常重要的事来了,你先说说,我看看有多重要?"方海琴急忙简短地把她昨天经历的事情向辛奶奶叙述了一遍,并接着说:"我表妹还在隔离区那里不知怎么样呢,我也帮不上别的忙,所以特别想能有人帮着谱出下半段曲子来,能让她在里面开心一些。"辛奶奶听后脸上的表情立刻凝重起来。被隔离有多么可怕,也许自己的这个学生和那孩子自己都还没有意识到。早年她在欧洲时,那里的人们一提起中世纪时期的传染病——"黑死病",几百年后仍如惊弓之鸟,心有余悸。学生方海琴的心情她是能理解的,她严肃地说:"海琴呀,你的想法是对的,奶奶一定会帮你。可作曲是一件非常难的事,何况是续后半部分曲子。不管怎样,你先弹给我听听,一定要准确,保证每个节拍和重音。哎,也没重音吧。""有,这个宝盒真的很神奇,我现在就给您弹。弹两遍都行。"方海琴把手持电话筒放到琴旁的小茶几上,优美的旋律从她的指尖下如清澈的溪水舒缓地流淌出来。辛奶奶真为自己的这个学生骄傲。如果不是"非典",她好好地跟自己练两个月,参加今年的全国青少年钢琴大赛拿个奖项应该是没问题的。当乐曲停止后,辛奶奶感觉到这乐曲确实不一般。自己十九岁时曾到欧洲留学五年,这乐曲让她觉得似曾相识,具有欧洲古典音乐的影子,同时又兼具中世纪教会音乐的韵味。它究竟属于哪个国家、哪个地区、什么时代的什么风格,她一时还很难确定。自己虽然搞了一辈子音乐,可从来没有谱过曲。接下来的曲调好像应该是有所转折了。前面曲调中已有了铺垫,可是怎么转呢?她一个人目前是无法完成的。她想了想对海琴说:"海琴呀,你再弹一遍,我再听一遍。"听到辛奶奶的这句话,方海琴仿佛看到厚厚的云雾中透出了一缕曙光。她挪了一下琴凳,深吸了一口气又一次奏响了这如同她生命中圣歌一般的乐曲。

辛教授小心认真地记下了曲调,虽然只是半部,可早已深深地打动了她。听到能感染她的乐曲是她生活中最大的享受和慰藉。

放下电话,辛教授心里默默重复着这曲调,在屋内来回地踱步,无论多么高难度的曲子对于她来说,演奏都不是问题。可作曲是另一种能力。她内心十分清楚,自己不可能很好地把这曲子的下半部分谱出来,如果谱出个四不像,既对不起自己的学生、自己的良心,也对不起这曲目的原作者。看来只能求高人了。她重新坐到电话旁,拨通了老同学周汀菡的电话:"汀菡呀,听出我是谁来了吗?""还好意思问呀,多长时间了都不给我打电话,我真的听不出来你是谁了。又教了什么好学生,准备拿大奖了吧,到时候必须进我们学校啊。"老同学的话语让她感受到真诚的思念。辛教授心中不好意思,嘴上仍强硬地说道:"你总是嘴巴不饶人。我倒是真的想找你来呢,这日子我能出去吗，我上你家你欢迎吗？""哎，你可别这么说，别人害怕，我老太婆这么大岁数了可不害怕，我们家随时恭候你大驾光临。"周汀菡说话的口气仍是满不在乎。辛教授知道她这位同学的性格，从来不服输，不低头。她只好转入正题说："老同学呀，我有件要紧的事求你帮忙，你要是能帮了我，我还真要登门道谢去哟。"周汀菡听了这话又是不依不饶："我就说嘛，无事不登三宝殿。你打电话就肯定是有事。说来看看，看我能不能请动你这活菩萨，来我家施施恩？"辛教授无心跟她斗嘴，抓紧时间把方海琴和裘莹莹的事说了一遍，又顺手就在钢琴上弹了一遍，弹完了对话筒说："要不要我再来一遍。"

"我老太婆眼花可耳不聋，为什么要再来，听你的专场呀。'非典'时期怎么跑隔离区里去了，家长还不急死呀！"周汀菡说完这句话，停顿了一会儿说，"雨芦呀，你先记一个电话。""还没说帮不帮忙呢，怎么就让我记电话呀？"辛教授虽然是不解，但还是拿起了一支笔，她知道她这个同学总有"惊人之举"。"你说吧？现在什么都得听你的。"

"你要是真听我的，我保你不但曲子的事解决，还有更好的事也会随之而来。32285216，记住了？！这是谢云翱的电话。他前两天还向我要资料，他一直在研究欧洲中世纪晚期宗教音乐和乡村音乐的相互影响。你这个曲子我觉得是那一时期的，他谱过几首类似的，而且……"虽然老同学说得与她猜想的一样，辛教授还是打断了她的话："提他干什么，我才不会找他呢。我这辈子都不想见他。""谢云翱"这三个字是辛教授心中永远解不开的结。"干什么，干什么呀，我的大小姐，这都多少年了，你还记得小姑娘时的事啊。反正电话我给你了，你打不打我不管。先告诉你，我是要打的，我还会让他给你打。我俩只要是一通话，说不清有多少次了，他总是绕着弯地打听你，你都这把年纪了还要纠缠那些事吗？好啦，好啦，我也会帮你谱，但是谢云翮肯定是最佳人选。全北京、全中国也找不到第二个。"

老同学的这句话倒是真的。谢云翮当年就是因为痴迷欧洲古典宗教音乐，才不顾她的感受和七天七夜的等待，毅然离开她，一个人留在瑞士阿尔卑斯山中的隐修院里。当年自己费尽千辛万苦找到那个深藏于深山峡谷中的隐修院，可她在门口等了他七天，他连人影都没有让她见，就一张纸、简单的几句话打发她走了。周汀菡是这一切的见证人。几十年后的她怎么会给这个人打电话，求他呢？她的思绪被这些遥远又仿佛近在咫尺的往事打乱了。她对老同学说："我先挂了，希望你看在老同学的分上帮一下我。""老同学呀，正因为我们是好姐妹，正因为我想好好地帮你才说这些话。"周汀菡也一改往日的语调，语重心长地说道，"你先想想，我也琢磨琢磨下一段乐曲会怎样。"

辛奶奶没想到，一段乐曲一个电话引出这么多往事来。是啊，哪一段乐曲不是一段人生的写照呢，哪一段乐曲背后没隐藏着作者难以表示的情感、难以诉说的心声呢？辛奶奶忍不住又坐在了钢琴前，方海琴刚弹过的那一段难以说清的乐曲又从她的指尖流淌出来。一幕幕往事又在脑海中浮现……

到了中午时，从区政府，从公安局，从卫生局、武装部……发来的关于"非典"疫情的信息简报，由信息处汇总好摆到了市政府秘书长秦公澍的办公桌上，简报中隔离区的情况占了主要篇幅，而除了情况报告之外，还有几项请示事项。其中关于一个人——中学生裘莹莹——意外隔离之事的请示尤其引起秦公澍的注意。其实，他的一个身在大连的老同学也给他的手机发来两次信息，求他抽空儿帮助打听打听，看看能不能帮上什么忙。这也不怪人家，他现在还有一个临时职务——北京市"非典"防治领导小组办公室副主任。可老同学一定想不到，他已经一个多月没回过家，而且没有夜里两点以前睡过觉,何谈"抽空儿"。他们忙的许多事是老百姓想不到的。政府要抓紧建临时防疫医院,从外省市借调医药和防疫物资,组织研究攻关,统计疫情,发布消息。消息既要实事求是,还不能造成百姓的恐慌。这几天又安排百姓们相信的卫生专家来讲评分析疫情趋势,辅导市民防疫。昨天,小汤山传染病医院口罩、防护服全部用完,医院院长给市领导写紧急请示,说如果不能很好地解决防护设备问题,他真的不敢再让医护人员接诊了。他又和市长一起去现场办公,紧急求助空军以及江苏省和浙江省政府,直接从江苏、浙江的几个工厂里收集剩下的为数不多的防护设备,有多少算多少,当天空运到北京。而同样在一些收治"非典"病人的医院周围,小商店全都因为害怕接待医护人员染病而关张,护士们连买包方便面的地方都找不到。这几天,外地跑蔬菜、禽蛋、水果运输的商贩和车辆也都贵贱不愿意往北京跑了。北京一天就消耗上千万个鸡蛋,几百万斤的蔬菜、水果、肉类食品,北京的自身产量是绝对不够的,如果不组织运送,北京就会出现菜荒、蛋荒,乃至粮荒!这一切千头万绪全都要汇集到市政府,等待领导们决策,而办公室如同市政府的中枢神经,这神经既要高度紧张,还不能有丝毫偏差、错乱!

平时,秦公澍的工作一般是看完文件就批转给分管的市长,而今天小女孩裘莹莹这件事太特殊了。秦公澍想了想,拨通了"非典"防治领导小组办公室的另一位临时副主任梁世仑的电话:"老兄啊,没吃饭呢吧?"梁世仑回答得很干脆:"没时间去食堂,准备泡碗面,要不领导关怀群众一下,你给我打一份回来。"秦公澍听到这话趁机笑着说:"好啊,我好好关怀一下你,我让秘书打来,我陪你吃。你别乱动啊,我马上就过来。"

二人对坐在办公桌前,吃起了盒饭,聊天中秦公澍又把区政府、公安局发来的请示和老同学发来的短信,关于中学生裘莹莹的事情向梁世仑原原本本地讲了一遍。他向前倾身恳切地问:"老兄啊,你是大专家,这一个偶然撞进去的小女孩真的需要隔离吗?"梁世仑放下已狼吞虎咽吃了一半的盒饭说:"哎,如果当时让她马上出来,再消毒也可能没什么问题。可一旦在隔离区里面了,那就是潜在的传染源啊,而且危险系数是随着天数不断增大。她这样巧的倒霉事我也是头一回听说。""就没什么办法了吗?"秦公澍仍不死心地问。梁世仑又扒了两口饭说:"你刚才说的部队上建议吊篮送东西的事,咱们的专家也提出来了。其实不用直升机,就从她们窗户直接往下放就可以,从下面往上吊。'非典'是呼吸飞沫传染,吊篮放下来认真消毒,晾一晾,从科学原理上讲绝对没事的,专家们有个文字的东西。"秦公澍一听一下子兴奋起来,放下碗筷,拍了一下桌子说:"真的,你们能保证。对啊,你们是医学专家。我猜是不是过几天隔离的地方还会增加呀,出现一个隔离区,肯定街道啊、派出所啊还是会打类似的报告,你不让家属看望也不让送东西,里面的人还不自己就吓死了。这么着,下午不是开领导碰头会吗,我请示一下张市长,争取把给隔离区送东西这事儿列进会议议题中。我介绍一下这些请示,你说一下你们专家组的建议和意见,最后还是领导拍板。""行啊,我吃完就去准备!防治'非典'目前最关键的,还是隔离人群和研究疫苗。其实,也不用急着建太多的隔离医院和调太多的防疫医疗设备,首先是让老百姓自觉防疫和精神别过度紧张出现混乱。古代大疫情产生,人们都过度紧张,体质下降又四处逃离,反而把疫情扩大了。"梁世仑又回到自己以前在大学讲学的状态,开始"说教"了。秦公澍打断了梁世仑的话说:"哎,老兄,市委宣传部也提出了下一步的防疫的宣传方案,下午请市领导审议呢,其中就有请专家在电视台做讲座普及防疫知识,我看你就把刚才的话在电视上说说就行。"梁世仑连忙摆手笑着说:"跟你说是一回事,上电视又是一回事。昨天张市长晚上没回家,我们聊了半天。他也让我和研究小组的专家上电视上讲,还说要每天讲。我没来卫生局前上过学校的讲台，电视可从来没上过，而且学校讲课得提前写讲义呀。"秦公澍又打断他说："哎，老百姓最爱听大实话，你就按你刚才那样说就行。如果是摆好架子整得特严肃地讲，老百姓还就真不一定喜欢。""啊，是啊，有些专家太吓唬人了。领导又过于捂着盖着怕老百姓知道。这样他们心里更觉得没底。"秦公澍听到这里接着说："没错，你没看见电视上张市长见人就握手，尤其是看望病人。就怕人们误以为他害怕传染，都过了头了。"梁世仑胸有成竹地一边收拾饭盒一边说："'非典'肯定能有办法治，隔离区如果不出现新疫情，少则一周多则两个礼拜应该能解除隔离。这事儿把他们家长急坏了吧？""肯定的。可有你这番话我就放心了。下午开会要是拍板能送东西进去，区政府和街道上压力就小多了。隔离区里的老百姓还真的是不错，够配合政府工作了。这要是有挑头儿偏要出来的，真的就麻烦。那小女孩家里人也够意思，她爸是旅长就驻扎在西苑，也没托人找什么麻烦……只要能平安出来，无论一周还是两周，做家长的觉得有希望有盼头就好办了啊……"

不经意间白天又匆匆地过去了，五月里淡淡的月亮早早就闪现在天空中。"非典"时期，大多数家庭在晚上都比平日里更闲、更沉闷，可这一晚对于裘莹莹的亲人和胡大雷却是太不平常了。

傍晚七点多钟，几乎是同时，裘莹莹的父母都接到了同一内容的电话，明天上午他们可以在楼下看看女儿，并可以通过吊篮把一些女儿需要的物品吊上去。何参谋和聂政委接到了市"双拥办"的同志打来的电话，一起过来告诉裘莹莹的父亲，裘莹莹的母亲接到的是派出所民警打来的电话。接到电话时她激动得谢个不停，并且又病急乱投医地问隔离区里的人都怎么样了。民警笑着说："您说您问我，我一不是大夫，二也不能进隔离区，我怎么能知道。不过大姐您放心，不会有什么事。我们的警察也一天二十四小时在那儿站岗呢，比您闺女离得近，更危险吧？不也是都活得好好的嘛！"裘莹莹妈妈也被自己的唐突和警察的话逗乐了,她悄悄地擦了一下自己脸上喜极而泣的泪水说:"是、是,你们辛苦了,'非典'完了要给你们记一大功。到时请你们到我家来做客,我们全家一定要好好感谢你们。""您太客气了,我呀不跟您聊了,您哪,好好准备一下明天要送上去的东西吧。咱们都是做父母的,我能理解您。这时千万别委屈了孩子。"警察的话又让裘莹莹的妈妈心里热乎乎的,她急忙说:"是,是,谢谢您!您现在肯定也很忙,再见了,再见了。不打扰您了。"可几乎是她放下电话的同时电话又响了,她神经质地赶紧又拿起电话,听筒里丈夫那洪亮的声音马上就传了过来:"孩子她妈,是你吗?""是我。"裘莹莹的妈妈用带着哭腔的声音答道。裘仲昆兴高采烈地说:"明天咱们可以送东西看闺女了,这才一天多呀,人家效率够高的了。"裘仲昆向来是爱人的出气筒,裘莹莹母亲又板起面孔说:"怎么着,你还想让我多少天不见女儿啊,这已经快给我逼疯了,你知道吗?啊……"莹莹妈委屈地抽泣起来。裘仲昆急忙安慰道:"好老婆别哭了,你看,人家让你看女儿了,你反而要哭!""我是因为你才哭,家里的什么事你管过,这时你来报喜来了,人家民警早告诉我了。"她依然不依不饶。"是,是我不好。我一定、我保证,这次完了事儿我一定好好陪你们娘俩儿。"裘旅长谦卑的态度如同俘虏兵一样。"这些话我耳朵都听出茧子来了,我没工夫听你唠叨了,我还得给女儿收拾东西呢。我先提醒你啊,明天看闺女,你必须去。这次没商量。你最好争取今儿晚上就回来。"她不等爱人回话就"啪"的一下把电话挂了。电话那头裘仲昆木呆呆地怔在那里,半天连电话都没想起来挂上。爱人可能不会知道,她给自己出了一个天大的难题。他确实应该去看女儿,可这时候他怎么敢去向军区首长请假,怎么敢离开部队、离开营地一步!站在裘仲昆两旁的何参谋和聂政委也听到了莹莹母亲的话,三人面面相觑,默默地坐了下来。何参谋从兜里掏出烟给裘仲昆和聂政委点上。聂政委吸了两口试探地说:"老裘,要不我找找熟人从侧面给你试探试探,看看有没有请下假的可能?""政委您别出面,我替旅长请假,裘旅长这情况太特殊了。"何参谋也插了一句。裘仲昆看了他俩一眼苦笑道:"就是上面同意了,我能走吗?!""就没别的招了?得想法儿见上一面呀。"聂政委仍不死心地自言自语了一句,三人低下头抽起了闷烟……

"哎,裘旅长,我倒是有个法子。"何参谋的一句话让裘仲昆和聂政委的目光迅速聚焦到他脸上,身子也倾了过来。"嗯,我的一个表弟开了个卖电脑的小店,'非典'前还找我呢,他们那有无线上网的笔记本电脑,两个笔记本电脑能异地网上视频说话,人看得挺清楚的。他一直向我推销,我没搭理他。这回可以让他帮忙。让他给咱们这儿送一台,再拿一台明儿早上让嫂子给捎上去,不是你和嫂子、侄女也算全见着面了吗?""我看这招儿灵。你那表弟现在能联系上?"聂政委先用征询的目光柔和地反看了一眼裘仲昆,没等裘仲昆表态就又转过头问了何参谋一句。"打个电话就行,让他今儿晚开车先送过来一台,明儿早调试好了另一台直接到隔离区那儿送给大嫂带进去就不成了嘛。"

"我看行,马上给你表弟打电话。怎么样,老裘?"

"还有啥说的,谢谢你们俩了。'非典'完了我做东,到我那儿,咱仨好好喝一回。"

"就这么说定了。何参谋,让你表弟拿他们那最好的电脑啊,借用一上午就还他。"

"聂政委,您放心吧,不行让他再去借。"

"来,来,我带来一罐明前茶,咱们尝尝……"

同样是在傍晚七点多钟,居然有人来敲胡大雷家的门。这真可以算上是十年不遇了。平常只要是父亲出海没回来,这小院晚上是从来不进陌生人的,而现在是"非典"时期,就更不该有串门的了。

胡大雷从屋里冲出来，三步并两步就跑到院门前喊道："谁呀？""是我，大雷，你吴奶奶。"原来是街道居委会老主任吴奶奶，她退休后仍在街道帮忙，这一片儿没有不认识她的。胡大雷立刻把门打开说："吴奶奶您怎么……"他话刚说到一半就卡在那儿惊呆了，吴奶奶身后竟然跟着刀疤老头儿。吴奶奶看到怔在那儿的胡大雷说："大雷啊，怎么了，噢，现在邻居们都搬走了，空旷旷的，天黑路又不好走，我让路爷爷陪我不行吗？你奶奶在家吗，我找她有事儿商量。"胡大雷本想说"您上当了，他就是想找我"，可他又不愿意让人知道他和刀疤老头儿的事。他只好说："您进来吧。"他又朝屋子里喊道："奶奶，是吴奶奶来了。""快让吴奶奶进来，快点请进来。"奶奶的声音从屋里传出来。"那我们就进去了。"吴奶奶说话时特意把"我们"两个字的声音加重了说。倒是刀疤老人低声地说："要不我先在门外等等吧。""也行，你在这儿等一等。"吴奶奶说着话就朝正房屋门走去，正好与出来相迎的胡奶奶在门口遇上。胡大雷奶奶拉住吴奶奶的手说："老姐姐哟，怎么把你给盼来了呀，快进来。"吴奶奶也握住胡奶奶的手和胳膊说："想你了，老街坊们都走了，说贴心话的人都没有了。""可不是吗，相处了几十年了，这一说分就分了，以后再见面就难了。快点坐吧，大雷呀，快点烧水给吴奶奶沏茶。"

"听见了。"胡大雷高声回应道。他没理会还在院门口尴尬地站着的刀疤老人，进小厨房去烧水了。吴奶奶打开折叠椅坐下对胡大雷奶奶说："大雷上中学了吧，日子真快呀。""上初一了，如果要搬迁还不知道怎么上学呢。他爸说了暑假时回来再商量。他吴奶奶呀，今天你来是啥事呀？现在拆迁又加上'非典'，这么忙，没事你是肯定没时间来我家呀。看着你那么忙那么费心，真让人心疼呀。"胡大雷奶奶侧身坐到床上说。吴奶奶瞄了一眼窗外，看到胡大雷还在小厨房就低声地慢慢地说："是有件事得跟老姐姐你商量商量。你没注意我今儿不是一个人来的，扫街的刀疤大哥也跟我来了，在院门口呢。他今天找了我两次求我带他上你家，他说他有点儿事要跟大雷说说。"吴奶奶看胡奶奶有些懵懂发愣的样子连忙安慰道："你别怕，没什么特要紧的。我也问过他，他不说。他这个人几十年了就是一个闷葫芦。他只是说和你孙子说说就行。老姐姐你也看见了，刀疤大哥长得是吓人，可这几十年在这胡同里扫大街拾垃圾没日没夜的，无论刮风下雨从没落下过一天，没跟哪一家拌过嘴，还净给老街坊们免费修车。不容易啊！"胡奶奶听着这些话不停地点头。是啊，细想起来可不是吗，做到这些也真的不容易。吴奶奶喝了口水接着说："今天他找我，求我说说情，让他和你这宝贝孙子聊点事。我问他啥事，他又犟，不肯告诉我。我也是犹豫来的。可他说等这胡同快拆完了，将来也用不上他这糟老头了，他也可能见不到我了，只求这一回。说得我心里酸酸的，哎！"吴奶奶说到这儿长叹一口气。胡奶奶听到这里心里也是一阵微微的酸楚。她看到吴奶奶停下来没有接着说的意思，便搭话儿道："啊，跟孩子说一会儿话有啥大不了的，还您亲自来，费这么大劲，又是在自家里，有什么呀。他自己直接来也没事。他这么多年了，咱们信得过。不过这样也好，他们说他们的，咱们老姐俩聊咱们的。"吴奶奶听到这儿随声附和道："对，对。咱们今后还不知道有没有机会聊天了哟。这一段时间也真是快憋闷死了。老街坊越来越少，就两三家了，咱们还有几年呀，真是不愿意再折腾了……"

胡奶奶刚要对窗外喊胡大雷，胡大雷提着水壶进来了。他对吴奶奶说："吴奶奶，别喝那凉白开了，我这就给您沏茶。"吴奶奶忍不住抚摸了一下胡大雷的头夸奖道："这好孙子，真是懂事。"这时，奶奶用较正式的口气对正在往暖瓶里灌水的胡大雷说："大雷，扫街的刀疤爷爷说要跟你聊点事儿，你呀，搬两个椅子，带杯茶去厨房，听听你刀疤爷爷跟你说什么事。你得听他老人家话啊。"奶奶说最后一句话时语气还加重了。当胡大雷听到奶奶的第一句话时,心里就是一激灵,差点把开水浇到自己脚上,听完最后一句他真有点傻眼了。他猜得出刀疤老头儿找他就是还不死心,财迷心窍还想要宝盒,可这些怎么跟奶奶和吴奶奶说呀。"大雷呀,你别怕,你打小就看着他给咱们胡同里的扫地、修车是不是?他是好人。"吴奶奶也开导了胡大雷一句。平时还挺能言善辩的胡大雷,现在却是张口结舌啥都说不出来。在家里奶奶正式讲的话就是圣旨!他从小到大从来没有一次不听奶奶话的,尤其是爸爸出海的时候。他真的不知道怎么向奶奶和吴奶奶解释他和刀疤老头儿之间的事情。"快去吧。拿着马扎儿。"奶奶又催了一句。他下意识地走过去拿了一把叠起来的马扎,又拿了一个小板凳,慢腾腾地走出屋,这就是他对奶奶最大限度的反抗了。

吴奶奶竟然也跟着他出来,在他进小厨房的空当,吴奶奶把刀疤老人领进院子,又跟他嘀咕了几句话,带他进了厨房。吴奶奶像是进了自己家一样,从胡大雷手中拿过马扎,打开让刀疤老人坐下。也就五六平方米的小厨房,煤气灶和切菜做饭的桌子占了一小半,两人再一坐下还就挺拥挤的了。吴奶奶临走时仍不忘捎上一句:"大雷,好好听爷爷说话啊,有事儿叫奶奶。"胡大雷听了这话,心里这叫一个不痛快。可吴奶奶的话在他心中还是有相当的分量的,他只好轻声地用鼻子"嗯"了一声就一屁股坐到了小板凳上。刀疤老人识趣地把马扎往后移了移,贴到了墙边,给他和胡大雷之间留出了一些空间。老人稍缓了十几秒钟,抬头看了一眼脸冲窗外,十分不友好的胡大雷说:"小兄弟,对不住啊,昨天让你受惊了。你们一个女同学还隔离了,我这心里也很不好受。"老人说话的口气和他说出的事情着实地让胡大雷吃了一惊。他没想到老人不但没责怪他还向他赔罪。他更没想到刀疤老人居然也知道裘莹莹被隔离了。不过他转念一想,是啊,他肯定会打听的,他还惦记裘莹莹手中的宝盒呢。

他今天来找我肯定也是还对宝盒不死心。"你肯定想,我今天找你还是为了宝盒。"老人的话打断了他的思路,而老人的话也让他再次大吃一惊,他居然猜出了自己的心事。可刀疤老人没什么表情仍低头慢条斯理地说:"是,我找你还是因为宝盒的事。不过不是像你想的那样。我绝不是财迷心窍。我一个无儿无女快蹬腿儿的糟老头子,发了财又有什么用啊?"他说到这里忽然抬起头,双目直盯胡大雷,加重语气说:"可你知道吗,那里有我的命啊。我,我……"刀疤老人说到此,居然声音变哽咽了,说不下去了。老人的目光中仿佛带着火,让胡大雷感到惊骇,他本能地往后仰了一下身子躲了一下。老人马上意识到了什么急忙说:"小兄弟别害怕,我这副模样是不该脸对脸地见人。哎,可小兄弟,你知道它是怎么落下的吗?"不等胡大雷回答,刀疤老人就继续讲道,"我给你讲讲我小时候的故事吧。"

"我和你一样也是这个地方长大的。几十年前我就在这条胡同里窜着玩。我小时候是个孤儿。父母是香山那边的农民,在我很小的时候他们就全都走了。日本鬼子战败了那年,我十四五岁,比你现在还大一点,突然患上了可怕的伤寒症,被同村人抬到村外荒废的观音庙等死。恰好梁先生去我们那里选地方办慈幼院,他冒着生命危险拉我回城,住进医院,还和梁夫人一起治好了我的病。后来他破格收留了我这个'大'学生入了慈幼院。我那时是野惯了,文化课一直学不下去。我经常逃课,只爱上山掏鸟、下河摸鱼,四处淘气。不过劳动课时我干得最欢,下学后我也很喜欢干活。我是吃住都在学校,老师们都叫我'小帮手',那些校工们也叫我'小杂役'。到了十六七岁时,我的那些年纪小的同学们早都全毕业走光了,我还留在学校不愿走。最后梁先生说:'就让他跟着我吧。'我就来到了梁家,就是你昨天爬上去的那个小洋楼,梁先生是大教授大好人呢。我先在梁先生家干杂活,又在那边的那个妇产医院学着烧锅炉。那时梁夫人是院长,还负责做手术。再后来梁先生又让我

学了开车,专门为他和夫人开车。那时这一带每个胡同我都跑过。"说到这里,刀疤老人的脸上露出了难得一见的笑容。是啊,那是一段令他终身难忘的愉快岁月。那时他不仅是让人钦慕的英俊的司机,还有心中的恋人小初。刀疤老人把思绪转回来,轻咳了一声继续讲述他的故事。

"可这一切,却在1949年全都变了。一切都完了!那一段时间梁先生特别忙,而且行踪不定。我不知道他具体是为什么事,可我知道他好像是处在危险中。那时候,梁夫人的哥哥也几乎每天来电报,让老太太和梁先生一家赶快去台湾。老太太是梁夫人的亲生母亲。梁夫人有时在车上和梁先生说时也不避我。梁先生和梁夫人早已决定留在北京。梁先生舍不得慈幼学校的那些孩子。梁夫人也放不下住满产妇和婴儿的医院,那医院中每天都有婴儿出生,有母亲需要手术,而一些高难的手术只能梁夫人指导才能做。以前大手术都是她亲自做,那一段日子梁夫人自己也怀孕快生产了。

"梁先生那时暗中还干一些更重要的事,我是不懂,可能猜出来。我记得他那几天曾去过东边不远的锡拉胡同何市长家两次,梁先生与何市长是山东老乡。后来我知道了,他们都希望北平能和平解放,都在为和平解放想办法。梁先生在联络一些教士、僧人和牛街地区的阿訇,联名向政府请愿和平解放,保住那些教堂、寺庙。但是,梁夫人的母亲——老夫人——还是想一家人去台湾与她亲生儿子团圆。她常念叨劝梁夫人先去台湾,或去香港,说看看时局有什么变化再做打算。老夫人的两个儿子都是国民党大官,一个去了台湾,一个在香港。两个儿子很害怕解放军解放北平后,逮捕老夫人或是找梁夫人一家人的麻烦,不断地写信、发电报给老夫人。老夫人还有一个妹妹也随丈夫早早地去了美国。梁夫人后来也让老夫人说得心里很矛盾,她是既舍不得离开当时的北平,也真怕打起仗来伤了自己和孩子,想避一避。她还是非常替梁先生担心,那时候国民党特务特别心黑手辣。

"梁先生那时已提高警惕了,因为那几天何市长的女儿已经被国民党军统特务炸死了。好在梁先生一直还没有公开自己的想法。梁先生以为自己是慈善会会长,又与许多外国传教士是好朋友,那些特务不敢也没理由'动'自己,他还是经常出去活动、联络。那一段时间他几乎每天深夜才回家。梁先生不知道一场巨大的灾难马上就要来了。

"那是1949年的一月份儿,我记得特别清楚。因为过了元旦时间不长,我还一直盼着好好过春节呢。一天,我开车带着梁先生去石景山模式口那边,那里山上有个慈善寺,离寺院不远的深山里,有一个外国教会建的小隐修院。梁先生说那里比较安全,把慈善会的一些重要文件和东西都转运到那里。他也怕仗在城内打起来,还拉过去一些药品和简单的医疗设施,做了收容病人和难民的准备。可事儿就出在那儿了。

"那一天,我们刚开车穿过一个小村子来到半山腰,就发现在路中央有一块大石头。我当时心里已经觉出了有些不对劲儿,那几天出门时梁夫人一直嘱咐我要特别小心,而那两天也没有大雪大风,石头怎么会滚到路上呢?我没让梁先生下车,仔细看了看四下没有什么异常动静,我才跳下车跑到车前把石头推开,它得有二百多斤。可就在我推石头的那一刹那,突然有三个人从路边树杈子后边的草丛中跳了出来。那时路边全是小酸枣儿树和野蒿,又矮又密,后面藏个把个人在路上根本看不到。我意识到可能是土匪,刚转身往车上跑,可他们中一个与我年龄差不多的身手特别快,他向前一蹿就抱住了我的一只脚,往后一拉,我一下子就摔倒在地上。另一个岁数大的从另一边跑过来,用手里的木棒子照我头上就是一棒子,我当时就晕过去了。等我醒来发现我双手被捆着跪在车里了,车还在开。我当时很纳闷儿,一般小股的土匪是抢完东西就走,不会再绑人,土匪更不会开车。这些人为什么还捆人呢?是不是绑票啊?我当时眼睛被布蒙着什么也看不到,嘴也被擦车的破布堵上了。但我能感觉到车还是往山上开,而且离开了主路,车子特别颠簸。车子停下来后,他们又推搡着我们往山上走,跌跌撞撞地顺着一条小山路往山上走了二十多分钟。我的头像是要炸了一样疼,可我还是能判断出车的转向和上下坡的高度、距离,我使劲把它们记下来。

"最后到了一间屋子里,他们才解开了绑绳和眼睛上蒙着的黑布。我看到梁先生坐在两个八仙桌合在一起的长桌子前,对面坐着一个披国民党军大衣的人。他们让我蹲在了墙角。梁先生对面那人看起来四十多岁,精瘦精瘦的,没精打采的。他左边站着一胖子,穿着皮袄,满面横肉,表情如凶神恶煞一样,腰里别着枪,手里还攥着两个山核桃。坐着的那个人假装客气地先开口了:'梁先生,现在时局太乱,只好以这样的方式请您过来。'梁先生'哼'了一声气愤地说:'谢谢你们的"请",请问"请"我们来这里有什么事?'那个人如笑面虎一般假装和气地说:'请您来有两件事,一是时局紧张,为抗击共军,党国需要借您藏在这山里的物资一用;二是奉上峰命令请您与您夫人和老太太一起坐飞机去台湾。党国很需要您。''你们还真不是土匪,是保密局的?'梁先生忍不住问道。没等坐着的那个人回答,那个玩核桃的人抢先横眉立目地叫嚷道:'土匪怎么了,绑不了你吗?'那个坐着的人阴着脸挤出一丝笑容说:'特殊时期,我们是党国临时特派的人员。怎么样梁先生,您答应了我们,明天就直接送您去机场,让这小兄弟回家跑一趟送个信,明天你们全家人就在机场团圆了。我们是想去还轮不上呢,我们都羡慕您呀!'梁先生这时已经猜出来了,这个国民党特务是和当地土匪勾结在一起,既想把他绑架到台湾,又想和土匪一起吞掉这里隐藏的物资。这些人是想趁解放军进城前最后狠捞一笔,这些人真够毒的!梁先生沉思了一下沉住气说:'我本人有会务在身,不能离开北平。

至于夫人和岳母大人她们是否愿意去，我完全尊重她们个人的意见。这里存的物资全属于慈善会和教会共同所有，我一个人做不了主，而且主要是文件。如果你们急需一些什么东西，我可以帮你们说服其他会友和教友拨给你们一些。'那个玩核桃的人一听这话露出了土匪本性，他抢话道：'什么拨给我们一些，我们全要。尤其是你和那些洋人秘密藏起来的。我们盯你不是一天两天了。'梁先生听到这话心里咯噔一下，他明白了这些人绝不是简单的小蟊贼。那个坐着的人不满地回头瞪了一眼旁边站着的土匪，他双眉紧锁地看着梁先生说：'我已想到了，可没想到您这么直接。什么事都应该好商量，实不相瞒，那两个留守的洋神父误解了我们，自己乱跑，都掉山下摔死了。慈善寺的和尚我们也遣散他们回原籍老家了，仗一打起来这里也不安全呀。我们先暂时接管这里了。不过，很快这里也会被共军占领的。他们要是来了，这些和尚、洋人更没好结果。'这个人是慢条斯理地无所谓地说，可梁先生听到这里却已是怀着揪心的痛和切齿的恨。他不禁怒斥道：'杀神职人员你们要遭报应的！'那两个神父是梁先生的好朋友，梁先生一直劝他们回国避一避，或是直接向欧洲总部请示，临时撤回所有人员。可他们仍是固执地要坚持留下，他们认为守在这里是上帝赋予他们的使命。他们前两天还向他咨询解放军的宗教政策，想等解放军来了后时局一稳定，就重新开展传教活动。这些匪徒一定是以为外国人藏了不少金银财宝，拿不到就丧心病狂地将他们杀害了。这个国民党军官看来也不是什么好东西。想到昨天还与他一起谈笑风生的两位挚友，今天却惨遭毒手倏然而逝，梁先生眼中噙满了泪水，牙关咬得紧紧的。那个土匪听到梁先生的话可不干了，他恶狠狠地对梁先生说：'你还敢咒人，你以为老子怕这个？'他那个架势是恨不得扑过去打梁先生一顿。他刚向前迈了半步就被坐着的那个人摆手止住了。那个坐着的国民党特务仍假装和善冷静地说：'梁先生，我说了，他们是自己乱跑摔下山的，而且洋人总是自以为是，我希望我们能较好地合作。'他说话的同时，从他旁边椅子上一个皮包里拿出几张纸、一支笔，把它们推到梁先生的面前说：'梁先生，把您保存在那个隐修院里的东西全是什么，存在隐修院的什么地方，如何进去尽快全写下来。我们替您也是替党国保管它们。有些东西党国临时征用，将来也会作价赔偿您的。您放心，您写完了我们拿到东西，明天我们就送您去机场。去台湾，去美国，多美的事啊！我们弟兄这辈子还不知道有没有这个福分呢。'说完那人发自内心地苦闷地长叹了一口气。他可能在内心深处真切地感受到他们的末日快到了。梁先生强忍住泪水威严地说：'我已经说了，那些东西不是我个人的，我做不了主。你们要征用尽管自己去拿好了。'

"'说得轻巧，你们藏得鬼都找不到，我们怎么拿。你别舍命不舍财！'那个攥着核桃的土匪又迫不及待地恶狠狠地说了一句，手中的两个核桃被他攥得嘎嘎响，他的另一只手攥住了别在腰上的手枪。梁先生仍然冷静地对坐着的那个人说：'你们既然说是代表党国，我想不应该跟打家劫舍的土匪一样吧。我说了，东西你们怎么拿，我管不了。去不去台湾我要与内人商量一下。所以，请你马上放了我们，让我们走。'坐着的那个特务掏了根烟叼在嘴上狠狠地说：'梁先生，我们是党国的人，我们也知道你有背景。可我们也要吃饭呀。何况"将在外君命有所不受"，我们也有我们的规矩。''那就按你们的规矩办吧。不过他只是个下人与这些事无关，请你们放了他。'梁先生毫无惧色地指着我说。我急忙站起来说：'先生，我要和你在一起，我不怕他们。'那个站着的土匪一听我说的话就来气了，他拔出手枪冲过来说：'你算个屁呀，现在就他妈毙了你。'就在他的手抓住我衣领子刚提起我来的时候，那个坐着的特务低沉地喊了一句：'等一下。'这个土匪回头看了一眼那个特务说：'你留着他有什么用？不给他们点厉害，他们还以为大爷有时间跟他们逗闷子呢。'他说完搡了我一把才松开手。那个坐着的特务对土匪说：'你先出去歇会儿吧，我再和梁先生说一句话就出来。'他说着把烟扔给了那个土匪。土匪接过烟又瞪了一眼梁先生和我，出去了。那个大特务并不是不想杀我或是有什么善心，他留着我是另有打算。他比那几个土匪还毒、还狠。那个特务看见土匪出去以后，凑近了对梁先生故作亲近地说：'梁先生，本人是受上峰之命，上峰也是受您大舅子之托，送您全家上飞机。所以，本人可以保证您把所藏物资的地点、数量写清楚了，我们弟兄们赶紧去清点一下，绝对不会让土匪撕票，让这小兄弟开车带您走。可是您若是不识时务，我也不好控制局面啊，那些人都是亡命徒！'梁先生轻蔑地看了他一眼说：'我只有现在车里这些东西，你们都拿走吧。''车里的那算个屁，尽是没用的文件、账本，我们要的是真金白银……'那个特务气急败坏地说，而说到这里他又警觉到自己说漏了嘴马上停了下来。'您好好想想吧，别让兄弟我最后也没有办法帮你。'那个特务丢下这句话抬屁股走了。

"看到他们走出去，梁先生转过身来对我说：'路加，头上的伤怎么样？先让我看看。'我的头当时特别疼，破的地方血已经凝固了。我忍着痛对梁先生说：'没事，梁先生。我们怎么办呀？''是我大意了。这两天太着急了，忘了防范土匪这档事了。这一带一直很太平的。这些土匪肯定是那个特务从别地儿招来的。居然和土匪同流合污，这样的政府怎么能不亡呢。'梁先生愤怒地说。'梁先生，我们现在怎么办呢？'我又着急地追问了梁先生一句。"

"雷子，你跟刀疤爷爷说完了吗？"正在胡大雷听得入神时，吴奶奶询问的声音从外面传来。胡大雷现在的情绪已经不是刀疤老人刚来时的那种情绪了，他现在听得正起劲儿呢，正急于知道下面的结果会怎样。而且，这几年来也没有人一下子跟他说这么多话。吴奶奶这一问，他一下子犯难了。他想说挽留刀疤老人可又说不出口，自己刚才还恨不得赶他走呢。刀疤老人又好像看透了他的心思，站起来抢先对吴奶奶说："吴主任，我们还有几句话……您看？"吴奶奶爽快地说："还有话你们就继续说吧，反正现在孩子也不上学，晚睡点没事。我先回去了。"

"那我还是先送您吧。"刀疤老人有些不安地说。"送我干什么，我一个老太太。你们聊吧，明天你也歇一天吧。现在哪儿有人上街呀，马路上就没这么干净过。你明天下午去居委会领点消毒液，把那街上和拆迁院里犄角旮旯再喷喷。""好，好，您放心。"吴奶奶和刀疤老人一边说着话一边就走到了院外。胡大雷喊了一句"吴奶奶再见"就转身跑回了院子。他给奶奶打了一盆温水，说好了让奶奶洗完先睡下，自己再听刀疤老人讲讲过去的事。奶奶没有阻拦。他把正房的门关好，端着一杯茶水回到了厨房。刀疤老人已经先回来坐下了。他连忙把水递过去说："您喝点水吧。"刀疤老人感激地微微抬起身子，接过水说："谢谢小兄弟。那咱们就抓紧说。"

"其实啊，那个特务不杀我是因为他还想利用我。夜里时他们把我和梁先生分开了。深夜时他们把我从关着的屋子提到另一间屋子。这个小院总共也没有几间房。新中国成立后我曾又去找了一次，这院子是一家大财主给看坟人盖的，很简陋。特务走时还把它给烧了。到了那间屋内，那个特务让我回家告诉梁太太和老夫人，明天梁先生自己直接去机场，让我开车回家，明天送梁太太和老夫人也去机场。我不答应，我赌气地说见不到梁先生亲口对我说，就是死我也不走。那个土匪又要冲过来打我，他好像不打人就手痒痒。另外一个土匪说：'你看他那熊包样儿，你不打他，他都可能把车开沟里。'那个精瘦的特务又发话说：'带他去见见，他回去也好交代。'两个土匪推搡拉扯着把我带到另一间小黑屋儿。这屋子四处漏风，一个土炕上放着一盏小油灯，梁先生坐在炕沿上，几张纸还有一杆钢笔放在他身旁。'说吧！'小特务不耐烦地恶狠狠地说了一句，我把刚才特务们的话又对梁先生重复了一遍。梁先生表情凝重，冻得直哆嗦地说：'你按他们说的去做吧。我明天从这儿离开。你就不用来接我了，不用回来了。'他抬头顺着没开的门向外看了一眼说：'门是窄的。路上小心。天上伯利恒的星会引导你，小心农民的绵羊……'

"梁先生的话这么不着边际，他表情又是那么沉重，我肯定是不会离开他的。

"那个土匪没等我再听梁先生往下说什么，就又把我一下子推搡到院子里说：'少啰唆，赶快滚。车船店脚牙，没罪也该杀。'

"'我不走，我就死在这儿了。'我在院里还在喊。

"'路加，按他们说的做！开车走。记住，不用回来了！'屋里又一次传出梁先生高亢严厉的喊声。

"那个身手特别快的小特务又蒙上我的眼睛，拽着就往山下走，顺着曲里拐弯的山路走了一会儿，他指着远处一条小路对我说：'从这下山就看见你的破车了，下山头两个岔口往左，第三个向右。算你命大有福，这是进城的特别通行证，滚吧！'

"我当时也不知该怎么办，想了一想也只能先开车回去向夫人和老太太报告，让她们想法儿营救梁先生。虽然山路很险很陡，我还是一路狂奔，下了山找到了汽车，又一直没眨一下眼地加大油门跑回城。当时要是没有国民党军队发的特别通行证是进不了城的。我回到家时，夫人由于有孕在身已在客厅的沙发上睡着了。只有老太太和小初还在客厅里撑着。她们看见满脸是血的我都吓坏了。我先说了一句：'出大事了！'老太太就示意我别再出声，怕我吵醒夫人。她让小初在客厅守着夫人，让我跟她进楼上她的卧室说话。我就原原本本地把事情经过说了一遍。老太太一听就泪流满面，沉默了很久很久她才郑重地看着我说：'路加呀，你一直是听奶奶的话的。这次你能听我的话，按奶奶说的去做吗？''只要能救梁先生，我什么都听您的。'老太太流着泪对我说:'你听我的话就行。待会儿夫人醒了,你就说梁先生有特别重要的事回不来。他让我和夫人收拾好东西,明天,不,已经是今天了,今天一早上就坐你车直接去机场,坐飞机去台湾。梁先生说好先去办个急事,有人直接送他上机场了。让夫人平安生下孩子,过些日子我们全家人再想办法回来,这里仗还是要打的。'我听了奶奶的话都傻了。这是让我骗梁夫人呀,而且梁先生怎么办呀?我一下子就跪在老太太面前哭着说:'老太太,您快想怎么救梁先生吧!您不能这么走啊!夫人也不会信呀!'老太太依然流着泪表情沉重地对我说:'好孩子,你起来,你听我说,这是最好的办法了。那些特务是冲着我和夫人来的,这都是我那畜生儿子背后捣的鬼。我们走了特务才不会杀梁先生,他们都能发电报通消息。飞机场也有他们的耳目。只有那样,梁先生才可能在特务那里保住命。如果我们不走,他们反倒会狗急跳墙,而那些土匪不见着钱是不会死心的。不得到钱,他们不会轻易撕票的。我和夫人走是最好的缓兵之计。'老太太说到这里看了一眼挂钟和窗外接着说,'时间也快到了。你给车加满油,送完我们就赶快到慈善会找赵会长,他会通知城外的解放军救梁先生的。你听明白了吗?'我当时也没有其他的什么主意,我觉得老太太说得对,以前家里发生大事也常是老太太拿大主意,我只好点点头起来了。老太太又叮嘱我说:'一定要按我说的跟夫人说,千万不能提梁先生的事,她快要生了,受不得这个。你的头洗一洗擦一擦,夫人要问就说是不小心撞的。这几天大家都慌里慌张。'我又忍不住问了一句:'那将来夫人怪罪我怎么办呀?'老太太低头想了一下说:'我会写下一封信给梁先生,说明一切都是我让你说的做的。你看这个盒子。'她从抽屉里拿出一个闪闪发光的盒子让我看,就是你们几个昨天拿到的那个盒子。那时,那个盒子比昨天看见的时候还漂亮,正面的玻璃浮雕跟太阳、星星一样闪亮。老太太当时说:'我会把信写好放进盒子中,梁先生回来知道到哪里拿这个盒子。快去吧！记住，这里还有我向梁先生交代的一些事情。'我当时只好按老太太说的去做，再说我也不知道有什么其他的办法，那时的我只知道傻干活，没什么脑子。在我给车刚加完油后，老太太、梁夫人和小初一同从楼里出来了。梁夫人还是满脸的疑惑不解，一边走一边说：'老梁应该打个电话或先回来一趟呀，有多大的事连家都不能回一趟，他还有什么要带的，我也不知道啊，是不是这一两天就要攻城了……'上车时小初还看了我一眼，肯定是想问我些什么。我当时都不敢抬眼看她，赶快避开她的眼光去发动车。她们就在我和老太太共同的哄骗下去了机场。老太太原来早就有两手准备，每当夫人问到医院或慈幼学校怎么安顿时，她都有话和办法来搪塞过去，而且一再强调平安生完孩子，仗一打完就回来。梁夫人虽是有疑惑也没发现什么破绽。两个多小时，我们就到飞机场了。我连车头上的后视镜都不敢看，恐怕看见夫人的眼睛。老太太的大儿子早就寄来了坐飞机的凭证，老太太一早也打了电话，我们顺利地进去了。可越往里走我这心里越是紧张，梁夫人还不停地问，梁先生在哪儿等呢，我真的是快要撑不住了。可越是怕，麻烦事就越来找你。到了飞机验票的地方了，马上就上飞机了，老太太都已经验完票了，还回头对夫人说了一句：'他可能在飞机上等咱们呢，快上去吧。'当老太太已经过了临时搭在露天的检查口儿，就差梁夫人的时候。梁夫人突然停下不走了，她停下来回头叫了我一句：'路加！'我当时就一激灵，偷偷儿瞄了她一眼，就一直低着头不敢看她了。我的心都要从嗓子眼里蹦出来了。我当时真希望夫人赶快上飞机上去，可她用眼睛死死地盯着我说：'路加，看着我，告诉我，梁先生在哪儿，他是不是不在机场，也不在飞机上，他怎么了？'我看着她的眼睛，我当时是又害怕又难过，张嘴就是说不出来话。我太没用了，我也不知道怎么回事就控制不了，自己蹲下去哭了。老太太在检查口儿那一边赶紧解围说：'我不是说了嘛……''您别插嘴！路加，我让你说呢！'梁夫人厉声地打断老太太的话，又盯着我喊道。我还从来没见过她这么凶，眼睛快要瞪出来了。我委屈地大哭起来。我那时只有十八九岁，也真的没见过什么大世面。我再也憋不住了，对梁夫人哭诉道：'先生被绑票了，还在土匪那里呢，我骗了你，夫人，我对不起你。'我又转向老太太哭着说：'老太太，我没用啊……'老太太仰天长叹了一声，没说话。可夫人一听我的话一下子就急了，她上前一步抓住我的上衣厉声喝道：'你说什么，再说一遍，梁先生在哪？'我无奈地又把被绑的情况大致说了一遍。'你临离开时梁先生说什么了？'梁夫人仍抓着我不放，又逼问了一句。我使了好大劲儿才说出：'梁先生说不用回去接他了。'梁夫人喊了一句：'惟德！'她就再也说不出话来，她一只手捂着肚子，脸上突然露出了异常痛苦的表情，弯腰蹲了下去，声音发颤地对小初说了一句：'我不行了，要生。'紧接着她疼得'啊、啊……'地开始呻吟，人半蹲半跪在了地上。小初连忙蹲下去说：'夫人您坚持一下，我搀您去那边屋里。'小初还不忘回头狠狠地骂了我一句：'你混蛋！'我是又难过又委屈呀。当时梁夫人已经走不了路了，小初一人又要伸手抬她，我赶紧也蹲下，凑过去说：'我抬夫人进去吧？'可是小初竟然对我喊道：'滚，你这骗子、胆小鬼。'她不知从哪里来的力气，竟然一个人把夫人横着抱了起来，朝旁边的屋子快速地走去，后来又变成了斜着半抱半拖地进了旁边的一间小房子，梁夫人的鞋全都蹭着地，拖掉了。梁夫人还用微弱的声音向我叫道：'快，路加，快去救梁先生。快……他要当爸爸了……'梁夫人的这句声音微弱的话像惊雷一样一下子唤醒了我。对，我拼死也要把梁先生救出来，只有救出梁先生我才能洗刷自己的罪孽。我冲她们喊了一声：'我一定要把梁先生救回来！'我就往回跑，我快到汽车跟前时回头看了一眼，小初抱着梁夫人已经进了屋了，老太太被拦着出不来，好像还有两个人架着她在往飞机那边走。

"我也顾不了那么多了,我那时只有一个心思,一定要救梁先生出来,就是让土匪打死我也不怕。我又发疯似的往石景山那里开,我要马上回到那个小院儿去。可是,如果当时真的问我怎么救梁先生,我也不知道,我只是红了眼想跟那些土匪拼命。

"在快到慈善寺的山路上,我被几个解放军拦住了。他们持枪横在山路上,还临时设了一个卡子。他们用枪指着我,拦下了车问:'你是干什么的?'我当时还不知道他们是解放军,我说:'我去那边山上救我家先生,他被土匪绑架了。你们快让我过去。'他们中有一个年长一点儿的当官的说:'我们就是剿匪的。你哪儿来的车,先跟我们到连部去。下车!'一个小战士端着枪还要过来押解我。我一看就急了,我也不知道他们是什么部队,以前也没见过解放军。我当时就想豁出去了。我一加油门就冲了过去,他们都闪到了两边。我听见他们在后面喊:'站住、站住,不许动!'后来又传来了一声枪声,我也没有停,踩了脚油门就往山上冲,并快速地转到曾走过的岔道上。这条路又窄又陡,根本就不像条路。如果是平常我都会慢慢开,一点点地挪,可当时的情形根本就容不得我再小心慢慢地开了。我就这样不知死活地冲回了通向土匪关押梁先生那个小院的那条小道上。我刚开到临近山顶的拐弯道的地方,那个最开始抱我腿的小特务就端着手枪从斜前方冲了下来,枪口对着我,嘴里还骂着:'你不知死活,还敢回来找死。'我一看到他就恨不得马上杀了他,就是因为他,我才摔倒了被他们捉住的。我看准了他来的方向,一低头一打方向盘,脚下一加油就朝他撞去。他刚'啪、啪'开了两枪打碎了风挡玻璃,就听到'砰'一声和'咚'的一声巨响,第一声响应该是那个特务被车撞飞了出去,第二声响是因为我看不清路,汽车撞上了路边的一棵槐树,好在我当时还狠踩了一脚刹车,不然,汽车也会撞断树滚到山下去,那树才碗口粗。车的一个轱辘已经悬空了。我从另一面跳下车拼命朝山上跑去,跑了几十米我就看见了一个小院，院门迎街的背阴房子全是麦草覆顶的土坯房。到小院门口，那个玩核桃的土匪就从院子里冲出来，不过这回他手里攥的不是核桃而是一把闪着寒光的匕首。看见我，他没说话，上来朝我胸口就是一刺，还好当时我年轻，侧身闪了过去。我本想上前抱住他，可是，这些土匪全都心黑手辣，而且练过一些武功，我怎么能抱住他呢？他拿匕首扑空了，但他撤回时顺手又从下向上划了一刀，我当时身子还向前倾呢，他这一刀从胸口到脸上正给我划了一个大口子，就成了今天这个样子。当时给我疼得大叫，可还没等我再缓一口气，他上来又是狠命地一踹，我就整个身子悬空地飞滚到山下去了。在滚落的时候我还听到了从山下传来的枪声，那是追赶我的解放军开的枪，他们已经赶到了，可我滚到山坡下时早已晕了过去……"

刀疤老人说到这里，又把短袖上衣解开了两个扣子说："小兄弟，你看看。"胡大雷顺着老人的目光一看，一道深深的刀疤从老人的肚脐斜上方一直延伸到肩胛骨与老人脸上的刀疤接上。刀疤深得几乎可以看见骨头，伤疤两边的肉向两侧翻着。这深深的刀疤令人不寒而栗，胡大雷不禁打了个冷战。他忍不住问道："后来怎么样呢，你是怎么活过来的？"

刀疤老人拿起杯子喝了一口水，长叹了一声。想起后来的事，他忍不住流下泪水。

"几天以后我才醒了过来，我一直躺在解放军驻扎在当地的一个连部里，那是一个村里的小道观。剿匪的那支队伍已开拔到别处去了，留守的是另一支部队，我问他们当兵的，他们也不知道情况。后来他们带我见了一个排长。那个排长说，剿匪的战士找到我时我浑身是血，还有口气。他们就试着把我抬回来，能活过来真算是我命大。他说我养好了可以回家，他们给开证明信。剿匪的部队临出发时嘱托过，说我为剿匪立了功，给他们引了路还勇敢地与匪徒搏斗。我急着问他梁先生的事，他一点儿也不知道。他们只知道被特务和土匪看押的人全都被打死了，特务还烧了房子，几个特务、土匪逃跑时被解放军歼灭了。我当时听完就眼前发黑，又昏了过去。因为失血过多，我又发烧昏睡了好几天。但是，那时我还是不能相信梁先生会死。

"等我能起床了，我强撑着起来又费尽吃奶的劲儿找到那个小院，小院已被烧得面目全非。外面的土坯房烧没了，院里的一间正房屋顶也全烧光了，碎瓦片摊在地上，墙也坍塌了一半。我使劲回忆着找到了关押梁先生的那间小房，我把满地烧焦的草灰扒开想找到梁先生的东西，可是什么也没有。我在那里一直哭到天黑。我没有保护好梁先生啊！没有了梁先生，我这个样子，人不人鬼不鬼的，活着还有什么用啊！

"晚上解放军排长把我弄回营地批评了半天，说我不该不好好休息不打招呼就乱跑，我没有说一句话。第二天，我又翻两道山去了隐修院那里，那里和小院一样也全都烧成了一片废墟，全塌了，连拱门的石碴都烧裂了，灰砖都变色了。我是又恨又难过，把牙都快咬碎了，我都想把我的刀口再撕开，我当时都快要疯了，当然晚上又挨了一顿批。我不愿意跟他们说什么，只是说我想进城。我还不死心，想回小洋楼再看看梁先生是不是逃回去了。他们说没解放呢，进不了城。什么时候一攻下城来，就让我进城。后来，道观里除了我以外又住进了几个伤兵。我此后就待在解放军那里，与人家一起吃饭，也不愿意与他们说话，他们都说我是怪人。偶尔有一两个做护士的女兵看见我的样子都吓得绕着走。村里我也不愿意走动，小孩们都怕我躲我。就这样又熬了有一个月左右吧，解放军终于进城了。我揣着中国人民解放军的证明就进了城。我没有车了，走了一天的时间，到了傍晚才跑到了梁先生家。到了小洋楼发现，那里已经是解放军办公的地方了。我向解放军说明了我要找这家人，他们说只有一个女的带一个婴儿住在楼旁边的一间小房子里。那里以前是夜里放汽车和存放杂物的,是我最熟悉的地方。我当时怀着忐忑的心朝那里走去。我不知道会是什么结果,祈祷都不知道祈祷什么。到了门口,我轻轻地敲了敲门,只听见里面问道:'谁呀?'我听出那是小初的声音。说实话,我当时是又高兴又有些提心吊胆,这几十天的变故太大了。当门打开时我看见真的是小初,她怀里还抱着一个熟睡的婴儿。我颤抖着小声说:'小初,是我,路加。'猛然看见我又听到我叫她时,小初吓得倒退了两步。随后她的表情从惊恐变成了愤怒,泪水也从她的眼中夺眶而出。她发狠地大声冲我骂道:'你,你这骗子、杀人犯,滚!滚!'说完她就腾出一只手关门,我抢先一步用腿顶住门乞求道:'小初,你别,我,我也是听老太太的话才那么做的,你先告诉我先生回来了吗,夫人怎么样了?我也受伤了,我错了。''你要干什么,你是杀人犯,我要叫解放军逮捕你,你这个大骗子,他们全是你杀的……'她一边说一边踢我的脚和腿,不容我解释就把门给重重地关上了。我是在听到她说'他们全是你杀的'那句话时忽然全身一点力气都没有了,就瘫在地上了。小初的话使我猜到梁先生和夫人可能全没了。他们曾如同我的父母一样爱我、抚养我。我当时抑制不住,瘫坐在门口大哭起来,我一边哭一边只会说一句'是老太太让我那样做的'。我听见小初也在屋里哭,一边哭一边骂我是胆小鬼、骗子、杀人犯、魔鬼,夫人和先生全是我杀死的,并诅咒说上帝会惩罚我的……她的每一句话都像一把刀子一样戳在我心上。亲人去世了,小初又这样待我,我真不知道我还要不要活下去了。不知道过了多长时间我哭昏过去了,等我醒来时,又是在解放军的一位战士的床上了。他们说要不是他们救起我,我就冻死了。这是解放军第二次救了我的命,他们是在我身上找到了剿匪部队给我写的一张证明才救我的。小战士们还都很敬佩我,围着我问怎么与匪徒搏斗,可我只是流泪,心里也只有悔恨和委屈。后来他们的领导来了，问我一些情况。我哭着把我和梁先生被绑的事和解放军救我的事说了。他又问我老家在哪儿，将来有什么打算。我说，我哪儿也不去，我就守着这儿等梁先生回来，他不回来我也给他守在这儿，我那时跟精神病人一样，就是不愿意相信梁先生和夫人会真没了。那个解放军领导对我特别好，他们就让我在那里当杂役，烧开水、扫地，把我当兄弟一样，还几乎每天都开导我。小初不愿见我，没两天就搬到妇产医院去了，那里也被解放军接收，继续当医院了。

"从那时起，我在那个小楼的门房里一住就是20年，守着那栋房子。'文化大革命'时，那些造反派把我从小楼那里赶出来，我才住进了现在的小平房。最初，我在妇产医院那边，偶尔还能远远地望见小初和梁先生的女儿，就是小初当初怀里抱着的那个婴儿。可她们母女俩呢，小初对我只有恨，她的女儿从来就不知道有我这么一个人存在。我只能趁着扫地、收破烂的机会远远地看看她们。这就是我活下来的一点安慰吧。我活下来，就是为能看看她们吧。这几十年风里雨里，我看见她们顶风冒雨，想去帮一把，可我又不能往前凑呀。十几年前，小初的女儿来我这里修过一次车，我仔细看了她的长相。她漂亮，看着人就心善，和当年的梁夫人一样。这让我高兴了一个月，现在想起来还跟昨天似的。小兄弟呀，昨天，我终于有机会证明我的清白了，你说我能不急吗？那宝盒里也还有老太太留给梁先生的话呢……我一个快死的糟老头子，钱啊、财呀，我没有可图的。可我是真的想让小初相信我说的那些话，能知道我是清白的，能认我这个糟老头子是她的亲人，是天底下最挂念她的人……"

说到这里，老人又抑制不住流出了眼泪，低头撩起自己的衣角擦着不断流出的泪水。胡大雷被老人的故事深深地感动了，平日里只是看着他无言无语地扫大街，没想到他还有这么一段不平凡而又悲惨的经历。胡大雷忍不住问:"小初,啊,就是那个小初奶奶住哪儿呀?"刀疤老人抬起头看着胡大雷,声音一下子变得清晰,声调也一下子变得轻快了,说:"小兄弟呀,要不我怎么今天豁着老脸找你呢。世界上就有这么巧的事,你那个小同学,就是被隔离的那个女孩子去的那家,就是小初的家。那个老太太就是小初。这是上帝的安排呀。今天早晨你射纸箭,我一直在不远处看着呢。我替你高兴呀。看见小初和你的同学都没事我也特高兴……"老人那刻着深深刀痕的脸庞露出了难得一见的笑容。"你藏着,盯着我呢……"胡大雷想起来心里一阵后怕。老人不好意思地冲胡大雷"嘿嘿"笑了两声,好像是做错事的孩子。老人一直在暗中监视自己,这真让胡大雷没想到。可老人说裘莹莹就被隔离在老人曾经的恋人也就是现在的仇人家里,真的让他觉得太不可思议了。今晚他知道的事太多了。他又忍不住问:"您想找我干什么呢?想要宝盒?""我不想要,我只是希望你们别把它弄坏了。如果能打开,把信给我。不是我想要,是我想让小初看看。能让她看见信,不就一切都清楚了吗。这是我几十年的念想儿啊!"刀疤老人用乞求的口吻说完这些,又长叹了一声,愁容满面。"宝盒不在我这里呀!"胡大雷想起那天骗老人苦苦地追他,心里不禁感到很内疚,"而且,我现在也拿不回来呀……"老人叹了口气说:"没事的,孩子。我知道,不怪你。只要没坏还在就好。你们好生保管,将来能让我打开看一看就行,或是能让小初看看里面的信就行。其实那样更好!你也别急,我等了五十多年了,不在乎这一两天。我就是急着想告诉你,我不是贪财,是怕你同学把信当废纸扔了。我老了,心装不住事……哎,天太晚了,你先休息吧。"老人说到这里站了起来。这一下又让胡大雷觉得自己好像有些地方对不住老人。是啊,老人敞开心扉把亲身经历全告诉了自己,自己却还什么都帮不上他。他的命运如果真是这样,那可太可怜了。想到这里他冲动地说:"刀疤……爷爷,您放心吧,宝盒我们绝不会弄坏的,也不会不等您就先打开看。""那就好。小兄弟,我信得过你。你干的事我都看见了,有本事,好样儿的,将来错不了。"老人说着就走出了院子。天上已布满星光,月亮已快升到人的头顶正中。阵阵花香在残破的小胡同中随微风飘散。在街灯的映射下,那些高脊瓦房和如意门楼的侧影,如剪纸般静静地贴在胡同的地上,曲线柔和舒缓,而远处故宫的城墙和角楼在月光下,也如同黑色的剪纸贴在深蓝色的天空中,是那么的静谧、幽远。曲折起伏的轮廓又是那样的优美、深邃,像一首抒写在夜空中的古诗。胡大雷第一次感觉到这里的夜景是这么美。他脑子里突然出现了一个怪念头,要是裘莹莹解除隔离出来,一定叫她和李一凡晚上来他家一趟,一起欣赏这里的夜色,或者再去皇城脚下的那个小湖边坐坐……

与胡大雷一样,一个老人也在自己所住的胡同中,从另一侧凝望着故宫方向,可他只能看到故宫背后在夜色中更显庞然巨大的景山。山顶几点稀疏的灯火,使整个山体更显得漆黑如黛,混沌一体,给人以压迫感。这个老人就是谢云翮,自从下午接到周汀菡的电话,他就进入了"痴狂"状态。本来"非典"疫情使他这几天一直"赋闲"在家,这一方面使他这个"孤老头"有点百无聊赖,另一方面又给他提供了一个盼望多年的整理"旧故"的时机,他趁机开始整理自己几十年来收集的书籍资料和照片,看着昔日发黄的照片他不禁百感交集,许多事仿佛就发生在昨天。可周汀菡的电话又一次打破了他这安静得有些沉寂的小屋:"孤老头,干什么呢?"

"哟,稀客呀,'非典'让你闲得实在没事,想起我了,我正看咱们年轻时在欧洲留学的照片呢?"

"不是咱们吧,我有啥可看的,还是另有可看之人吧?"

"哎,你这嘴巴什么时候能饶一下人呢,不知你家老安怎么忍过来的。他得减肥啊。说说啥事呀?"

"啥事,用到你老本行了,这事还非你莫属。还得说清楚啊,不是我求你,是照片上的她求你。"周汀菡的这句话让谢云翮的心微微一颤,心湖中泛起了一泓涟漪。没等谢云翮答话,周汀菡接着说:"你好好仔细听啊,我弹一支只有半段的曲子,是辛雨芦的学生求她谱出后半部分,她又找我,说是很重要,一定要我接上后半部分。我觉得像你一直研究的内容。"还是没等谢云翮答话,钢琴的演奏声就从听筒里传了出来,一个个音符如清泉般从周汀菡的指间流淌出来,又涌入谢云翮那已微泛涟漪的心湖,让这一湖春水涌起了久违的浪花。早晨凝视昔日的照片,刚才老友来电话,几十年前他几乎每天聆听的似曾相识的旋律现在又在耳畔萦绕回荡……

他习惯性地闭上眼睛,沉浸在这似曾相识,令他远离恋人和尘世的乐曲中。谢云翮不能不佩服周汀菡娴熟的演奏技巧,一个七十多岁的老人,每一个应凸显乐曲内在含意的音符,弹奏的加重、间隔都演奏得恰到好处,而那些过渡和点缀的音符,又如同溪水中细小的浪花轻轻地一带而过。可就在他刚刚进入状态时,音乐突然戛然而止。

"怎么了?"谢云翮大惑不解地问。"就这些,我不是说了吗,半段曲子。"周汀菡也不无遗憾地说。

"可这也不到半段呀?"谢云翮还是不死心。

"那你只好问辛雨芦了。她就给我这么多。要不然怎么找你续上呢。这可是你千载难逢的机会呀。我得做饭去了,保姆早被'非典'吓跑了,老头子也去郊区的房子避几天,家里的事全靠我一人了。谱好了给我打电话啊。"周汀菡依旧是一贯的"霸道"作风,说完就挂了。

谢云翮放下电话走到钢琴前坐下,轻轻地弹奏起刚才听到的乐曲。这么短的曲子,他绝对不会弹错任何一个音符的,他又拿起笔和印有五线谱的稿纸记下了弹出的曲子。这乐曲的风格正如老同学周汀菡所说,就是他曾痴迷的欧洲中部地区古典天主教圣歌风格,只有像他这样，在那为数极少的阿尔卑斯山中的隐修院里修行过的人，才有可能听到过原曲。修士们从不有意外传这些曲子和唱法，而且只有在重要的宗教仪式时，他们才会演奏或合唱全部曲子。隐修院的古典圣歌虽然如同中国古代的诗词有一定的规律和格式，可仅有这一小段只能让谢云翮确定风格和时期，绝对无法寻找出原有曲谱。而且，在隐修院中，不同的修士还会根据自己的嗓音特点，对原有曲谱做小的修改，以表现出自己的特点。这样做倒不是为了炫耀自己的才华，而是通过修改表现他们对上帝的真诚和修炼的潜心。隐修院中的许多修士若到了凡尘都可以算是音乐家了。他们在平常劳动时和中间小憩时，都会哼上一段圣歌以抒情怀。

谢云翮记得，那是在1947年，他与几个朋友一起去瑞士攀登阿尔卑斯山，无意中他走失了，在漫无人际的山谷中走了三天三夜，最后在饥饿中昏睡过去。后来偶然被圣诺卡根隐修院的修士营救进隐修院。正在欧洲学习音乐的他，一下子就被院中修士所唱的圣歌和这里收藏的大量古老乐谱迷住了，当时他冲动地决定要一生留在隐修院中研究学习，或是更确切地说，是享受这里的音乐宝藏。他在院内休养了几天后，就写信给一同登山的朋友和自己初恋的女友——辛雨芦。他告诉他们他已平安但他不会再回到他们身边，他要留在隐修院几年或是一辈子，为这里的音乐！而后，他做了他一辈子都为之愧疚的事，当一个月后辛雨芦在周汀菡陪同下，历经千辛万苦来到隐修院找他时，他并没跟她离开，而让她一人在门口等了七天后才伤心离去……

可是，真是造化弄人，几十年后的今天他还是回到了故乡。几十年后的今天，竟然又是从辛雨芦那里转来了这段似曾相识的曾改变他人生轨迹的古典圣歌。难道冥冥之中真的有神灵在安排着什么吗？

他坐在琴前静静地收回自己的思绪，又重新演奏了一遍。是的，风格绝对是错不了的。但是，找到这支曲子的原曲也同样是绝对不可能的。隐修院里的那些古老的唱曲，从来没有系统地出版或有意识地向凡世传播。而且，同样风格的曲目太多了。他试着往下弹了一段，显然不像样子。他再一次强迫自己静下心，进入那种空灵的状态又一次弹奏起来，还是不尽如人意。"慢慢来！"谢云翮暗暗地对自己说。他就这样一点点地摸索着往下弹、往下谱。待他感到极度疲劳，抬眼望向窗外时，已是星光满天。

　　他站起来走到书柜前，把自己那支空烟斗拿出来叼在嘴上，走出屋，来到小院中慢慢地踱步，细想：应该能续下去，也一定要续下去。怎么办，先找找自己几十年前的笔记本，帮助回忆回忆。实在不行，还是得问清楚了这前半段乐曲是怎么来的，如果有原曲最好听一下。可，可怎么能做到这一点呢？周汀菡肯定没问题，可辛雨芦会理他吗？他回国也有几年了，在世的老同学、老朋友，只有辛雨芦至今未见到一面。几次老朋友聚会，辛雨芦已经到了，听说他要来又硬是扭头提前走了。她倔强的个性是谁也改变不了的。明天再试一天，实在不行再给周汀菡打电话吧……

第三天

早晨七点刚过，与北京城内大多数居民小区一样，已沉寂了一个多月的妇产医院宿舍楼小区内，突然热闹起来。本来并不宽敞的三号楼前变得更显拥挤，陌生的车、陌生的人全拥堵在这里。小区内、小区外的其他能停汽车的空地也都挤满了汽车，这些车有防疫中心、公安部门的，有市区各级领导的，有电视台和其他新闻媒体记者的。

在三号楼门前，几名穿着白大褂的医护人员正有序地从救护车上往下搬一箱箱盘好的吊绳和一个个方形的封闭式小吊箱，过一会儿，这些东西用双氧水喷两遍消完毒后就会从楼梯送到被隔离的二层至五层的每个住户中，之后还要演练从窗口放下吊箱吊取物品，谁也说不准今后要有多长时期，这些住户就要靠这个方法取得每天的生活必需品了。虽然这些人被隔离，不能出屋，但他们每天需要的食品、日用品都会通过小吊箱从窗户吊进各家中。

现场的每个防疫人员都戴着橡胶手套和白口罩。秦公澍和梁世仑又成了这项任务的现场指挥，他们俩也是大口罩捂得严严的。一大早，公安民警就把妇产医院宿舍区分级别，设置了三层封锁线。

四单元门口这一块儿为最里层，只有防疫人员可以进出。在这层外边是架着、扛着摄像机、照相机的记者，也全都捂着大口罩，许多人还不约而同地穿上"帽儿衫"，连头一起遮起来。实际上梁世仑是不同意记者来的。他认为人群拥挤是最不利于防控传染病的，同时也不利于病人家属和被隔离者隐私的保护。他认为不能用新闻报道打乱他们的生活，况且隔离本身就容易造成被隔离者心理上的伤害，必要时还应该做心理疏导。可是政府要社会效果、宣传效果。用吊箱解决被隔离居民的生活困难，已成为政府的一项成功"创举"了。没办法，他只好在最里圈做好现场指挥，确保万无一失。就在他查看医生们消毒的情况时，突然警戒绳外面出现了一阵骚乱。原来是裘莹莹的妈妈等不及赶了过来。本来，派出所通知她是九点，可现在七点刚过她就来了，除了胳膊上挎着的两个大包，她双手还捧着一台笔记本电脑。一些记者围住她不住地提问，她都不耐烦地摇头，只是急着要进最里面的圈内。自打昨天她知道今天能来见女儿送东西，除了睡了一小会儿就几乎一分钟没闲着。人家虽然说了只能送两小箱东西，她还是找了两个多小时，一会儿想起一件衣服，一会儿又想起一块小香皂，一会儿又想起莹莹最喜欢的一本连环画。东西放进去了又拿了出来，换来换去。海琴也把自己最心爱的发带放进包里送给妹妹。直到快夜里一点她们才上床。莹莹妈上床睡不着，又起来给女儿写了一封信，放在准备好的衣服口袋中。早晨五点多还没等闹铃响，她们又全都醒了。七点多，她们实在是忍不住了，离开了家门。

莹莹妈临出门还没忘了打电话催爱人裘仲昆快点赶过来，到小区门口会合。直到这时，裘仲昆才壮着胆把自己来不了，让战友表弟送笔记本电脑给吊上去，让他和闺女在网上见见面的计划告诉她。莹莹妈听完了想发火，又真的是没有力气和时间发火了，她也没说同意还是不同意就挂了电话。还好，何参谋的表弟非常聪明，一早就守在小区门口了，莹莹妈的身影一出现他就给认出来了。小伙子嘴又甜说话又到位，裘仲昆在电脑屏幕中也是不断地赔不是，聂政委、何参谋，还有一同来的海琴也搭腔帮助求情，电脑最终被塞进莹莹妈的怀里，而海琴还被拦在小区门口的第一道警戒线外，公安人员只准许这个小区的居民和有特殊证件的人员进出。莹莹母亲经过街道和派出所双方确认才被允许入内，海琴却被拦在外面，她懂事地说只要二姨能进去见到莹莹就行了，让莹莹妈代她向表妹问好。莹莹妈只好按要求又重新戴了一下口罩，把口罩的系绳又打开往紧里勒了勒，在一个护士的引领下走进警戒区。

秦公澍和梁世仑看到莹莹母亲过来，经过引领护士的介绍，赶紧把她让到警戒线里面来。梁世仑笑着说："大嫂呀，您来得也太早了，我们还没准备好呢。"莹莹母亲摘下口罩，又是感激又是不好意思地说："谢谢市领导啊，这两天我都快急死了。真感谢市政府想出这个好办法呀。我就站在旁边，不影响你们工作。"她刚说到这儿，就听见上面喊："妈妈，妈妈！"莹莹母亲一抬头，看见竟然是莹莹从窗户探出头来在喊她。她仰起头一眼就看到宝贝女儿，也抑制不住高喊道："莹莹，莹莹，你快把妈妈急死了。你在奶奶家，还……好吧？"她没说两句，视线就让盈满眼眶的泪水挡住了，声音也哽咽了。这时摄像机、照相机全都对向了她们母女，闪光灯闪个不停。外边的记者也不自觉地往里圈挤，本院内几个胆大看热闹的居民也往这边凑。秦公澍和梁世仑没有料到会出现这种情况。秦公澍急忙让民警去找一个扩音喇叭，并对楼上仍探出小半个上身朝妈妈大声喊叫的裘莹莹喊道："小姑娘，你先回去，先回去。"不到一分钟，民警就从警车上取了一个扩音喇叭跑着送过来。梁世仑先接过来，他摘下口罩向楼上和四周说道："居民同志们，居民同志们，我们的医护人员正在做防疫消毒工作，在消毒没完成时还是有危险性的，各家先把窗户关上，再等一些时间，工作完成了我们会通知大家。

围观的同志们散去吧,小心'非典'传染。谢谢大家合作,请马上关上窗户。"他的话刚一说完,一楼至五楼的窗户全都迅速地关上了。由于这里离故宫太近,楼房不允许建太高,所以这一带居民楼最高的就只有五层。梁世仑看见居民楼的窗户全关上后,又对记者们说:"记者朋友们,感谢你们冒着生命危险来采访。你们的精神令人敬佩,可我们也得讲科学,隔离区在现阶段还是有危险性的。希望大家为自身和家人生命健康着想,不要过于靠近隔离区,也不要过分拥挤。我们会安排大家拍摄的。"梁世仑的话还没说完,就有几个年轻的记者用手捂着口罩往外边挤了。没一会儿人群慢慢散开了。市委副书记齐晋铭戴着墨镜、口罩走了过来,身后还跟着市委宣传部副部长吴朋雄。齐晋铭焦急地问道:"刚才怎么回事,怎么乱了?"秦公澍快速地走到他跟前说:"齐书记您好!是这样,五楼的一个小孩开窗户一下子看见她妈妈了,有些激动,喊起来了,记者和群众有些骚动。现在已经恢复正常了。"齐晋铭仍不放心地说:"一定要维护好现场,好事一定要办好啊,别出纰漏!""好,好,您放心。"秦公澍和梁世仑一起点头称是。齐晋铭又退出警戒线,问身后的宣传部副部长吴朋雄:"你刚才了解的情况怎么样?"吴朋雄说:"记者们普遍都认为这是一件为老百姓办的大好事,是大新闻。警戒的警察和居委会的人也说,这个方法好,他们以后的工作好做多了。要不然,隔离区里那些人和他们的家属老来找。齐书记,您看能否在往上吊东西时您也过去一下,电视台的记者想请您帮个忙,他们要拍个特写而且播出时对稳定市民的情绪有好处。""你安排吧。代我谢谢记者们,他们也不容易。"齐晋铭说完回到了停在不远处的警用指挥车中。

快到九点时,楼上楼下一切都准备好了。梁世仑手里拿着步话机喊道:"各个部门请注意,各个部门请注意,输送物品行动马上就要开始了,各小组做好准备。警戒组准备好了吗?新闻组、防疫组、社区组……"待一个个小组都落实后,他看了一眼手表说:"楼上警戒人员通知居民开始开窗户放吊箱,一户户地来,别乱!"终于五层与梁奶奶家住对门的那家人的窗户慢慢地打开了,吊箱被缓缓地放下来。由于是五月份,小区又在城中心,几乎没有什么风,吊箱稳稳地下降到地面。防疫人员先上前喷洒药水消毒,等了两三分钟后开始协助家属往里装东西。蔬菜、水果、消毒水、一次性纸杯、香肠……不一会儿就快装满了。梁世仑制止道:"别装太满,太重不好往上拉,可以多装几次,每次别太满。"看着他们忙碌着,莹莹的妈妈心里这个急呀,虽然知道这家运送完了就轮到她了,可她心里还是火急火燎的。她一直不停地用手摩挲胸口,疏理积在胸中的火气。电脑屏幕自动变黑了,还好,人家已经告诉她了,这是电脑自动睡眠,过会儿轻轻一按就会恢复。可电脑屏幕一黑下来,她就不时地向圈外张望一眼,盼望爱人的身影这时能奇迹般出现。秦公澍转过头来对莹莹妈说:"大嫂呀,过一会儿就该您了,您先准备准备。""好的,好的。我早准备好了。"莹莹妈说话的声音都兴奋得变了调。她可盼来这一时刻了,她立刻把自己脚边的大包打开,准备从里拿东西,这时她才想起来东西全是一件一件散放着,她又赶紧翻腾出两个大小不一的塑料袋,把一些小件物品往塑料袋里放。待听到"轮到您了"的时候,她急忙端起电脑小心地按了一下空格键。可屏幕正中出现的却是另外一个人,一看军衔比她爱人的大多了。可她怎么也猜不出,这人会是裘仲昆的顶头上司霍炜明司令员。

霍炜明今天一早巡视到裘仲昆所在部队驻地时,在师部中从聂政委那里了解了裘仲昆的情况。裘仲昆竟然没有向上级请假,自己硬扛,霍炜明从心底佩服自己的这名手下,真是条硬汉子!当聂政委讲到前天夜里,他和裘仲昆聊天时裘仲昆还忍不住掉下了眼泪时,霍炜明这个老军人也不禁为之动容。当聂政委进而讲到何参谋让自己表弟给找了笔记本电脑,让裘仲昆用视频见女儿时,霍炜明终于开怀大笑了："军部给他派这参谋派对了吧，何参谋这回还算是合格了。走，我也去他那儿，看看他女儿。"霍炜明说罢领着这一帮人就突然来到了裘仲昆所在的临时指挥帐篷中，"打"了裘仲昆一个措手不及。当裘仲昆和何参谋回头看到霍炜明几个人时，迅速地站起来行军礼致敬，何参谋敬礼的同时高声报告道："报告司令员……"可刚一开口霍炜明就摆了一下手示意不要出声，他直接走到桌子旁坐到了电脑前，看着电脑里发生的一切。聂政委在霍炜明身旁站定后，会心地与裘仲昆对视了一下，点了一下头，裘仲昆立刻猜出是怎么一回事了。他站在霍炜明的身后还是先简要地汇报了这一段时期防化防疫旅的战备情况。

　　当秦公澍过来帮助莹莹妈把电脑往吊箱里放时，猛然认出了屏幕中的霍炜明，连忙恭敬地对屏幕说道："霍司令员您好！我是政府秘书处的小秦呀，您这是……""这是霍司令员！"他又对身旁怔神的莹莹妈说道。屏幕中霍炜明和蔼地说："小秦同志呀，你好啊！我也是今天早上碰巧遇到这件事。你们辛苦了！我们部队的同志也让你们受累了。"秦公澍面含谦恭，微笑着说："霍司令，看您说的，解放军同志们这一段时间帮了我们大忙，好几个临时医院都是您调部队支援建的，我们感激还来不及呢。我们市委齐书记在呢，您跟他说说话？"秦公澍急忙让副手去指挥车那边请齐书记过来。在这几十秒的间隔时间内，秦公澍想到了旁边的裘莹莹的妈妈，自己主动让开，把莹莹妈让到电脑屏幕前。裘仲昆看到莹莹妈站过来先说话了："莹莹妈，是我呀，我是实在走不开呀，这是霍司令员。""弟媳妇，委屈你了。我也是刚知道你家的事，全是我让老裘守在这儿的，等任务完成了，我放他长假，让他向你们娘儿俩赔罪。你先把他这两天的罪过记上账。"莹莹妈听到霍司令的话，脸"腾"的一下红了，不好意思地说："首长好！还是部队的工作更重要，我不会扯他的后腿的。"电脑中传来了霍炜明爽朗的笑声和裘仲昆腼腆的笑声。这时从莹莹母亲身后传来了一声"霍司令员,您好啊",齐晋铭副书记走到了莹莹妈身后。莹莹母亲礼貌地往后闪了两步。齐晋铭上前一步对着屏幕说:"霍司令员您好!感谢部队这一段时间对我们的支持啊。电脑马上就送上去,让他们父女二人见面。"他回头看了一眼斜后方的梁世仑说:"没问题吧。"梁世仑点头说:"没问题。"他又转回头说:"霍司令员,等'非典'一结束一定请您和部队的同志喝酒啊,这一段时间多亏了你们呀。"霍炜明爽快地回应道:"好,一言为定。不过现在咱俩别聊了,先让人家裘旅长一家人说点贴心话吧。"齐晋铭听到霍炜明的话立刻随声附和道:"对,对,裘旅长啊,家里需要我们地方做什么尽管说啊。"裘仲昆马上客气地说:"谢谢你们,给你们添麻烦了。"

莹莹妈又来到了电脑跟前,她尽量抑制住自己复杂的心情,用平和的口气说:"老裘,东西我都给闺女准备齐了,你放心吧。今天看见你我也踏实多了。人家专家说了,女儿不会有事的。"裘仲昆深情地说:"好老婆,辛苦你了!咱们闺女福大命大,你就等她长大了享她的福吧。""就会说好听的。"爱人的"出面"和话语,让莹莹妈三天来一直愁云不展的脸终于露出了笑容。爱人在防疫防化部队,随时都会处于危险之中,她还想嘱咐他两句,身后传来了梁世仑的声音:"嫂子呀,现在轮到往上送电脑了,您看是等一等还是……""快吊上去吧,有这个太好了,让她爸好好看看莹莹。"莹莹妈听到后马上答道。电脑仍然打开着放进了吊箱里,起吊时齐副书记特意在下方扶了一下,电视台和多家报纸的媒体都拍了特写。

等吊箱从窗户一拽进来,梁奶奶和裘莹莹看到箱里只有一台打开的电脑时立刻陷入了疑惑中,这是干什么的呢?裘莹莹疑惑不解地看了看梁奶奶,想从梁奶奶那里得到答案。梁奶奶看了一眼说:"好孙女,先拿出来看看,小心点。"裘莹莹小心翼翼地把电脑端出来后,她一下子高兴得惊呆了,忍不住高声喊出来:"爸爸!""莹莹，宝贝闺女，想爸爸了吧？你旁边的是梁奶奶吧？大妈，这两天辛苦您了！"梁奶奶有些明白了，这电脑是跟电视一样的东西。听到莹莹父亲的问候，她急忙捋了一下头发说："是莹莹父亲吧，这闺女可懂事了，要不是她，我老太婆一个人这几天还真是烦闷死了。"她侧过脸看了一眼莹莹，慈祥地把手搭在了莹莹的肩膀上，莹莹也顺势把头靠在梁奶奶的胸前。她忍不住又问了一句："爸，您是怎么看到我们的呀？"

"你那个电脑屏幕中间上方有一个隐藏的摄像头，键盘上有一个预置的话筒，可以照到你的一举一动，听到你的每一句话，然后通过无线传输，我这边就收到了，爸爸这里也有一台一样的。"裘仲昆耐心地为女儿解释道。莹莹听完，仔细看了看，发现了那镶在屏幕外框上的小摄像头。她又忍不住伸一个手指头去摸。"不许淘气，你挡上了我这边还不一片黑呀。""啊！"莹莹意识到自己的一举一动爸爸都看得清清楚楚，不好意思地伸了一下舌头。"你这两天和奶奶住得还好吧，每天按时睡觉吗，体温量了吗？"莹莹爸爸又问道。莹莹调皮地说："老爸您放心吧，一切正常！就是想我妈和您。没想到今天看见您了，要不隔离还看不见您吧?！""我还没批评你这事呢，你还觉得好玩了。你这回私自跑出来是得记大过的啊，让你妈多着急呀。我真服了你了，你怎么就跑到人家五楼上了，啊？平常还觉得你挺乖的呢。哼！"无论爸爸说什么，裘莹莹是从来没怕过，这回也一样。当她听到她爸说到她怎么跑到五楼，她想起了"宝盒"，就赶忙说："老爸您别走，我给您看样东西。"她跑到自己住的那屋里，从枕头底下拿出了"宝盒"又跑回电脑前，喘着粗气说："老爸您看，这是我、海琴姐和我们同学在咱家西边那个小洋楼的顶棚里发现的，那房子正好刚拆一半。我们同学爬上去够下来的。您听啊！"莹莹稍稍用力，一点一点地把宝盒打开。宝盒再一次传出优美的旋律。裘仲昆听完乐曲后严肃地说："这是八音盒呀，可比你小时候爸爸给你买的宝贵多了。莹莹呀,你要小心保护好。这虽然是你们捡到或者说是意外拿到的,可它还应该是属于那家房子主人的,等隔离结束后爸爸会带你找那家人,咱们要还给人家。看样子还很贵重,越贵重越要还给人家。"爸爸的话给裘莹莹火热的心上浇了一盆凉水。她噘起嘴说:"这我说了也不算呀,是我们同学够下来的。""这件事,等你回家咱们再说,你先保护好别弄坏了。让我再跟奶奶说几句话,人家那么多医护人员还等着呢,爸爸在部队也有任务,不能耽误太长时间。""电脑要是留这儿多好呀,我能天天和您聊天了,赶明儿有卖的您也给我买一个吧。"莹莹说完这句话又伸了一下舌头,就主动地往旁边躲了躲,转动了一下电脑,让梁奶奶正对屏幕。梁奶奶刚才听到他们父女俩的对话,从心底里敬佩莹莹父亲,也将她内心深处一个不为任何人所知的令她纠结的心结打开了。她对"眼前"这位旅长无形中增加了许多好感和敬佩。"大妈,我这闺女还得在您这儿麻烦您一段日子呀,您老多费心了。"裘仲昆坦诚地说。梁奶奶口气非常亲热地说:"哪里话呀,你们放心吧,我会把她看成我的亲孙女一样,你们在部队更不容易,我打个保票,只要我老太婆没事,我也不会让我这宝贝孙女有一点闪失。"说这话时,五十四年前梁夫人把女儿交到她手上的一幕又在她眼前闪现出来。"谢谢您大妈,谢谢您!"裘仲昆说话的同时,忍不住站了起来退后一步,向梁奶奶行了一个标准的军礼。霍炜明也动情地站了起来,站到裘仲昆身旁说:"老嫂子,我也代表解放军子弟兵感谢您!"也行了一个标准的军礼。梁奶奶看见了霍炜明,看见他那带肩章的军装和他那威武的气质就明白了他的身份,急忙摆手说:"使不得,使不得!这是我该做的,等'非典'结束了,你们啊都来家里做客,来家里吃饺子。"霍炜明大声对着屏幕说:"好啊,咱们就说定了,老姐姐,等隔离一结束,我和裘旅长一起去接女儿,看您去。得讨您一杯酒喝啊。"梁奶奶高兴地说:"好,好,欢迎!莹莹她爸呀,我别占时间了,你再跟闺女说几句吧。""不说了,没时间了,部队这一段时间也很忙。她在您这儿比在自己家里都让我放心。"可是梁奶奶还是躲开了电脑屏幕,让给莹莹。"老爸啊,您又要走呀?"莹莹依依不舍地问道。裘仲昆安慰道:"爸爸现在有重要任务,过一段时间就回家陪你和妈妈。你一定要好好听梁奶奶的话,一定要小心。每天多洗手,早晨开窗户通风。每次吊上来的东西都要和奶奶一起喷药消毒。不能像在家里那么懒,要帮助奶奶干活,记住了吗?"等听完爸爸的嘱咐,裘莹莹在梁奶奶的帮助下把电脑小心翼翼地装进吊箱,送了下去……

同样是这天早晨,胡大雷起床后却是心神不定。刀疤老人讲的故事,一直萦绕在他的脑海里。刀疤老人昨晚伤心的样子和那道深深的疤痕也不时闪现在他眼前。自己怎么帮他呢?他太可怜了。自己那天骗他太不该了。就在他一边想一边洗脸扫地时,已做完早点的奶奶叫他:"雷子,快点吃早点了。今天不准出去了啊,今儿天儿多好啊,过会儿把桌子支院子里,就在院里好好儿看看书,写作业。昨天爷爷什么时候走的呀,我都睡了也不知道,你看你今天早上这么迷迷瞪瞪的,是不是昨天睡得特晚呀?"奶奶的问话倒是提醒了胡大雷,他应声回答道:"不太晚,奶奶。哎,奶奶,这刀疤老……爷爷一直在咱们这块儿住呀,您知道他脸上的刀疤是怎么弄的吗?"奶奶往碗里盛着菜粥:"他可不是一直住这块儿嘛。他可是个苦命人呢。年轻时给那个小洋楼里的主人开车,新中国快成立时和他家主人一起让土匪绑了,就让土匪祸害成这个样子。他那吓人样子谁敢嫁他呀,一直一个人这么过。昨天他跟你说啥事了?"奶奶这一问可让雷子犯难了,他还从来没跟奶奶说过瞎话,只好含糊地说:"我们前两天去小洋楼上玩,他看见了,问我们同学是不是捡到东西,说让他看看。我告诉他我这里没有他要的东西。""噢,他是不是想有个东西留个念想儿啊。那家人惨呀,一下子就人去楼空,死的死,逃的逃,那家的太太心肠可好了,在新中国成立前,这一块的老邻居,谁家生孩子上不起医院,她全帮助接生。可惜啊,还是穷人日子平安呀。哎……"奶奶说完长叹了一口气就慢慢地吃早饭了。奶奶的话使胡大雷觉得自己更应该帮助刀疤老人。过去,只在课外书中看到的悲惨故事,原来自己身边的人就经历过。

吃完饭,胡大雷就赶紧在小院里支上折叠桌,开始写作业。这两天他落下了一些作业,尤其是英语和作文,老师都给他特意留了一些额外作业。他想在今天把以前的补上,再把这一周以后几天的全写出来,不知道这几天还会发生什么事。胡大雷又发挥出他"小胡飞笔"的神功开始快速地写起来。五月的阳光本来就和煦温暖,东院中的大枣树正好又替他遮住一部分阳光,在树荫下沐浴着春天的微风写作业,让胡大雷感到无比的惬意。

他家这个院原本是东边大院中的一个小跨院,因此面积很小。1976年唐山大地震后,东院里各家都在院里盖地震棚、小厨房。又过了几年,东院的一户人家由于插队回来的年轻人没处结婚,想把从大院通向这小院的过道两头封上当新房,商量给胡大雷家直接从侧院墙上开一个"鸦不落"式的小随墙门,让他家成为一个临街的独立小院。都是老邻居,当时家里主事的奶奶爽快地答应了,这样她家正好能更清静。几年前胡奶奶向街道提出独立安装电表、水表、水龙头。那时正是吴奶奶当街道主任,帮助解决了这些事,小院成了"独立王国"。

那时候大杂院里的邻里关系,十个院有九个都是表面一团和气私下里又矛盾重重。当时所有大杂院都是全院共用一个水表、电表,每月收水电费,各家按人口数和电灯瓦数来摊钱。结果是有的人家偷电,在里屋偷偷使用小台灯不告诉其他人家;有的人家来了亲戚一住几个月也不主动多交水费。结果每回收水电费时家家一大堆怨言,哪一家的经济都不富裕呀!

每年到冬天，各家还得按星期轮回，每天晚上进地下的水井里关自来水闸门，要不然自来水一夜就冻上了。有时铸铁的自来水管一冻裂全院就得等上两三天才能修好，其间还得去别的院借水。胡大雷记得他上小学时，每当冬天晚上轮到他家关水管子，父亲就让他上全院各家去喊一遍，让家里还没有打水的人家快点打水。这是爸爸最不愿意而胡大雷最爱干的活。胡大雷总是一家家地喊："王奶奶，您家打够水了吗？""刘阿姨，您家还打水吗？""李爷爷，水打了吗？"有忘了打的人家就拎着桶出来了，打完的人家就回一句："打过了，关了吧。"这大院有三十多户人家，在这条胡同里算是中型的院子。在胡同口的奶子府里，住了一百多户呢。可这三十多户人家就让胡大雷觉得每家都很特别，很吸引他与他们交往。邻居们也很喜欢他，常有爷爷奶奶叔叔阿姨在他喊完后就拿出新鲜的瓜果或是旧图画书硬塞给他，好像是一直等着他来似的。待到各家打完水，父亲就下到安着水表的两米深的水井中，把水闸打开，让他把院中地面上的水龙头也打开，使劲往里吹气，以保证把水管中残余的自来水全都吹出来，流到地下的渗井中。这样水管就不会因为里面存水而在夜里冻裂。一开始他还没多大力气，常有一些院中的大孩子帮他吹。后来他自己能吹动了，院中的小孩子们又觉得新奇求他让他们尝试，让这些小弟弟小妹妹们帮他吹水管，还成了他赏给他们的一个"恩赐"了。而大人们之间的矛盾他从未体会到。偶尔看到邻居间吵架，他也觉得好玩，终究大多数吵架都是因东家电视、录音机声大了影响了西家小孩学习，或是西家临时在院里放东西影响了南家老人走路，或是两家小孩打架大人被掺和进去等一些鸡毛蒜皮的琐碎事，而每次吵架都会因有人劝和而平息。他长大一点后就主动加入到了劝架的行列中，在大人们的眼中他是又好玩又可爱，像个小大人。大杂院的经历也使他在学校当班长平息同学间矛盾时游刃有余。

随着各家自建的小厨房、小平房不断增加，大杂院还为胡大雷童年最喜爱的一个游戏——捉迷藏——提供了最好的场地。无论春夏秋冬，每当傍晚时分总能凑齐三五个、六七个小伙伴来到街上，大家先是通过"锤子、剪子、布"确定一名"侦探"，然后这"侦探"开始面冲墙角数三十个数，这期间其他小伙伴都要在大院的各个角落藏好，再由"侦探"来寻找隐藏者。一开始他们在本院里藏，后来年龄大了，人多了，就到胡同口的奶子府中玩这项游戏，这个院据说最初是皇帝赐给他奶妈的，而奶妈的儿子也自小成了皇帝的"发小儿"，长大后自然也是高官厚禄、前程似锦，因而这奶子府比隔两个胡同的太子府还大。在捉迷藏的游戏中，胡大雷常常是让其他小伙伴最难找到的一个，而该他找别的小伙伴时，又常常是他想先找到谁就能找到谁。有无数次几个年岁小一点的孩子崇拜地问他躲藏和找人的诀窍。他总是故作神秘地让他们猜想而从未告诉他们，因为他的诀窍他们做不到。他有时是找棵粗树爬两下，抓住一支低树枝，使劲儿收腹蜷身一下子就坐到横树杈上，他再小心地蜷身趴下。还有时他手脚并用，像攀岩一样顺着后院表面已凹凸不平的院墙三步并两步就蹿上墙顶了，再顺墙顶小心地爬上房顶。有几次，小伙伴在院中串来串去地找，而他就蹑手蹑脚地在房顶上，从这个屋顶转到那个屋顶跟着他们走，俯瞰小伙伴们是怎样着急上火四处寻找。他们玩这个游戏有规定，出院就是犯规。有时小伙伴老半天找不到他，全都集合在门口高喊他的名字，并说好喊三声不出来就算犯规，可常常是喊两声时他就大摇大摆地从院里走出来了。还有时，找人的小伙伴刚走过他隐藏的地方，他就悄悄地走出来，像特务盯梢似的尾随在小伙伴的后面，使小伙伴就是在院里找两三圈也找不到。有时别的小伙伴们看到了也加入到尾随的队伍中，成为他们一大乐趣。

可自打自家小院开了门儿以后，胡大雷与小伙伴们玩的时间少多了，爸爸和奶奶也明显对他严加管教，他回到自家小院后以学习为主了。过去小院和大院相通，人来人往很嘈杂，为了躲清静，学习时他经常爬到房顶上去，在没有人打扰的房顶上背书写作业。过道堵上后，他首先不习惯的就是太孤单太安静。小院"独立"后，胡奶奶为了让她的雷子能适应，把这十几平方米的小院收拾得干净利落，屋对面小厨房左边还开了一块一平方米大小的菜地和一块同样大的花圃。菜地里种的豆角、丝瓜全爬满了墙，还有几枝分权爬到了胡大雷父亲拉起的晒衣服绳上，奶奶和胡大雷都不舍得扯断它们，就让它们无拘无束地长着爬着，使小院绿意盎然。花圃里种了月季和牵牛花，这五月里正是月季盛开的季节，牵牛花也开始长花蕾了。他家的月季是爸爸的一个同学给的新品种，叫"香水月季"，每当花朵盛开时不仅把小院装点得姹紫嫣红，而且是清香四溢……

就在胡大雷写了一个多小时的作业，准备起身喝水时，从门口传来了"当、当"的轻叩门环的声音。这让胡大雷感到诧异，这两天是怎么了，这"非典"时期哪里还有什么人串门呀，更何况他家几乎是没什么亲戚在北京。怎么这两天登他家门的人反而多了，莫非又是刀疤老人。他走过去打开门一看，竟是一位看上去三十多岁，身材高挑，穿着华丽的女士站在门口，门口外墙边还停了一辆红色的迷你小卧车。胡大雷疑惑地问道："请问，您找谁呀？"这位年轻女士把与她一身打扮极不协调的口罩摘下来，把墨镜推到额头上，往院里仔细瞄了两眼后说："这是胡生勃家吧，你是胡大雷吧？"胡大雷听到对方说出自己的名字，又抬头仔细看了看，发现她不仅身材好，穿得好看，脸庞也长得白皙娇嫩，眼睛上的睫毛又长又黑，眉毛修理得又细又弯，嘴唇也闪着水润的光亮，对方正用充满爱意的眼睛看着自己。她的低胸超短连衣裙紧紧包裹着全身，加之腰间宽宽的白色皮带，更凸显出身体曼妙的曲线。腰带的扣襻是一只景泰蓝制成的大蝴蝶，而她脚下高跟鞋的鞋面上，也镶着两只七彩金属蝴蝶，胡大雷的眼睛快不够使了。他家小院经常来的人不是胡奶奶那样岁数的老太太，就是他爸爸那一群好喝小酒儿的"狐朋狗友"，这个岁数这时髦漂亮的女人在他的记忆中，在这个院甚至这条胡同都从来没出现过。这一带老胡同儿里，住户还是贫苦人家居多。

胡大雷有点怯场了："阿姨，这儿是胡生勃家，他是——我爸，可是他出海在船上几个月才回来呢。"这位漂亮阿姨把口罩小心地装到肩上挎着的一只红色小皮包中，弯下一点腰一只手扶住门框，一只手轻轻搂住胡大雷的肩头对他甜蜜地笑着说："我知道，我刚离开你爸爸的船没两天，我是特意替你爸来看你的。""您是我爸同事？"胡大雷高兴地冒出了一句。漂亮阿姨听了他的话忍不住"咯咯"地笑出声来："对，算同事吧。他可是个好同事。"她回想起与胡生勃的相遇，她觉得那也算是一段"奇缘"吧。"雷子，怎么了？"奶奶的问话声从身后的房中传来。胡大雷高声回应道："我爸的一个同事来咱家了。""那还不快请进来。"胡大雷听了奶奶的话意识到自己的失礼："阿姨，您快请进吧。"漂亮阿姨脚上穿着后跟又高又尖的高跟鞋，她小心地跟随胡大雷走进红砖墁地的小院里。刚一进院，她立刻被小院盎然的绿意和淡淡的沁人心脾的月季花香给吸引住了。"好漂亮的月季呀，真香！"她在院中间停下了脚步。

奶奶已从屋里迎出来："哎呀，这时候还能有贵客来真是不易呀，您快进屋吧。"漂亮女士看了一眼胡奶奶，伸出手去扶住胡奶奶的胳膊，又快速地看了一眼胡奶奶身后开着的门和稍显阴暗的小屋说："大妈您慢点，我就在院儿里坐坐吧，您这小院儿太美了！我叫吕玫苑，是……胡生勃的同事。"胡奶奶笑着说："好，好。谢谢您！秋天来时更好，能让你捎些瓜走呢。大雷，给拿两把椅子，给阿姨倒杯茶。"胡大雷应声进了屋，胡奶奶让了半天，结果还是自己先坐在胡大雷刚才坐着的位子上，吕玫苑就站在了她旁边。不一会儿，胡大雷就拿出了折叠椅和茶水。三人都坐在了小书桌旁。吕玫苑从精致的红色小皮包中拿出一个纸盒打开说:"大妈,胡生勃让我给您这个宝贝孙子捎来一个手机,这样您和您孙子就不用老去外边打公用电话了。他在国外也知道北京'非典'闹得特别厉害,外出容易传染。这手机呀,您在家里就能和胡生勃通话,我给您拨啊,电池都装好了,话费也帮您充了。"她打开手机查到电话本开始按键。胡奶奶新奇地看着那手机说:"哎哟,在电视里看见过,从来没想过用呀……啊,他怎么买这么贵的东西呀!""大妈,通了,您快接。"吕玫苑把手机举到胡奶奶的耳边。"啊,怎么说呀?"胡奶奶还头一次这么近距离地接触真实的手机。还没等胡奶奶说话,手机中已传来儿子的声音:"又是这么晚来电话,不知道我们工人阶级得休息好,养好精神明天还得给资本家卖命呢。"胡奶奶又是高兴又是气,高兴的是真的听到了儿子的声音,气的是他还是这么贫,就故意严厉地说:"是吗,看来我这个当妈的打电话没挑对时候啊。""什么,妈,是您,怎么是您呀,我一看是国内北京的号,我还以为……哎,妈,您老可别挂,我还有思想向您汇报呢。噢,那个谁……去咱家了。您和大雷都还好吧?我可担心你们了,恨不能把船安上翅膀飞回去。"胡奶奶听着儿子的话,心里既有欣慰又有难言的酸楚:"我们都挺好的。你呢,国外有'非典'吗?你要小心呀。"胡生勃那大大咧咧啥都不在乎的声音又传来了:"我,您放心吧。就是全世界的人都得了我也得不了。也邪了,外国这里一个得'非典'的都没有。他们现在就是害怕见着中国人,中国人打个喷嚏他们都得躲八丈远。我现在是吃得饱睡得香,就是每天盼着早点儿回家呢。""只要身体好就行。我们也盼着你早点儿回来。我都给你算着呢,按我算的,再有两个礼拜你就该回来了吧。""是,还可能提前呢。这回我可能在欧洲下了船就坐飞机回去。""瞧你能个儿的,又坐飞机又买手机。节省着点儿。你等着,我让雷子和你说说话。"胡奶奶说完把手机递给了胡大雷。胡大雷也平生第一次用手机,他先将双手在衣服上擦了擦,把手机捧在耳边说:"老爸?""儿子?""老爸,您这手机买得太及时了,我现在正愁不方便给同学给老师打电话呢。""哎,可不能有了手机你就只知道天天给同学打电话,必须得先把学习搞好了。""这您就放心吧。您什么时候回来呀?""你奶奶不是算着呢嘛,快了。哎,儿子,送手机来的是一个阿姨吗?"胡大雷抬头看了一眼正在喝茶的吕玫苑"嗯"了一声。"我如果把她发展成你的准后妈,你觉得怎么样?"胡大雷又抬头看了一眼,吕玫苑此时已走到了南墙根去看月季花去了。胡大雷低下头小声说:"不会吧,她不是您的同事吗,好像年轻了点儿,素质好像也比您高多了。""你这话说的,你别长他人之志气灭你老爸之威风。你老爸也是在跨国公司工作,周游列国的人。你先说漂亮不漂亮吧?""漂亮是漂亮,可是人家是您同事,兔子不吃窝边草。再说,人家看得上您吗,强扭的瓜可不甜。"胡大雷一边偷偷瞄着吕玫苑一边低下头小声说。"你小子怎么老说泄气话,还敢跟我臭贫了,窝边草这么近不吃还跑远处找去呀,要是找不着呢还不是得回来吃。强扭的瓜不甜我可以凑合吃。哪有那么多甜瓜等我呀。你是不是想让你爸打一辈子光棍呀?就挣钱供着你一人花你就美了?"胡大雷急忙解释:"不是,不是。行,行,什么样都行,只要是您喜欢。""这还像我儿子,如果她要问你我的什么事,你一定要往好里说,记住了吗?当然,你爸我也不是就这一棵树上吊死,我也得考验考验她呢。"胡大雷乐了:"您刚才的话不像是考验呀,要不我把您说得特别不好,看看她还能不能坚持?""你还敢跟你爸臭贫是吧?"听筒里传来胡生勃故作威严的声音。"好好,听您的。求人家办事还这么横。您这次回来给我带什么好东东呀?"话筒里又传来了胡生勃兴奋高声的声音:"爸爸这回可给你买好东西了。我买了一个折叠帐篷。折起来就一小包,一背就走,支起来里边能住俩人。等暑假天热时,我就支院里让你睡里面。咱俩要是去爬山，还能住野外了。"胡大雷一听到爸爸这话差点高兴地蹦起来："太好了，我还可以叫同学来。"这时，胡大雷一抬头看见吕玫苑走了过来，马上把话锋一转："爸，您放心吧，我会好好学习的，您让我干的事情也会好好干，阿姨过来了，您跟她说什么吗？"他没等他爸回答就主动把手机递给了吕玫苑，恭敬地说："阿姨，给您。""好孩子。"吕玫苑稍稍弯腰，轻轻地接过手机转过身走了两步又到了花墙边上对手机说："喂，还在吗？""谢谢啊！你冒着'非典'危险到我家，真的太感谢了。'非典'这些日子我特别惦记我妈他们俩。三个月没回去了，今天一通话我这心里才好受点儿……"胡生勃说着说着禁不住眼圈红了起来。吕玫苑听到这里也是微微有些动容。这个男人虽然平常是爱臭贫有些大大咧咧的，可细想起来他也真的不易，而且也非常有家庭责任感。他们在船上分别前一天的情景不禁又闪现在眼前，他们相依在船尾甲板上，看着天上异常清晰明亮的星河和脚下漆黑如墨的大海……那一刻她真的觉得很幸福。想到这儿，她故意吊着嗓子拿着腔调说："噢，除了想你妈和你儿子就没有别人了吧？""哪能啊，还有就是意大利人唱的，我心中的太阳——那就是你呀。哎，咱家不错吧。咱妈、咱儿子都不错吧！"虽然胡生勃又有些油腔滑调，可吕玫苑听到胡生勃说的这话心里还是非常高兴。是啊，虽然按自己的标准，他的家确实是太小、太破、太穷了！可这里的亲情、温馨、纯朴又确实深深地打动了她。这与她所打拼的生意场和晚间住的高级公寓、宾馆是两个完全不同的世界，而这个世界仿佛才应该是她所一直寻找的。不管心里怎么想，吕玫苑脸上依然保持着矜持，她故意把语调变严肃庄重了说："说清楚了啊，那是你家你妈，不是咱家咱妈。这两天你在那边怎么样啊？""就是想你啊！"胡生勃立刻回答道。"你少来！"吕玫苑听到这句话虽然心里很高兴，可嘴上依然没有松口。听筒里胡生勃的话又传过来，不过这次声音却是显得沉稳多了："你那天那些话对我触动真的很大,我这半辈子也是够窝囊废的,我是不能再这么混下去了。你看这游船上做什么的都有,人家都成功了,我又没少什么缺什么,干吗每天就关在后厨当伙计呀。我这两天每天都在思考人生,我回北京后肯定不再来船上混了。我也攒俩钱儿了,我也要创业。趁着一个人在海上,我一定要好好琢磨琢磨。"这是吕玫苑第一次听胡生勃认真地说这么多话,也是头一次让她从心里感到中听和高兴的话。这个男人会成功的!这既是她的直觉也是她心中的企盼。她也语气严肃地说:"钱是次要的,关键有这个心。你也要注意身体,有事回来商量。""我会的,你也多保重,多吃点,胖一点没关系,我不嫌弃。"胡生勃最后又忍不住逗贫了一句。"呸!"吕玫苑娇嗔地回了一声,她又转过头大声问胡奶奶和胡大雷:"大妈,你们还有要说的吗,他要挂了睡觉了,他那边还是夜里呢。"胡奶奶连忙说:"没有了,没有了,让他好好休息。这得花多少电话费呀。"

吕玫苑挂上电话后,又认真教了一遍胡大雷怎么拨号、充电、制作电话本……告诉他自己已经往里面充了 500 元钱,可以打一阵儿呢。她把胡生勃和她自己的电话号码也先存了进去,这样有急事可以直接给他们打电话。吕玫苑离开小院时还真有些恋恋不舍。"你得听你爸和阿姨的话,有手机了也不能老打。先得好好学习,要不然我告诉阿姨,让阿姨再给你收回去。""奶奶您放心,我肯定听阿姨的话。"这是胡奶奶和胡大雷在送别吕玫苑出门时的对话。这些话更是让吕玫苑觉得自己与这家人似乎已经建立起一种特殊关系。

胡大雷在吕玫苑走后,真的做到了一上午踏踏实实地写作业。午饭还是奶奶叫了他两遍,在作业都写完了后才吃的。这是胡大雷最让奶奶满意的地方:自己能管住自己!可一等到吃完饭帮奶奶收拾完厨房,看到奶奶回屋去睡午觉后,胡大雷几乎是一秒钟都没停,就小心地从抽屉里拿出手机拨通了李一凡家的电话。

李一凡一听到胡大雷的声音感到很意外："你又去家属院打公共电话了,你也得小心'非典',他们还让你进吗?现在各个小区都封闭了。"胡大雷"嘿嘿"一乐,得意地说道:"我使的是手机,我爸让人给我送来的。""还是你爸在国外工作牛!"李一凡羡慕地感叹了一句。胡大雷还是第一次听到同学称赞自己的父亲,心里真是美滋滋的。他抓紧问正事:"你今天和裘莹莹她姐联系了吗?裘莹莹怎么样呀?"李一凡面现难色地对电话回答道:"没有,我妈也一直盯着我,不让出去,今天没打电话呢,不是等你信儿吗?你昨天试得怎么样,见到裘莹莹了吗?那个,那个宝盒她还拿着呢吧?"胡大雷这才想起还没告诉他自己和裘莹莹见面的事,就简略地把他们见面的情景说了一遍,最后也气哼哼地告诉他宝盒还在,只是裘莹莹的信里说还不知道怎么打开。说完这些胡大雷又问他:"裘莹莹家电话是多少,我问问她姐姐今天她怎么样了?"李一凡听了胡大雷的叙述觉得他们俩太神奇了,居然真的使用古代人的方法联系上了。他一边向胡大雷说着裘莹莹家的电话号码,一边心里感到酸酸的,是不是以后他们就用不着自己了,自己老是在家被管着,被管得离好哥们越来越远了。临挂电话时他对胡大雷又叮嘱道:"大雷,你要是跟裘莹莹她姐联系上了,知道信儿了一定告诉我一声啊,咱俩不能老轮流往她们家打电话呀。你往我们家怎么打都没事,啊?""行,我知道信儿了,再打电话跟你商量。"胡大雷爽快地答应了。他挂了李一凡的电话,特意向手机用力吹气,等手机稍凉了一点儿,他又马上拨了裘莹莹家电话,恰巧是方海琴接的。

方海琴本来前天和昨天还是有一点生胡大雷和李一凡的气,要不是他们两个非要跑、非要骗刀疤老人,还不会有后来这些事,而今天早上一给表妹送上去东西,二姨又高兴地告诉她,表妹一切都挺好,表妹暂住的奶奶家也非常好,她心里就只剩下高兴了。当上午二姨从隔离区出来告诉她这个消息时,她的泪水不自觉地就淌了下来。一来是替表妹高兴，二来是压在心头的巨石不敢说搬走了，至少是分量减轻许多，让她释怀了许多。谁能知道她内心深处顶着多大的一块巨石呀！下午两点多，她接到胡大雷的电话，也很高兴地告诉了他上午所发生的一切，还特别提醒胡大雷："上午电视台记者还去拍摄了呢，可能晚上电视就播了，到时候你可能会在电视上看见我妹妹。明天上午我们还去送东西呢，规定每天一次。我二姨特意出去买江米和小枣儿去了，她说我妹最爱吃粽子了，要包好粽子明天送上去。"大雷怎么也没想到这最让他担惊受怕不知道明天如何面对的事，居然会有这么好的转机！"谢天谢地呀，太好了！本来都是我的错，我一直特别特别担心呢。"胡大雷说完长出了一口气。"不能怪你，我也有责任。我们都有责任，现在好了，我妹妹只要不被传染上，也许她过些日子就会出来了。我这两天真的几乎每时每刻都在祈祷，我一开始比你还难过还害怕。当时如果能让我换她出来我都愿意，可我什么办法都没有，只能求老天。现在莹莹虽然还在隔离，可她没那什么……明天我又能看见她了，我心里好受多了。"方海琴终于找到一个可以倾诉心声的人了。胡大雷听后十分抱歉地说："本来没你什么事，是我们把你扯了进来。对了，昨天我还和裘莹莹见面了呢。""什么？你们俩见面了？"胡大雷的话让方海琴感到惊愕。胡大雷把昨天他和裘莹莹相见的情景又说了一遍。方海琴听后赞叹地说："没想到你还挺有招儿的，挺浪漫的啊！"方海琴的话一下子让胡大雷的脸变得通红。他急忙说："你可别拿我开玩笑了，我完全是急得没办法被逼出来的。真的，现在我心里还是倍儿害怕，什么时候她真的从隔离区出来，我心里才会彻底踏实了。而且，那个……"他本想说那个宝盒也是有主的，该给刀疤老人，可他又拿不定主意该不该把刀疤老人找他的事告诉她，怎么告诉她。方海琴听胡大雷欲言又止，就开导地说："还有什么难事呀，反正祸是咱们几个一块惹的，有什么事就一块担吧，我觉得今天比昨天好多了……"

"是，是。但愿明天会更好。明天我能和你们一起去看看吗，今天我怎么也得给老师打电话说一下了，要不晚上电视播了，或是她给你家打电话也会知道的。"

"我妹隔离前你们班主任给我们家打过一个，到现在还没来过电话呢，怎么跟老师说你可想好了，是不是少说点儿。你明天能不能一块去，我真做不了主。我得问问我二姨吧，要不，你先……"方海琴心里是不太认同胡大雷去看表妹的，可又不知怎么说出口。"行，那我晚上再打电话，没别的事了吧。"方海琴想了一下说："对了，我向我老师问了那个宝盒的曲子是什么曲子了，如果知道名字，后半部分就会知道什么样了！我妹妹还挺想听后半部分呢。也不知道下面怎么打开，里面有什么。"曲子后半部分是什么样胡大雷并不关心，他倒是真担心裘莹莹打开宝盒或是为打开弄坏了宝盒。不过，这种可能性较小，裘莹莹真是手无缚鸡之力，好奇心也不是很强，不会非要打开一看究竟的。宝盒要是现在真的放在李一凡那里，那就悬了，他一定会想方设法撬开。"还有事吗？"方海琴的话打断了他的胡思乱想，他立刻贴近手机说："噢，那音乐我是一点也不懂，就觉得好听。那，晚上再说吧……"

胡大雷这时感觉到手机已有些微微发热，他急忙把手机放在通风的窗台上，可又觉得容易掉下来。他找出一个不锈钢饭盆扣在菜墩上，把手机再放在盆底上。干完这些，胡大雷一屁股坐在小板凳上，陷入沉思和烦恼中。晚上就要播新闻了，怎么向老师说呀？哎，先说吧，不说肯定不行，这里面有自己的事。反正已经吊上去东西了，裘莹莹也没得病呢，过两天要是还没得病没准就出来了，那样不就行了吗……

胡大雷先拨了班主任廖迈兰老师在学校办公室的电话，等了很长时间没人接。他心里想：太好了，要是都没人接，将来就不能赖自己了。他又忐忑不安地拨了廖老师家里的电话,在等的过程中他的心跳速度不知不觉中就加快了,心跳的声音也加大了,脑门上沁出了细碎的汗珠,就在他盼望着老师没在家,没人接电话时,电话里传来了声音:"喂,您好!"他擦了一下汗,声音有些颤抖地说:"廖老师,是我,胡大雷。""啊,胡大雷!你怎么打的电话,又去小区了,可别去了。这号码是手机的呀?"电话里传来廖老师兴奋而又关切的声音。"不是,嗯,是……是我爸让人给我,给我们家捎来一部手机,在家里就能打。""嚯,比老师都先进了。这两天怎么样啊?"没等他回答,廖老师的话匣子就打开了:"我正想今晚上挨个儿给同学们打电话呢,前天陈丽娜又发烧感冒了,她和她妈给我打电话问我怎么办,我就坚决不让她妈带她去医院。她平常哪个月不病一两回,可这时她发烧一进医院,就得给隔离了。到隔离那儿,没得'非典'也悬呀。今天上午她妈就来电话说烧退了,就是咳嗽还有一点儿。学校昨天也通知了,让班主任以后每天统计学生体温,还要每天往教委上报。在家隔离比上学还紧张,真是可怕呀。咱班以前就你家一家没电话,我正犯愁呢,你倒一下子蹦到现代化了,你和你奶奶怎么样啊?没再出去瞎跑吧?"廖老师说了半天又绕回来了,胡大雷刚缓解一些的神经,又因这一句话给绷紧了,吓出一身冷汗,说话也不利落了:"我,我和我奶都好,都没事,都没事……"他的声音先是结巴,又变得很急促。"你怎么了?"他的异样表现还是引起了廖老师的注意。

"廖老师,我,有个小事儿,我们有个事,告诉您,您别着急。"胡大雷不知道怎么才能说清楚。

"是不是出什么事了,你别急,慢慢说,从头儿说,有什么事有老师在呢。"廖老师已预感到肯定出什么问题了。但是在学生面前,无论出什么事,她一向都能够保持冷静。

"廖老师,对不起您,对不起您……"胡大雷的声音里已带着哭腔了,"前天,我中午没事忍不住去找李一凡玩去了,我们去了皇城角的假山,也打电话叫了裘莹莹。可后来,我们,我们去了妇产医院的小区里,我和李一凡离开了一会儿,裘莹莹上楼,本来想去楼顶平台……呼吸新鲜空气,可门锁上了。她本来想下来,可楼下三楼怎么那么巧,像是成心似的,就有'非典'病人了,就把她隔离在上边了。她就没下来。到现在,到现在还被隔离着呢,我们也进不去……"

等胡大雷断断续续地把话说完,廖老师胖胖的身体一下子就瘫坐在椅子上,什么话也说不出来,只剩下大口喘气了。"对不起,廖老师,我们错了。"胡大雷还在电话里不停地承认错误。

过了一会儿,廖老师语气沉重地说:"胡大雷呀,胡大雷呀,你们怎么那么不让老师省心呀。这事,最不该发生在你身上呀,啊!裘莹莹要是染上'非典',老师和你可怎么办呀?平常我是怎么教育你们的。哎,平常年级组长、别的老师总说我对你们的教育方法不对,有问题,惯着你们。我是一直扛着,怎么偏偏在这种关键时刻你给老师捅娄子呢……"眼泪和汗水一滴一滴慢慢地从廖老师的脸上淌了下来。话筒中又传来胡大雷的话:"对不起!廖老师。"她好像没听见一样继续说:"教委刚发了通知,还让学校每天上报学生情况,还让校长写保证书,保证本校做好预防工作,管好自己的学生,绝不允许有学生出现'非典'病例。你看你们,这就给学校整出这么大动静来,你让老师怎么向学校交代,怎么向家长交代?对了,裘莹莹家长知道……我让你给气晕了。我得给她家长赶紧打电话,还得向校长报告。等我挨完批,我再批你。"

"对不起,可廖老师,裘莹莹不是染上'非典'了,她只是隔离了,我昨天还又去楼下看见她了呢,挺好的。"

"要现在就染上你就惨了,我的孩子。那'非典'是能得的吗?孩子有事,家长怎么办呀,我的心都快给你们操碎了。你现在还敢出去，你给我在家里好好反省，哪也不许去，记住了吗？"

廖老师说完这些话没等胡大雷再说话就把电话给挂断了。这倒不是因为她生胡大雷的气，而是她太急于给裘莹莹家打电话了，她要马上知道她的情况。胡大雷像泄气的皮球一样瘫坐在小板凳上，头深埋在两膝之间，悔恨万分。

当廖老师的电话打来时，裘莹莹的母亲正在厨房包粽子，给女儿做点儿好吃的，这多少能缓解一下自己那紧绷着弦的心。廖老师的电话让她多少感到有些意外，她还没想到要告诉老师呢。不过，廖老师已从对胡大雷说话的语气中调整过来：

"莹莹母亲吧，我是裘莹莹班主任廖老师。"

"哎呀，廖老师呀，我听出是您了，您都知道了吧。这孩子呀，她怎么就这么不让老师和家长省心呢。"莹莹妈说着眼圈又红了。廖老师曾来家里做过家访，还与莹莹母亲的表姐是同学，所以虽然相识时间不长也没见过几回，但是两人的关系如同老朋友一般。

"是，我从她同学那里知道了。"莹莹妈的抽泣倒让廖老师一下子冷静了许多，自己的眼泪反而止住了。她马上劝导莹莹母亲："您别难过，她只是被隔离了，只是一种预防手段，她的具体情况您再和我说说，看看学校能不能帮助解决什么问题。您先别急。"

"您说我能不急吗，她就是和同学出去走丢了，我都不会这么着急，可您知道她被隔离在'非典'最危险的地儿了啊。"

"您别急，慢慢说，我们一起想办法。"廖老师只能再一次安慰莹莹妈。最终，莹莹妈边掉泪边诉说，费了老半天劲儿，才将这两天的全部情况说完。廖老师听完后内心倒是真的冷静下来了，她想了想对莹莹妈说："莹莹妈，怎么说呢，事儿既然让咱们赶上了，现在光着急也没用。而且，好在能在那么好的奶奶家暂住下，她今天又没发烧，这都是好运气好苗头。再正常两天，咱们就可以跟人家商量，看看是提前出来，还是换个别的地方再观察，而且孩子现在最需要的是鼓励和安慰。您可不能再因为这事垮了,您要是先撑不住了,那孩子要是知道了,不是更影响她的健康吗!您说是不是?"

"是,是。一听到您的声音我就控制不住了……"莹莹妈停下来,接过方海琴递来的热毛巾擦了擦脸。稍微停顿了一会儿,廖老师接着说:"我看这样吧,明天去给她送东西,我也一起去。"

"可别价,您这么大岁数了。'非典'闹得这么凶,那又是隔离区,怎么能让您去呢。这我就够不落忍的了。"莹莹妈赶紧劝阻道。

"我教了一辈子书了,这些孩子就是我的命根子呀。我是她班主任,去看她也是我的责任。这事咱们不争了,你要是不让我去,我会更不踏实。您告诉我时间和碰头地方吧,要不然明天一早我就直接来你家楼下死等了。"莹莹妈又真心地劝了几回仍是劝不动廖老师,只好把时间、地点全告诉了廖老师,最后她又想起来一件事:"廖老师呀,还有一件事。你们班的一个叫胡大雷的中午来电话说也要明天跟着去,我没接到电话,是我外甥女接的。他也是前天他们一起出去的孩子之一。我正不知道怎么办呢。我是不想让他去了。这孩子真不知道轻重,还要出来呢,这家长怎么管的呀。"

"莹莹妈,你可能误解孩子了。他可能觉得莹莹被隔离,自己也有责任才一定要去,也是想安慰莹莹,也是一片热心。他和莹莹都是我们班的学习尖子,还有那个李一凡。这回倒是全凑一起了。这样吧,晚上他打电话来,您就让他直接打给我。我下午先给他打一个吧。我会处理好的。这事儿他确实也有责任。我倒真想让他去好好受受教育。可咱也不能拿这事赌气呀。孩子都是好孩子,我跟他谈吧。"

"那太好了!我正好不知怎么跟他说呢,莹莹爸不在家,我一人撑这个家真的太难了。"

廖老师又与莹莹妈聊了两句,并嘱托莹莹妈明天也给裘莹莹带几本书和作业,说这样表面上是仍对莹莹严格,实际上是对她好,会分散她一些注意力，不要让她只想着"非典"、隔离、回家，在那里做点作业，会让她觉得与在家里是一样的。她们又谈了有近半小时才挂上电话。

傍晚时，廖老师按自家电话来电显示的号码又拨通了胡大雷的手机："胡大雷，在家呢吗？这样，明天你还是先不要去看裘莹莹了。"

"廖老师，我知道我错了。您别再生我气了，还是让我看看吧。我也不给你们添麻烦，我保证。"胡大雷一听到廖老师的决定就有些急了，使劲恳求道。

"你先别急，我不再生你气了。下午时我也太着急了，你别怪老师……"

"廖老师您别这么说，我没有……"胡大雷忍不住打断了廖老师的话。

"你先听我说。你们在家憋了一周了，几个同学出去透透风也不是什么大错，是我没提前想到应提醒你们注意一些事项。现在有了这件事，首先是要想办法，用最好的办法解决好。老师不是常跟你们说吗，不怕错，错了要敢于承担，敢于改正。我是班主任，我首先有责任……"

"廖老师，没您的责任。"胡大雷又忍不住打断了廖老师的话。

"你们是我的学生，你们每一个人出什么事我都有责任。所以呀，我更不能让你去。你知道，那是隔离区，离那里近一步被传染的危险就多一分。你要真听我话，是我的学生，这两天好好在家待着，哪儿也别去。我去看完裘莹莹，会打电话告诉你情况的。"廖老师说话的语气非常严肃、坚定，不容半点商量的余地。

"那，我听您的。那明天上午我再给您打电话？"

"我会打给你的。你马上再给李一凡打一个电话，就说我说的，这几天他也不能出去，好好在家待着。让他用电脑再丰富一下咱们年级的网站。网站受到区教委的表扬了，还报到市里了呢，让他好好做，学校准备给他报少年科技奖呢。"

廖老师放下电话反思，自己这么做是不是太严厉，对孩子来说是不是太残酷了。可现在是"非典"时期，没有别的办法，先委屈他们吧。如果可能，裘莹莹真的一点事没有，过两天应再与裘莹莹妈妈商量一下，让胡大雷、李一凡他俩跟着一起去。那样对培养孩子树立责任心，对建立同学间真诚的友谊还是有好处的。现在只能走一步说一步。

抬头遥望窗外，天竟然已经黑下来了。这可怕的"非典"疫情原本与自己似乎时近时远，可今天发生的一切，使廖老师突然感到了"非典"的威胁就在眼前。

第四天

当晨光乍现，小花园里枝头的喜鹊刚刚叽叽喳喳地叫起来的时候，平常总是被妈妈催了一遍又一遍才起床的裘莹莹，竟早早地自觉地起床了。她蹑手蹑脚地打开门走出屋来。令她没想到的是，梁奶奶居然醒得更早，正在厨房里包馄饨呢。梁奶奶看见她微笑着说："莹莹啊，这么早就醒了，想早点见妈妈吧！"裘莹莹腼腆地笑了一下说："嗯，梁奶奶，您又做好吃的呢，您别累着，歇会儿吧。""没事，你先刷牙洗脸，今天咱们吃馄饨，吃完了，你妈妈他们就该快到楼下了。"

在楼下，梁世仑已经坐着一辆改装的可以运送"非典"病人的救护车先到了。昨晚他接到通知，今天他的上级卫生局局长谭宁哲要来现场查看。所以他早早地带人来提前做准备，不一会儿秦公澍也来了。他对梁世仑说，今天又接到通知，有外国记者要来拍摄，同时还有一些昨天没赶上的媒体，也要来现场采访，他又约了主管新闻的吴副部长再来这儿一天。

说话间，秦公澍打开一个布袋子对梁世仑说："哎，我带了点细菜，能给那五层隔离的那家吊上去吗？"梁世仑往袋子里一看，是几盒用保鲜盒装好的洗得干干净净的鲜嫩的蔬菜，有小西红柿、小乳黄瓜、苦菊、小红萝卜……

"哇，这可以算得上是雪中送炭呀！你哪儿搞的，为什么对那家人这么特别关照。"

"嗯，现在每天有配送公司往市委食堂送这些细菜，得保证值班的那些人每天吃饭呀，他们现在全是二十四小时连轴转。今天我看见了，就向食堂要了点儿。我这不就'以权谋私'带点儿菜吗，一点心意呗。我的一个大连的老同学，说那隔离的小姑娘是他同事爱人的外甥女，让方便时关照一下。先说好，如果你认为不行就不往上送。"

"谁说不行了，这对于被隔离的人来说是最好的东西了。对他们来说健康就是一切。其实，你应该扩大一下，你看，现在不光是被隔离的，许多医院、养老院、电站等没停产的地方，都应该请配送公司送菜，政府补贴点钱。我们管的许多医院都说食堂买不到什么菜，附近菜市场小贩都躲没了。这些地方的人不能垮呀！"

"是，张市长也想到这事了，正研究呢。这些配送公司全是封闭车，绝对卫生，就是贵点儿。"秦公澍不住地点头说。

"财政补一点儿呗，就几个隔离区和重点单位，也不会太多钱……"

就在他们聊的过程中，被隔离人家的家属、记者和卫生局的几个领导都陆陆续续地到了，每个人的脸上都捂着一个大口罩，大多数还戴着帽子。维持秩序的警察和防疫站的医生，先让进了谭宁哲等几位卫生局的领导。谭宁哲与秦公澍握了手之后转过头摘下口罩问梁世仑："里面怎么样？"

"直到现在还没有新感染的病人，昨天给每户都发了体温表，让他们今天每家送下来一张，每天都保持监测。如果有新病人，咱们会马上知道的。完事后，这里会全面再消毒一次。"梁世仑也摘下口罩有条不紊地回答道。他知道谭宁哲是呼吸科大夫出身，有个不成文规矩，对非医护人员，哪怕是工作中再大的领导，他都是戴着口罩说话，而对同事，无论什么情况和级别他都要摘了口罩。摘掉口罩是同事间一种信任的表达，而对病人戴上口罩，并不是害怕什么，而是一种权威和身份的表明。他在看病时几乎从不征求病人或病人家属的意见，而他的这种强势，又偏偏被他所诊治的病人信服，大多数人成了他的"回头客"……

谭宁哲看到走来的吴朋雄又毫不犹豫地戴上了口罩，吴朋雄凑过来说："还是像昨天一样，记者只安排在第一道警戒线和第二道警戒线之间，不进入这里。他们在那儿架机器也好拍。他们要进来传染上，我还真担不起责任。最后还有电视台要采访，谭局长您说几句吧。"谭宁哲双眉紧锁面露难色地回应道："再说吧，疫苗没研制出来，每天都死人，怎么说呀……"

谭宁哲最后安排道："家属也要排好队一拨一拨地进这儿，所有现场的工作人员都配了对讲机了吧，要随时保持联系。他们采访要问什么还是提前先告诉我，别搞突然袭击，敏感问题我也不能越权啊。"

吴朋雄随声附和道："对对，我先问问他们去。"梁世仑向谭宁哲靠近了说："对讲机全都配了，防疫人员和民警也能相互联系。我们马上就一家一家地放人。"秦公澍听到梁世仑的话，赶忙转身对蹲在身旁一直忙着做消毒准备工作的人员说："过会儿把这些菜给上面那几家分分吧！"

莹莹妈和廖老师她们仍排在第二家。八点半一到，第一家就小跑着进了警戒线内。这家人刚一进去，方海琴就开始焦急地跺脚了，她太急于见到表妹了。她几乎是过一分钟就扒着警戒绳向里看一遍，到终于轮到她们时，方海琴几乎是拉着二姨和廖老师往前跑。虽说不到十几米的路，身体较胖的廖老师到了楼跟前时，已是弯下腰有点喘不过来气了。方海琴一到楼下就抬头漫无目标地冲楼上喊:"莹莹,莹莹,我来了。"一边喊一边抬头凝目寻找。"海琴姐,海琴姐,我在这儿呢。"海琴在看见莹莹的身影后,使劲挥手,嘴里喊着"哎——"眼泪"哗"的一下夺眶而出,声音立刻变沙哑了:"莹莹,莹莹,我太想你了。你好吗?"莹莹也被表姐的表情和声音感染了,加之见到表姐,她也非常激动,也禁不住眼前一片湿润模糊,声音带着哭腔说:"我挺好的,我也想你。"

"莹莹,你看看这是谁。"莹莹妈的喊声从方海琴身旁响起,莹莹妈已搀着廖老师直起腰,仰头向上望。莹莹和廖老师四目刚一对上,裘莹莹"哇"的一声就哭了出来,不知是委屈、愧疚,还是喜极而泣。廖老师也禁不住潸然泪下,她一边擦眼泪一边说:"莹莹呀,不许再哭了,妈妈和老师都来了,不能这么娇气。"廖老师的话让裘莹莹稍微止住了一些哭声。"老师昨天才知道你被……你现在这个样子,你也不赶紧告诉老师。这事我可生你气了。""嗯,我错了,廖老师。"裘莹莹低声抽泣着。

"你妈妈把情况都告诉老师了,有一个那么好的奶奶照顾你,老师放心多了。你现在这样也不能怪你。每天查体温吗,正常吗?"

"正常,每天还跟电视学英语了呢。"

"好。要坚持。你这样老师就放心了。今天我又给你带了几本书,没事也可以看看。你赶紧再跟你妈妈说几句。对了,胡大雷他们几个同学也让我代他们向你问好。"廖老师说完躲开了一点,让莹莹妈往前站了站。

"莹莹,妈妈给你带粽子了,人家市里的叔叔也给你捎了蔬菜。我这就给你放好往上拉啊。你爸昨晚上也打电话了,今儿他还是来不了。"莹莹妈对上面说着话,又抓紧把东西往吊箱里放。

"您也给他多打电话,他都瘦了。"

"就你知道疼他。东西上去了。"在莹莹妈说话间,第一箱已经向上拉了。因为没有放得太满，并不是很沉。

不一会儿，第二箱也吊了上去。在吊箱往下放时，防疫人员提醒道："咱们后面还有几户呢，大家得相互照顾，你们每人最后再说两句就先出去吧，啊？"

莹莹妈一听到这话心里就是一阵酸楚。她大喊道："莹莹你一定要保重身体，听奶奶的话。多帮助奶奶干些活儿。有急事，真的有什么急事……一定赶紧给妈打电话，记住了吗。"对"非典"的恐惧让她不敢再往下说了。

"记住了，您放心吧，我不会有事的。"

"莹莹，遇事一定要冷静，别害怕，家长和学校都会想办法帮助你的。"廖老师也抑止住内心的难过情绪，对裘莹莹最后嘱咐了一句。

"廖老师，您也多保重。我一定按您说的办。胡大雷、李一凡他们，您代我向他们问好。"

"莹莹……"方海琴喊了一声就停了下来。她想说：要是能换你多好啊，可现实是残酷的。我能为你做些什么呢，方海琴想起了八音盒的乐谱了。"莹莹，我，我一定再催我辛奶奶快点把你喜欢的那曲子谱出来，等你一回家我就弹给你，好吗？"

"太好了，我每天晚上都听那个宝盒的音乐，就等着整段的曲子谱出来呢。谱出来，你电话告诉我，我都想得快失眠了。"说完这话莹莹自己都乐了。她过去在家从来就是头一沾枕头就着，被表姐称过"睡神"。用失眠这个词来形容自己确实太夸张了。

莹莹妈和廖老师最后又对梁奶奶说了好几句感谢的话，三人才依依不舍地在防疫人员的监督下被催促着离开了隔离区。

这场景令周围的记者们兴奋不已，一个记者拿着手机大声叫着："对，题目就叫'班主任冒生命危险看望隔离学生'。我这就跟过去继续采访。甭管他们让不让发，咱们先写了报上去，反正电视台也录了,给使使劲儿别审下来。"他边说边跑出了警戒线,奔向廖老师,也有两三个记者围上了莹莹妈和方海琴。在警戒线边上正在和梁世仑、吴朋雄一起抽烟的秦公澍,指着莹莹妈她们那边调侃道:"你看见没?明儿你还得训练一下这些家属怎么答记者问,不然他们说什么我们可负不了责。"吴朋雄顺着秦公澍的眼神看过去后无奈地说:"这些小哥们是真的不容易,现在抢个独家新闻太难了。有的事儿上面又不让报……"梁世仑叮嘱说:"还是得管一管,尽量别打扰被隔离人群的正常生活,那样对他们的身心健康和防疫都不好。"吴朋雄愁眉紧锁:"行,我过会儿跟他们打个招呼。我还计划后天带他们去正建的隔离医院现场呢。对了,有记者跟我说,他听说泽安医院有一名护士感染上'非典'了。是真的吗,还有救吗?怎么报呀?"

"老梁,是吗?"秦公澍听后也是一怔,急忙向梁世仑证实。

梁世仑语气沉重地说:"他们的消息太灵通了。怎么报道,回头听市领导的吧,我也是刚听谭局长说的,已经不止一个了,可能还会增加。如果发现早,本身抵抗力再强点儿,还是能控制住的。但是,现在主要治疗手段是大量使用激素,命会保住,将来极有可能是残疾:股骨头坏死,容易瘫痪。最后能疼死人,不敢想啊!谭局长让我下午和他一起去卫生部开会,说是中央领导也去,研究解决办法。现在根本的解决办法是不惜血本抓紧研制防治疫苗。""您最好现在就去,抓紧研制疫苗吧,我们的小命儿就攥在你们手里了。"吴朋雄故作轻松地调侃道。"国内专家行吗,花钱请外国的来吧?"秦公澍充满忧虑地建议道。"都在攻关,也有合作。谁来都一样,培养菌株也得有一段时间。"梁世仑回答的口气明显变得严谨、郑重。"对、对,你是内行,我们是真的不懂,我们就等您的好消息了。"秦公澍也意识到自己刚才着急说的话可能刺伤了梁世仑,赶紧又补充了一句。

"愿上天保佑我们吧!"梁世仑抬头看着远处蔚蓝的天空,虔诚地祈祷了一句。三个人都不说话了,使劲地吸着烟,看着烟雾在无风的五月冉冉地飘上天空,传递他们心中祈求……

谁也没注意到,就在莹莹一家往上吊东西时,在停车棚后面,刀疤老人仍然是肩挎垃圾桶和喷雾器,手拿长把扫帚,表面上他是在那里慢悠悠地扫地,往四处旮旯儿喷消毒剂,实际上他的眼睛半秒钟也没有离开过梁奶奶家窗口,从莹莹探出头来那一刻他的心就紧张得"怦怦"跳,他盼望着能看一眼他的小初。他等啊等,终于在最后,小初露面了,他尽量装得无意识地到隔离线边上扫地,躲在记者群后面。他不但看见了,还听到了她的声音。这声音如清泉流进了他干涸了几十年的心中,他鼻子一酸,泪水就拦住了视线。他快速地低下头,撩起衣角使劲擦了擦眼睛,使劲控制自己别再流泪,用衣角擦了几下后,又快速地抬起头向楼上望去。现在,能多看一眼他的小初,知道她没有染上"非典",就是他最大的幸福。可他再抬起头时,梁奶奶家的窗户已慢慢关上了。那关上的窗户像是从他心中抽走了魂一样。他退回到墙根,坐在墙根的地梁上,低下头独自地往下掉泪,泪水打湿了一株从开裂的墙缝中长出的野菊花。掉下的泪珠砸得那野菊花的嫩叶微微一颤,随后又滚落到地上。没想到,那泪水滴落后的野菊花叶子灰尘洗尽,更显得鲜亮、翠绿。几个叶片中心的小花蕾倒是清晰地显露出来,充满生机。微风吹来,近在咫尺的野菊花轻轻地摇曳,像是轻轻地向刀疤老人摇头,让他不要再哭了。刀疤老人轻轻地抚摸了一下野菊花带小毛刺的嫩叶:"谢谢你!我老头子今天是怎么了,我应该向你学,和你一样。我要给她打电话,我要想办法告诉她真相。"刀疤老人暗暗下定决心。

中午一点半了,一直坐立不安的胡大雷终于等到了廖老师的电话:"大雷,等急了吧。我一分钟没闲啊。"胡大雷"嘿嘿"一笑说:"廖老师,您别急,回家了吧,先喝点儿水。""嗯,是这样,裘莹莹挺好的,她还问你和李一凡好。我也把她的情况和学校说了,她还真是咱们学校的独一份。你想去看她的事，等我再和她妈妈商量商量再说吧。你们俩可以先打个电话问候问候，这个我问了人家负责隔离的专家了，多些人与她们交流沟通是好的。"

"那，那您赶紧告诉我电话吧。"

"我可以赶紧告诉你，可你不能现在打，中午人家奶奶要休息啊，你等下午四点多再打吧。"

"行行，我先告诉李一凡。"

李一凡刚刚在家经历完一场暴风雨。中午时他一直上网看隔离区的新闻，越看心里越难受。胡大雷和裘莹莹见面了，方海琴也见了，今天连廖老师都去了。本来找裘莹莹去土山是自己的主意，寻宝盒也是自己的主意，上楼顶更是自己的主意，可现在别人都在补救、做些事，就自己跟缩头乌龟似的在家躲着，这让他又烦闷又懊悔，还有一些被冷落的感觉。他站起来走到客厅，打开了冰箱，拿出昨天剩的半瓶饮料张嘴就要灌。"跟你说过没有，不能从冰箱里拿出来就喝。抵抗力弱了更容易得'非典'，放下！"妈妈尖厉刺耳的喊声从身后传来。这喊声让李一凡喝进嘴中的饮料一半"噗"的一声喷了出来，一半呛进了嗓子里。等他咳嗽完，抬头赌气地瞪了一眼母亲说："就知道冲我凶，这样还不如得'非典'呢。""你说什么？管不了你了是吧？老李，你看看你儿子，不打不行了。"加夜班回家刚要躺下的李凌志听到爱人的喊声赶忙一骨碌从床上爬了起来，来到客厅，看到爱人正与儿子在客厅中央对峙。"你怎么回事！"他佯装怒气地冲李一凡低声吼了一句，就把他推进了他的小屋，又转身关上了门。"怎么回事，你这两天有些反常，到底怎么了？"李凌志把李一凡按到了电脑前的椅子上，自己也搬了一把椅子坐到了旁边，把手搭在了李一凡的肩上。憋屈、后悔、自责、焦虑……像几支钢针一直在扎戳李一凡的心，可他又一直找不到人诉说。看着父亲关切的目光，他终于忍不住了："我，我把我们同学，弄到隔离区里了，我还没管人家……"李一凡断断续续地把这两天的事情说了一遍。

李凌志一边听一边快速浏览了一下电脑上的网页，没想到这网上报道的隔离的女中学生，竟与自己的儿子有着这样的联系。"你先别急，先看网上怎么说，再来找找。"他移动鼠标与李一凡快速地搜索起来。等全都看完了，李凌志揉了揉眼睛说："看见了吧，现在你们同学情况还算稳定，你们老师也去看了。你不能老想着见面，现在肯定不行。想想还有什么别的办法帮助她。""没有，要有我还、还这样……""你看，人家大学生都在叠千纸鹤给同校的'非典'同学。上回我不是帮你做了一个在电脑上叠'千纸鹤'的小软件吗？"

"啊，我存硬盘里了。"

"我也不睡了。你看这样好不好。咱俩再一起把它放网上，让大家一起叠，送给所有'非典'病人，尤其是那些染上病的大夫和护士，还有隔离区里你们同学。让大家一起祝愿他们早日康复。大家叠完了都放在一个网页上，写上自己的祝愿。"

"您不睡了，帮我？"

"帮你！这不也是帮你们同学嘛！她在隔离区里也可能看到或知道呀。"

"行，现在就做。"李一凡往旁边挪了挪，给爸爸让了点儿地儿。

"喝点儿水，你的茶。"妈妈走了进来，分别递给了李一凡和爱人一杯水。爱人和儿子的谈话她全听到了……

胡大雷和廖老师的通话刚一结束，他就马上拨通了李一凡的电话，告诉他上午廖老师看望裘莹莹的事。

"廖老师对你、对咱们真挺好的啊。我以前还老气她呢。啊，你没全告诉老师吧，那样咱们就都惨了。教导处可不跟廖老师一样。

你,没说宝盒的事吧?"李一凡又担忧地问。

"那个还没来得及说呢。"

"千万别说,学校教务处处长那'军阀'逮着什么没收什么,那样可就全完了,千万别告诉。你也把裘莹莹的电话给我一个,也让我打一个吧。我正在电脑上制作为她许愿的千纸鹤呢。宝盒的事儿就咱四个知道就行了。她妈妈能往上送东西,其实你也不用去了,有什么托她妈妈代送上去不就行了。"

胡大雷觉得李一凡的话也有一定道理,裘莹莹的亲戚什么的都没让进隔离区呢,自己怎么能排前面呢。他停顿了一下说:"电话号码我给你,你四点以后再打,那家奶奶中午还睡觉呢。你也别就知道问宝盒的事,打的时间别太长了……"

"行了,知道了。你别跟教导主任一样啰唆。"

胡大雷意识到再跟他说什么也没用了,就挂了电话。他又随便找了一本他爸爸平常最喜欢看的金庸的武侠小说看了起来,以打发时间……可没想到,这时院门又响起了拍打声,居然又有人在外面敲门。

太奇怪了。"非典"来了,自己家怎么反而越来越热闹了。他走出去推开院门一看,竟然又是刀疤老人,还推着一辆自行车。现在,他对刀疤老人的感情是十分复杂的,有愧疚,有怜悯,又有敬佩。奶奶早晨的话已证明,他的身世跟他说的一样,可他这么多年怎么不想办法去解释呢?

"小兄弟,还是我,跟你说两句话。对了,这是我以前自己攒的一辆自行车,我老了,骑不了,送给你吧,也算是咱们的缘分。"刀疤老人的语气平和而真诚。他那印有深深刀痕的脸,看上去也不是那么可怕了。

"车……我不能要,您先进来吧,有什么事呀?"胡大雷看着那辆擦得瓦亮瓦亮的自行车真的很喜欢,可不能随便要人家东西呀。

老人还是推车进了院，支好车说："我还是就在院里站会儿吧，车先放你这儿，你不愿意骑了再还我。这小院儿真好。你奶奶呢？"

"我奶奶上厕所了，一会儿回来。"胡大雷给老人拿了一个马扎，让老人坐下。

刀疤老人没有坐下，而是眼睛放着光兴奋地对胡大雷说："小兄弟呀，你知道吗，我今天看到小初了，也看见你那位女同学了。你们老师也去了。真是好老师呀。"没等胡大雷问，刀疤老人就像竹筒倒豆子似的把他看到的一切全都讲了一遍，最后补充道，"今天还有电视台的呢，晚上你想着看电视，就全能看见了。"老人的讲述确实让胡大雷兴奋了半天，感觉就像自己在现场一样。过一会儿，刀疤老人有些迟疑地说："小兄弟，我有件事想请你帮忙。哎，我也不瞒你，小兄弟，其实，我也是拿不定主意我该怎么做。"

"您有什么事呀？"

"是这样，你那同学不是住小初家吗，我想你能不能问一下小初家的电话，我，我是想给她打个电话。我也不知道我该不该打，她会不会接。你知道，她是知道我一直住在这块儿的，可她已几十年没理我了。本来，以前我也就是一直在等，等着老天或是她能……可现在，那个宝盒到她家了，她是认识的呀，宝盒能证明我呀，我不用等了。我不知道她跟你那个女同学说没说她认识宝盒。"看到胡大雷的惊诧表情，刀疤老人接着安慰地说，"小兄弟，别害怕。你那女同学没事的。小初那心呀，比玻璃还透亮。那天我给你讲我以前的事，你就该知道小初肯定认得出那个宝盒。现在有了宝盒了，我有希望洗清冤屈了，真相就大白了。所以啊，我想给她打个电话，我特想跟她说句话。"

当胡大雷刚一听到裘莹莹住的那家的老太太也认得那个宝盒时，他的心就猛地一紧。对呀，刀疤老人不是都讲了吗，那个老奶奶以前是小洋楼那家人的保姆，当然认得那个宝盒了。自己怎么就没想这事呀，自己应该赶紧通知裘莹莹，真该死……

"小兄弟，你看，能帮这个忙吗?，你放心，我绝不会多说一句的，只是忍不住想告诉她一句，就打一个!"刀疤老人的话打断了他的思绪。"打一个?"胡大雷像是自言自语地重复了一遍刀疤老人的话。他现在脑子真是乱极了，电话号码他当然知道了，给不给呢，他抬头看了一眼刀疤老人，老人乞求的目光是那样的真诚、恳切，渴望中加着胆怯，眼睛一眨不眨地直愣愣地望着他。老人看上去像是一个在法庭上等待宣判的罪人似的。他年迈的身体已有些弯曲，这使他的头稍有些上扬，脸上的刀疤一览无余，胸前的刀疤若隐若现，经过岁月的洗礼，这些刀疤也都布满了皱纹。这些，本来都是他从不愿意示人的。刀疤老人的样子实在是让胡大雷受不了了。"路加爷爷，您别这样，我这就给您。可您别现在打，您……"胡大雷说到这儿停了下来，想了一想才接着说，"晚上吧，晚上您再打。"他要先把这事儿告诉裘莹莹!

"行，行!我一定晚上再打。这就谢谢你了!我老头子没看错，你是好孩子!我晚上再打。"是啊，如果真的能与小初通话，说什么，怎么说，他还真的要好好想想。她那刚烈的脾气，会怎么样呢?

送走了刀疤老人，胡大雷一秒钟也等不及了，他赶紧拨通了老奶奶家的电话。

"喂，您找谁?"竟是裘莹莹清脆的声音。

"是我，胡大雷。"

"呀，是你，太……怎么知道这个电话的呀，我表姐告诉你的吗?"

"不是，是廖老师告诉我的。你好吗?"

"我挺好，奶奶对我可好了。一开始我快要吓死了，现在不怕了，就是有些想家。你们都没事吧，那个刀疤老头儿没再找你吧?"

"他找我了。"

"啊!"

"你别害怕,他是好人。那刀疤是土匪砍的。"

"是吗,你反正小心点儿吧。你看他为了宝盒那么玩命地追。当时快吓死我了。"

"裘莹莹,我现在告诉你一件事,你别害怕。你住的这家的那个奶奶,她也认识你拿着的那个宝盒。她以前和刀疤老人都住在那个小洋楼里,他俩都是那家人收留的孤儿。"

听到胡大雷的这些话,裘莹莹吓得心快从嗓子眼儿蹦出来了,浑身出了一层冷汗,她打了一个冷战,几乎有些站不住了,话筒差点从手里掉了。她下意识地向四周看了看,唯恐梁奶奶就在她的身后。还好,梁奶奶还在厨房里呢,厨房的门也关着。她用颤巍巍的声音问:"胡大雷,我怎么办呀?我……"裘莹莹几乎又要哭出来了。

"你别害怕,我不是说了吗,她和刀疤老人都是好人。他们就是以前见过宝盒,也没什么呀。老奶奶是那户人家里的护士,刀疤老人是那家主人的司机,所以都认识。那小洋楼的主人就是妇产医院的院长,解放前的。老奶奶以前也挺惨的……挺不容易的。"

"她认识这个宝盒,她怎么不告诉我呀?"

"她可能是怕你知道了害怕。我告诉你了,你就别害怕了。"

"那,这宝盒怎么办呀?"

"宝盒,你一定还要拿好了。你打开过吗?"

"下面那层没打开过,不知道怎么打开,特别奇怪。"

"你先拿好了,我再想想。李一凡晚上可能还要给你打电话呢。"

"都怪他,偏要让你俩爬上去拿宝盒,才成了这样。"

"也不怪他,我当时自己也想上去拿。只要你没事就行了,隔离一结束你出来不就没事了吗。"

"不知道什么时候呢,而且,奶奶在厨房呢,她一出来我怎么办呀？"

"嗯。晚上你主动让奶奶看看吧，她真的是好人。她要想告诉你什么，她会直接跟你说的。"

"那好吧。要是你，你们在多好呀。梁奶奶确实人特好，对我特别好。晚上我先让梁奶奶看，然后，嗯，明天你再打个电话给我行吗？"

"行，我保证。我这是手机，什么时候都可以打。"

"是吗？对呀，你家以前没电话，你怎么有手机了？"

"我爸给买的，他在国外买的。有手机好跟我和我奶奶联系。他快回来了。"

"你爸真厉害！我爸也是老不回家，昨天他还用电脑和我通话呢。电脑上能看见他，跟电视直播似的……"一说起她不经常见面的父亲，她总是有说不完的话，与她朝夕相处的妈妈，她反而觉得没什么可说的。裘莹莹一聊起来，刚才的恐惧全抛到九霄云外去了……

晚饭，梁奶奶用秦公澍拿来的蔬菜做了鱼香肉丝、红菜汤和蔬菜沙拉。裘莹莹忍不住赞叹道："梁奶奶，您还会做西餐呢，您真是深藏不露啊！"说到这儿，她又赶忙闭上了嘴。她有些后悔，可别让梁奶奶以为她话里有话。本来她和奶奶相熟了以后，几乎每说两句就和奶奶开一句玩笑。可自从她知道梁奶奶认识那个宝盒后，总是觉得心慌，怎么待着都觉得别扭，说话也不知该怎么说了。梁奶奶最喜欢裘莹莹的活泼、俏皮，她让梁奶奶仿佛又回到当初自己在梁家的日子，只不过是今日的自己变成了昨日的老太太，莹莹变成了昨日的自己。

梁奶奶听了裘莹莹的话，依然很淡定："啊，奶奶会做的好吃的还多着呢，慢慢你就知道了。"可没过一会儿，梁奶奶还是发问了，"莹莹，你今天好像有些特别，尤其是下午。怎么了，有什么不舒服的地方一定要马上告诉奶奶啊。"

"没，没有。"梁奶奶的话立刻让裘莹莹才放下的心又提了起来，脸上也一阵发热。

"那就好。可我看……"梁奶奶又看了一眼已是满脸绯红的裘莹莹，话说了半截又停了下来，又给裘莹莹碗里夹了一些肉丝才缓缓地说，"莹莹呀，你十几岁了，是不是身体上今天有什么不合适的？奶奶可以帮你。"听了梁奶奶的话，裘莹莹的脸更变得通红通红的。她紧张得心跳的速度如同百米冲刺一样，端碗的双手也不由自主地瘫软在桌子上。

"莹莹，好孙女，别怕，就奶奶一个人在这儿，有什么事慢慢说。先不吃饭了。坐沙发上歇会儿，喝点水。"浑身无力的裘莹莹几乎是让梁奶奶搀到了沙发上。梁奶奶特地倒了一小杯温开水递给了裘莹莹。

裘莹莹这时才感觉到自己嗓子眼儿发干，"咕咚咕咚"两口就把水喝完了。她坐了有几分钟，又看一眼目光中充满了关爱的梁奶奶，鼓了鼓勇气说："梁奶奶，您，您认得那个宝盒，我每天晚上老听的那个八音盒！您小时候就听过，见过？我不知道您认识它。它是您主人，您家的……"她恨不得把自己的心里话一下子全说出来，把自己的疑惑全问出来。

"再喝点水。慢点喝。"她的话好像并没有让梁奶奶出现她想象的样子，激动、窘迫或是慌张，梁奶奶好像依然很平静。可她哪里知道，梁奶奶此刻内心也如翻江倒海一般，她是使出了浑身的力气才不让自己的手、腿抖动，她是不想让裘莹莹察觉出自己的异样，她不能吓着孩子。自打裘莹莹拿着宝盒走进她家门的那一刻，她猜到可能会有这么一天，可她没想到这一天来得这么早。这几天的夜里，她无数次想过：这件事既然来了，就要勇敢地面对，也要想办法弄清楚，这宝盒可能也是梁家在世上唯一的遗物了，继慈还不知道自己的身世呢，宝盒来了，也该告诉她了。而且，宝盒、自己、路加，这本身就是关系她过去几十年和整个一生的事，可能早晚都应有个了断。她心中没有什么害怕的，无论是"非典"，还是宝盒的事情，只要不伤害到无辜的孩子就行。这几十年的风风雨雨，她不是都过来了吗。

回想自己的过去，"文化大革命"时医院里也有人贴自己的大字报，有人说她是帝国主义特务的小老婆，她养的孩子就是她和特务生的；有人说孩子是她偷的女婴，想养大了卖钱。还有人曾逼问过她，刀疤老人是不是土匪、潜伏特务，他们两人是什么关系。她只是说她主人家有规矩，她从来没跟他说过话，只知道他是个司机。她恨他，但她永远不会主动去害他。那时，她曾在冬季的冰水里洗过医院里沾满血水的床单，看守过停尸房……可她没有让她的孩子——夫人的孩子——受过一天委屈，吃的可以差一些，穿的可以旧一些，可从未让女儿的心灵上受过伤害。现在，女儿有了自己的家，过上了幸福的生活。这一段时间，女儿恰好在美国作为访问学者进行讲学和进修，搞科研，不然也早就跑回来看她了。然而，这一切，这一切的生活，是她为了信念而做的，不是她曾想要、企盼的。她曾经的企盼，她人生曾经最大的心愿，就是有那么一天，她真的能从老太太手中接过宝盒，与路加牵手走出教堂。今天，这个小女孩如天使般，带着宝盒——自己青春的信物、自己少女时最美好的回忆、最大梦想的见证，又闯进了她的生活。她能不激动，能不惊诧吗！当前两天这个小女孩第一次手拿宝盒出现在楼道里时，她全身都如同冰冻一般，那种心灵的震颤和煎熬，只有经历过的人才能体会得到。就在昨天，当这个小女孩晚上在床上捂着被子听宝盒那荡人心肺的乐曲时，她还悄悄地走到她的门口，也偷偷地听了一段，泪水还曾像雨线淌满她的脸颊。她是多么想亲手摸一摸这本该属于自己的宝盒呀。可她不能进去，不能打搅小女孩，更不能吓着她。现在，不知孩子是怎么知道的，既然她问了，自己就告诉她一些吧。如果她要是岁数再大一些，自己会告诉她更多，甚至全部，而所有的这些，其他人，包括自己女儿，都从未从她的嘴里听到过一句。

"是的，好孩子，是奶奶不好，一直没有告诉你，奶奶确实认得那个宝盒。旧社会时，奶奶曾是那个小洋楼主人家的养女。我是个孤儿，是他们收养了我。我那时也在妇产医院当过护理，就是现在的护士。那家的女主人就是医院的院长。记得，那家的老太太，就是院长丈夫的妈妈，拿着这个宝盒时我曾见过一两次，也听过那宝盒演奏音乐……"

"那，那个刀疤老头儿，您也认识了？"裘莹莹忍不住打断了梁奶奶。裘莹莹的这一问，又让梁奶奶吃了一惊，怎么回事，莫非路加——刀疤老头儿——也知道宝盒在这里，这是怎么回事？她又有了前几天第一次见宝盒时那种全身冰冻的感觉，同时，手脚又不住地冒冷汗，心脏沉重得像是悬着的一块铅块。她抬头看了一眼目光中充满了期待的裘莹莹，再一次缓慢地说："认得。他曾是先生和太太的司机，不开车时干一些扫院子、修剪树木、外出买东西的杂事。他只在小洋楼外面干活，我是在楼里面干活。"

"要不您皮肤这样好呢，那您和他？"

"他在外面，我在里面，所以没有什么交往，可认识还是认识的。他有时替老太太买东西，也要进楼里来，这个八音盒他也该认识。你为什么提到他，莹莹？"

梁奶奶舒缓平和、淡定的态度，已完全打消了裘莹莹先前内心的恐惧和顾虑。她毫无保留地原原本本地把他们那天发现宝盒和刀疤老人追赶的经历说了一遍，最后仍心有余悸地说："奶奶，您不知道，当时他那个样子真是吓死人了，像是要追上我们把我们给吃了。哼，要不是他，我也不会倒霉……"说到这里，裘莹莹赶紧止住了自己的话。她原本想说"要不是他，我也不会倒霉跑到这来"，可她来到这儿后，虽然隔离让她远离了妈妈，可梁奶奶对她一点也不比妈妈差，或者说照顾得更好。她不能说伤害梁奶奶的话。而且，可以说这几天她是痛并快乐着，有恐惧，有悔恨，有奇遇，有思念，有惊喜，有期待。这几天的经历是她以前从未经历过的，也许今后也永远不会有的。只要她出去后一切都没事，她就不会再怪刀疤老头儿了。可他会怎么样呢？他会善罢甘休吗？

"梁奶奶，刀疤老头儿很可怕吗？我将来回家怎么办呢，他会再找我吗？"裘莹莹仍心中不安地询问着。

他会怎样？这也是奶奶想知道的答案。"他不能把你怎么样，这宝盒也不是他的，他可能只是想看看。"梁奶奶嘴上这么简单地说了一句，可心中确有千万个难以打开的心结。路加这么玩命地追这个宝盒，莫非当年老夫人向她许的愿，也向路加说过。他以为他有了宝盒，就能……或是还是有其他什么原因。她不敢想，她也不知道该不该想。其实，这几十年内，她确实最恨的人，最不愿见的人就是路加——那个刀疤老头儿！是他害死了梁夫人、梁先生，害得他们的女儿成了孤儿，害得老太太一去不回，也害了自己一生！可是，不知有多少次，她在回家的路上，还曾绕远走到那个小巷路口的附近，远远地看一眼修车的路加，看一眼扫地的路加，看一眼他那临街的破旧小房子。春天里，她曾看见他在街上生炉子，用一把破芭蕉扇往炉眼里扇火，呛得涕泪横流；冬天里，她还曾看见他在街上的垃圾堆里捡煤核，全身都落满灰尘。她说不清自己的想法，说不清自己是为什么。是想看他得到报应吗？好像也不是。自己当时的心情只有愤恨和解气吗，好像也不是……

"梁奶奶，您看看那个宝盒吧？"裘莹莹的话打断了梁奶奶的思路。她回过神看了一眼又回到无忧无虑状态的裘莹莹。这孩子的眼神是那么透亮、清澈，毫无杂念。如果真有什么事，自己舍命也要保护她，就像当初保护梁夫人的孩子一样，可这件事会怎么发展呢，她预测不到。路加，刀疤老头儿，他到底要干什么呢？

梁奶奶感觉到自己有些头晕。她扶着沙发扶手挨着裘莹莹缓缓地坐了下来。

"奶奶也有些累了，你要愿意，奶奶就看一眼。"她的话音里已有一些有气无力了。

"好的，您等着。"裘莹莹反倒兴奋起来，没有发现梁奶奶表情的变化，大步地走进"自己"的房间，又近似小跑地双手捧着宝盒回到了梁奶奶身边。

"梁奶奶，您看，我帮您打开，还有音乐呢。"裘莹莹说完小心地打开了八音盒，并把演奏着音乐的八音盒递到梁奶奶手上。

这八音盒，五十四年前她曾见过，可她还从来没有亲手摸过它一回呢。这八音盒与五十多年前完全一样，镜面还是那样晶莹，闪耀着璀璨的光芒，蒙多纳木的盒盖，奇幻花纹，摸起来温暖而光滑，如幼儿的皮肤一样。她不断地用颤抖的手摩挲着这宝盒，好像这样可以熨平自己那伤痕累累的心，熨平那千疮百孔的往事。奇妙的音乐，牵着她的思绪又一次回到了在小洋楼里的那段美好的岁月，与老太太、夫人那撕心裂肺的分离。几十年来，第一次当着外人——一个小女孩的面，梁奶奶的泪水默默地从眼角淌下……

"梁奶奶，您怎么了，您别哭啊，梁奶奶。"裘莹莹被眼前的情景吓坏了，她还以为梁奶奶看到会高兴呢。"您是不是想您的……"她是不知道怎么称呼小洋楼主人和梁奶奶的关系，不能说是"主人"吧，那梁奶奶不成了奴仆了。莫非，她又忍不住脱口而出："梁奶奶，是不是那家人对您不好呀，老让您干活。您别哭了，现在不是都好了吗。"

梁奶奶赶忙擦了擦泪水，露出一丝浅浅的笑容安慰莹莹道："好孙女，你想哪去了。我只是看见这个宝盒，想念他们了。他们都是好人,天底下特别好的好人。宝盒,你还是收好吧,奶奶也看过了。你还吃饭吗?不吃,就过一会儿吃水果。"

梁奶奶收拾完碗筷和厨房,就让莹莹一人在客厅看电视,自己回到了大卧室,关上门,打开台灯,轻轻靠在床头,眼中又噙满了泪水。梁先生他们走了五十四年了,每次想念他们的时候她连个相片或可寄托思念的物件都没有,一切在一刹那间就全都消失了,只剩下她自己带着先生和夫人的孩子苦苦地支撑着。这五十四年来,她几乎没有属于自己的真正的快乐。这五十多年来,她只有可数的几次快乐的时光,一次是女儿在"文革"后恢复高考时,竟然以高分考上了医学院,那时女儿都三十岁了。再一次是单位也给自己分配了现在这个两居室的楼房。同一年,女儿作为"老姑娘"也毕业分配和出嫁了,虽然女儿为了新婚的丈夫临时远赴浙江大学工作,不能陪伴她,可她心里还是替女儿万分高兴。那一天她还一个人悄悄地在楼下小花园里给梁先生夫妇烧了纸钱,告慰他们的在天之灵,她当时觉得她也是在为路加赎罪,她觉得路加的罪也有自己的份。那一天,她觉得她的罪应该算赎完了,路加的罪是他自己的了。

可,这是上帝的安排吗?为什么路加会将这个女孩追赶到她这里来,为什么恰好这女孩拿的竟然是老太太曾要送给她和路加的宝盒……

"奶奶,您的电话!"客厅传来了裘莹莹清脆的声音。咦,谁会给自己打电话呢?女儿要提前回来,她前天把北京的情况给在美国的女儿仔细地说了一下,但是她没有说自己被隔离的事,还一再嘱咐女儿不要着急回来,还是等"非典"过去了再回来。现在人们逃都逃不出去,许多在北京打工的外地人想回家,老家都不允许回去。

看见梁奶奶出来接电话了,裘莹莹懂事地放下话筒跑进厕所说:"我上厕所。"

"喂,您好。哪一位呀?"

电话中并没有立刻传来回音，而是隔了几秒才有了回答，而这回答的声音让梁奶奶惊诧万分："小初，我是路加。"这声音虽是那么谦卑和凄切，可梁奶奶还是心里一惊，紧跟着马上变成义愤填膺。

"你，你怎么敢打我家的电话，你怎么知道的？"

"是那个小女孩的同学告诉我的。他们都是好孩子。"

"他们当然是好孩子，可你不要以为小孩子好骗，你就想干什么都能得逞，有我在，他们都会知道你是什么人。以后不许你打……"可能是刀疤老人已听出来梁奶奶要挂电话，他急忙打断了梁奶奶的话说："小初你先听我说一句，别挂电话。你也别怪孩子们，是我求他的。"

"我不会怪孩子，你的话，我一句也不想听。"

"你别挂，求你了，就一句。我就是该千刀万剐，也请你听一句。"刀疤老人的话音更加焦虑、迫切，让人感觉他好像就跪在面前。

"你快点说。"梁奶奶心里想，你有今天是罪有应得。

"那个小女孩儿带着老太太的宝盒呢，你一定看见了。我的冤情就在里面。我是冤枉的。老太太说过她留给梁先生的信，就在那个宝盒里。你把它要过来，打开一看就知道了。"

"你冤枉，是谁骗梁夫人去的机场，梁先生被土匪劫了，你怎么跑回来了？你当年贪生怕死，害死先生全家。还想骗谁……没人相信你的鬼话。"没等刀疤老人再说什么，梁奶奶已经把话筒狠狠地给挂了。挂上电话后人还气得"呼呼"地大口喘气，她做了几个深呼吸才感觉气顺了些，一些积压多年的闷气，在刚才的几句话中好像也吐出不少。

"奶奶，是谁呀？"从厕所中出来的裘莹莹问道。

"这人再来电话，你就给他挂了不接。"

"是谁呀？"

"没有谁,下回还是叫我吧!"裘莹莹有些惊恐的眼神让梁奶奶意识到自己的失态,这件事不能让孩子知道得太多,她毕竟还只是个孩子。

"没事的。你再看会儿电视就早点儿睡觉吧,明儿早,妈妈他们还来呢,不知又会增加谁呀?"

"您知道要增加人吗?"听到梁奶奶这句话,裘莹莹又兴奋起来。

"我是乱猜,我哪儿知道会加谁呀?你还盼谁来呀?可这'非典'时期,家长也不让孩子随便出来呀。"

本来,裘莹莹真是盼望同学来,尤其是胡大雷,可梁奶奶的话又让她热情高涨的心凉了下来,还多了一些羞怯。

"过两天,过两天可能一切都会好的。可能他们都会来,也可能咱们这儿就不隔离了。我还真有点儿舍不得你走呢。"梁奶奶耐心地开导着裘莹莹。

"您要愿意,我可以经常来住呀?"

"奶奶哪能不愿意呢,能有你这么个乖孙女陪着我,那可美了,就怕你妈舍不得。"

"到时候,我让我妈去我姨家,或者干脆上部队找我爸去。再不行,您去我们家住吧,反正我爸在部队也不回来。"

"没想到你人小主意还挺多。"

在你一言我一语的说笑中,梁奶奶刚才的酸楚和愤恨就被冲淡了。

刀疤老人被他的小初生硬地堵回来后,颓然地一个人默默地在胡同中独行,街两旁枝叶繁茂的老槐树和枣树有的开了花,有的长出了花蕾,散发出淡淡的幽香。他是用胡同里临街小卖部的一个公用电话打的电话。还好,"非典"了,打电话时四周一个人也没有,小卖部的人看他打电话也没收钱,把电话往窗台外一放,就关窗户进屋喝酒去了。他打完电话又买了一包烟,他原本已经几十年不吸烟了。可这两天的事让他如死水般的心又翻起了波涛,他掏出烟找小卖部借火点着,狠吸了一口,这一口下去他几乎被呛了一个跟头。他又狠吸了两口,几乎感觉要晕倒,恶心想吐。他扶住电线杆弯下腰,缓了一下没有吐出来,可泪水却出来了。他把烟掐了,也把剩下的一整包烟扔进了垃圾筒。他抬头看了看前方,浓密的树荫遮挡住了本来就不够明亮的路灯灯光,使狭长而弯曲的胡同更显得幽长、深邃,看不见尽头。出路在哪呢?他漫无目标地在胡同中往前走。刀疤老人真想仰天长啸一声,可他不能,在这两旁都是拆了多一半的居民院的残破胡同里,他只能在这幽深的胡同中漫无目标地继续踌躇前行……他竟然又来到了小洋楼前。

这小楼承载过他的青春、他的初恋,见证过梁先生、夫人、老太太对他的关爱。那些年月,每到春节前夕,梁夫人都像变戏法似的拿出一套新衣服给他穿上,还永远是那么合身。梁先生常常在旁边假装嫉妒生气:"夫人呀,怎么你给路加的衣服是又合身又漂亮,我怎么就从来都是凑合呀?"夫人总是依旧抹平衣服的褶皱,拽平衣角和袖口,面带满意的微笑,用讥讽的口吻说:"你也不看看自己那肚子,一年比一年大,快赶上我们医院里的产妇了,穿什么能穿出样来。小初呀,赶明儿你从医院里给先生挑一件孕妇装吧。"这时,客厅里常常笑作一团,而最后,春节和圣诞节的保留节目都是梁先生打开钢琴,为大家弹奏巴赫的钢琴曲。路加不懂音乐,但是,他觉得这乐曲就如同梁先生、梁夫人一样好,让他心生敬仰。他们俩就像是这乐曲一样的人!都来自神圣的天堂!

现在,这房子被拆了一半,折断的梁架全都丑陋地暴露在五月里清亮的月光下。原本优美的小洋楼,拆了一半扔在这里,在黑夜中如同一只张着口的怪兽,那些在半空中支支棱棱,随着微风极其缓慢地摇动的钢筋,如同这怪兽伸出的触角,更让人平添一分恐惧。刀疤老人觉得这房子的命运如同他的命运,抑或说他的命运如同这

房子的命运，都将被无情地打碎，不留半点痕迹在这人世上。

主啊，救救我吧！主会来拯救我吗？他侧眼盯着那保留完好的另一半楼房，在心里默默地问道。与梁先生最后离别的情景又浮现在眼前，梁先生的教导回响在他的耳边："路加，上帝不能拯救任何人，可他会指引我们去拯救自己。只有我们自己能拯救自己。永远不要放弃，就是上帝的旨意。"慢慢地，他的目光移到小洋楼剩下的那一半，月光下，它仍如童话中王子的城堡一样美丽，像是在昭示着什么……是啊，房子还有多一半在，我也还活着。那宝盒里还有梁太太给梁先生的话，梁先生的女儿还活着，我应该让小初和她知道真相。我要对得起梁先生。我不求小初原谅，只要她不再带着怨恨活下去，只要她知道自己当初没瞎了眼看错人就行！回去，写信再给那个小兄弟，让他再帮帮忙。我活到今天不能再像以前那样了，要不然就不用再活了。路加在心中暗暗下了决心。

刀疤老人不知道，在这个城市中，在同一时刻，有一个与他年龄相同，与他命运的转机紧紧相连的男人，做了跟他完全一样的事——给昔日恋人打了电话，遭遇了与他同样的结果，同样在仰望星空，这个人就是谢云翻。

谢云翻自打从前天第一次听到那半段乐曲后，就又陷入了与几十年前进入隐修院时相似的"疯癫"状态。近三天的时间里他只冲了点奶粉，泡了四次方便面就算吃饭了。他不断地翻查资料，不断地弹奏，不断地谱写，又不断地把写好的谱子揉成一团扔掉。最终在昨天下午他实在是忍不住了，先给周汀菡打了电话，急切地表示要看到或听到原作。周汀菡却不急不慌地成心难为他说："想要原作，那还不简单，我给你个电话，你直接找辛雨芦要去。"她说完电话号码就干脆把电话给挂了。谢云翻知道，周汀菡就是这种臭脾气，她一旦决定的事，谁也甭想再让她改变。谢云翻在其余的时间里就只剩下心神不定坐卧不安了，什么也谱不出来了！几次他拿起电话又放下，两次都已经拨通了，他又像是被烫着似的给挂断了。十几年了，虽然他与辛雨芦一直在一个城市里，又同是在高等专业学府教音乐，还有着许多共同的朋友，可他们却从来没有说过一句话。辛雨芦一直在刻意躲避他，而他的内心深处对她也有着深深的愧疚和自责。在了解了辛雨芦的那种态度后，他也不敢主动找她去忏悔，乞求宽恕，更不敢想重续前缘的事了。十几年了，他就一个人住在这小院中，无奈地过着无忧但也无味的单身生活，音乐成为他疗伤和慰藉的伴侣。

可今天这半段乐曲却让他着了魔，无法控制自己了，而要看到听到原作这一想法更是在他脑子里挥之不去。这一念头越来越强烈，似乎是要把他吞噬掉。他当年留在阿尔卑斯山的隐修院里，就是因为这种古典宗教音乐。他对它们的痴迷是别人无法理解的。一开始，谢云翮只是想谱好这半段曲子，他最初的想法很简单：能为他心中的雨芦做一件事情，是他巨大的幸福。可随着曲谱像道路一样不断被延长、拓宽，原来的想法从最初的全部变成了远方的一个点儿，而乐曲本身则从最初远方的一个点儿逐渐拉近，变成了全部，现在仿佛已不是他谱曲，而是这曲子在牵着它走，而走在半路中，在星光全无的黑夜中，那如星火般的乐曲突然消失，使他茫然不知心归何处。

在晚上，正在刀疤老人给他的小初打电话时，谢云翮也拨通了辛教授的电话。本来他也想了几种开场白，可当电话里传来辛雨芦的声音时，他竟一时不知道说什么了，憋了半天才生硬地说出一句："我要听原作。"辛雨芦第一反应是一怔，还真没想到是谢云翮。她有些疑惑地问道："您找谁呀，您是……"这时她突然意识到了电话那端可能是谁。"我，我是谢云翮，我想听原作。"谢云翮像是个做错事仍不愿认错的孩子，低声执拗地嘟囔着。

"你要听原作，你不配。"辛雨芦冷冰冰地回绝，像无情的鞭子抽在了谢云翙的脸上。

"我，我怎么就不配？"谢云翙的执拗和疯癫劲又来了。

"哼，你怎么不配，你这么大人了不知道啊。音乐是给有感情、通人性的人听的，你算吗？"

"我，我怎么不算？"

"你怎么不算，还用我给你指出来吗，当年我在隐修院门口等了你七天，你连个人影都不露……算了，我不想说这些。我不愿跟你这种……"说到这辛雨芦停了一下，把"人"字特意空过去才接着说，"说话。"

"你，你，我不找你，我听原作。"

谢云翙的这句话，又一次把辛雨芦激怒了："你不找我，我也没求你找我，你爱找谁找谁去。"她说完"啪"的一下就把电话狠狠地扣下。

谢云翙听着电话里"嘟嘟"的忙音，目瞪口呆地站在那里，不知所措。过了十几分钟，他像犯错后寻找后援的孩子，又拨通了周汀菡的电话："我给辛雨芦打电话了。她只骂人，不让我听原作。""你是怎么说的？"周汀菡问道。谢云翙无奈地又把刚才的过程学了一遍。"换我也不告诉你，你就不会说两句好听的。你当初确实伤她伤得太重了。当初要不是回巴黎后我一直陪着她，她可能早跳塞纳河了。本来，这次是多好的求饶机会呀，你怎么这么不争气呀。"周汀菡真有些恨铁不成钢。她无奈地叹了口气才接着说："行了，不早了，你先歇着吧，让我想一想有什么主意再告诉你。你们两个，一个书呆子，一个倔脾气。"

第五天

新的一天又开始了。因为"非典",北京城里的人们已完全裂变为两个截然不同的部分。一部分是与非典有关:医护人员、防疫人员……这些与"非典"紧密相关单位的人员,他们为救助病人,救助这个城市紧张地忙碌着。另一部分是暂时与"非典"无关或者说无直接关系的,全市绝大多数行业已放假,让人们在家中隔离。许多人放慢了生活的节奏,窝在家里看书、看电视,无所事事了。甚至连必要的社交活动也都免去了。现在人们最怕的就是见到另外一个人。

而刀疤老人和谢云翮却是例外,他们虽然未迈出屋门一步,可却陷入更加紧张和忙碌的状态中。

刀疤老人开始写人生中的第一封信——给他的小初的信。他先从本儿上撕下一张纸写,可没一会儿就发现不对,团了扔掉又撕了一张写,写了三四回发现不能这样下去了。他又在报纸上边想边划拉几笔,算是提纲吧,这也是几十年来他第一次写这么多的字。他就这样断断续续地一上午才写出个大概模样,中午啃了半个馒头又开始正式试着往白纸上誊写。信的开头和结尾的格式,还是模仿了以前捡回来的一本旧书上的样子,许多字还不时地需要查字典。那字典也是他几年前捡来的，都有些霉味了。到了下午，他终于像经过一次马拉松长跑一样，艰难地把信写完又装进信封中封好，才急急忙忙地去找胡大雷。

而谢云翻的运气就没那么好了。昨天夜里他赌着气一会儿翻资料，一会儿用笔划拉几笔曲谱，一会儿又坐在钢琴前弹上一段。他这时是真恨自己无能，感到江郎才尽了。晚上十点多，他才只冲了一盒还是保姆临回老家前买的方便面充作晚饭。午夜时分，他用半温半凉的水洗了一下头想清醒清醒。洗完头，他带着失望、无奈和悔恨来到庭院中，抬头默默地仰望天空，明暗相间难以数清的繁星如一颗颗宝石缀满苍穹。它们闪着神秘而充满诱惑力的光芒，将谢云翻笼罩在其中。他不知道哪一颗星星能引导自己，自己的归属是哪一个星座。曲谱的答案在哪里，人生的答案又在哪里？到了凌晨三四点钟，他就感到头要炸了，鼻子也不通气了，体温开始不断地上升。他已没有力气干任何事，不得不投降昏睡在客厅的沙发上。

早上五点多谢云翻就醒了，其实这一夜他也是时睡时醒，只是因为夜黑，加上浑身发冷，他不愿动。一直坚持到早晨，他开始浑身发冷打摆子，他感觉到自己快不行了，支撑不住了。他知道自己不能再这样扛下去了，必须得想想办法……

五月的北京天亮得很早，六点多时已是朝霞满天。周汀菡昨晚一直想着如何解开谢云翻与辛雨芦两人心中的疙瘩，睡得很晚，可心里老惦记着这事，今天又很早地醒来，醒来后哈欠连天。老伴为躲避"非典"去了儿子在昌平区的别墅，她一人空守着这块"根据地"。收拾完屋子，她坐下来吃早点时，又忍不住拿起了昨晚翻出的相册，她、辛雨芦、谢云翻三人早年在巴黎的合影又映入眼帘。爱恨情仇的故事她看多了，可像辛雨芦谢云翻他们俩这样奇特经历的，天底下也许不会再有第二个。

五十年前在法国时，辛雨芦本是一个理性、高傲的留学生，纯绔子弟当然不入她的法眼，可相貌英俊、才华横溢的男留学生在巴黎也并非凤毛麟角，并且与欧洲人谈恋爱，在中国留学生中也不算什么稀罕事。可是，辛雨芦却偏偏认准了同在一所学校学习音乐的谢云翮。在一般人眼里，作为同校同学，谈恋爱也应属正常范围。可是，他俩却是说近很近、说远很远的同学。很近，是说他俩确实在一个学校；很远，是他们一个学习钢琴演奏，一个学习欧洲古典音乐史，他们从未在一起上过一堂课，住所也相距甚远。学习音乐历史的谢云翮，其类型可以归属于木讷、呆板之流，相貌除个高以外完全没有出众之处。可一向心高气傲孤芳自赏的"公主"辛雨芦居然就爱上了这个谢云翮。而这个谢云翮不但平常没有个受宠若惊或是男人与生俱来的殷勤表现，而且还常常不冷不热令辛雨芦愁肠婉转，直至隐修院门口一别落得肝肠寸断。那时，周汀菡就觉得辛雨芦不是爱上谢云翮了，而是爱上音乐了，谢云翮占尽了音乐的先机。

记得有一次他们刚刚认识不久，三人在学校里闲逛路过琴房。周汀菡计上心头以开玩笑的口吻说："谢云翮，你整天研究音乐史，是不是就不会什么乐器啊，钢琴会弹吗？给我们露一手吧。"她说的是真的，虽说谢云翮已在读博士，所讲的理论要比她们俩知道的高深多了，可从未见他实践过，那时她和辛雨芦还从来没见过他弹过琴或是摆弄过什么其他乐器呢。谢云翮的专业，欧洲学音乐的青年人也没有一两个感兴趣的。有时周汀菡都怀疑是不是因为没有人学，考试好过，谢云翮才学这门专业。本来，她是想看到谢云翮窘迫地解释开脱的场景，也好降低一下辛雨芦对他崇拜的热度，可没想到，谢云翮依然木讷地看不透她的心思，竟脸红着窘促地说："那，那我去看看里面老师用没用琴，让不让我弹吧？""我帮助你说呀。"周汀菡不想轻易放过他。她先进了琴房与三角钢琴前一个年轻的法国老师说情去了。那个法国老师正在给周围的学生做示范教钢琴，身边围着好几个俊男靓女。周汀菡也是音乐学院中难得一见的东方美女。那个老师倒是好说话，没费什么力就同意了。谢云翩就这样局促不安地被周汀菡她们请到了钢琴前。法国钢琴老师站起来，谢云翩走过来向周围鞠了鞠躬，不熟练地挪了挪琴凳，随后就如入无人之境般挥洒自如地弹了起来。可他弹到一半时，周汀菡就知道自己先前的想法落空了，而且她的这个提议让辛雨芦拴在谢云翩身上的心更紧了。巴赫的《勃兰登堡协奏曲》轰然展开。那琴声虽不是什么天籁，甚至不懂钢琴曲的人会因为他手下流淌出的乐曲并不优美动听而离开，可在场的所有人都是音乐天才、专业学生，都听得出他所演奏曲目的高难度和他技巧的娴熟老到。自幼弹琴并已留学两年，专修钢琴的辛雨芦，也还没有达到谢云翩当时的水平。可他从来就没说过他会弹钢琴，弹钢琴在他心中可能如同写字一样，是最基本最不值得一提的技能。周汀菡明显感觉到辛雨芦扶着她胳膊的手先是紧握，随后手中汗水湿透了她的衬衣，最后攥得她疼得已忍受不了，不得不使劲掰开。不得不承认，那一刹那的谢云翩在她心目中已有了大师的风范，而在辛雨芦心中也成为偶像。当他演奏结束时，赢得了在场所有人的掌声。音乐学院当然是藏龙卧虎之地，可一个东方来的学习音乐史的木讷小子竟有如此造诣还是令人惊叹。作为同来者，周汀菡也感到脸上光艳四射，她听到那位法国老师已是用"感谢这位教授的示范"来表达敬意了。那以后，辛雨芦对谢云翩更是全身心地投入了。周汀菡自己再也找不出理由来阻挡辛雨芦了。可是，谢云翩仍木讷依旧，更再未展示过他钢琴演奏的天赋，以博取更多的喝彩或是在某个场所进行商业演出。他依旧过着清苦的留学生活，每天都钻到发黄的古旧书籍和曲谱中，他越是这样就越引起辛雨芦的怜爱。不知有多少个周末，辛雨芦不是再去咖啡屋、公园、电影院，而是一早就坐车赶到谢云翩的住处，帮他收拾屋子、洗衣服，然后再陪他到郊外林中枯燥地散步、静坐，听他讲一些自己并不是很明白、很喜欢的音乐史。周汀菡也曾陪着去过一两回，可她到傍晚时就实在忍不住了。在谢云翾要带她们去近在咫尺的乡间农夫聚会的小酒馆，听他们吟唱没什么乐感的乡间小调时，她独自一人跑回了巴黎市中心，回到常去的酒吧里与朋友们一同起舞欢唱了……

正在周汀菡沉浸在对往日的回忆中时，急促的电话铃响了起来。她放下相册走过去刚接起电话，一个微弱并伴着剧烈咳嗽、急促喘息的声音传了过来："啊，我不行了，我发烧，头痛，我感觉要……"是谢云翾！周汀菡心里"咯噔"一下，这种情况现在是人们最担心最恐惧的。

"你再说一遍怎么了？"

谢云翾又慢慢地重复了一遍。

"你上医院了吗？"刚问完这句话，周汀菡就意识到自己说的是废话，上了医院他还会跟自己说吗。现在最不能去的地方反倒应该是医院，她赶紧又跟了一句："你最近没出去吧？""自打听了你那半段曲子，连院门都没打开过，一直在试着谱出来。我就是昨夜里用凉水洗了一次头，去院子里待了会儿就……"

"你抽风呀！"说完这句话，周汀菡又在心里肯定了一句，"他不是疯子谁是呀！""行了，你别急，在家等会儿，我马上想办法。"话说出去了可怎么办呢？周汀菡也犯难了。她心里思考着：谢云翾一定是这两天太累了，再加上受了夜寒，患上了重感冒了。不能让他去医院，如果去了，他这个症状就得被扣下了。如果再与"非典"疑似病人关一起……她不敢往下想。她拿定了主意。她先给儿子打了一个电话，说是有重要的事必须马上出去，让他开车回家接她，并一再嘱托不能告诉老伴。紧跟着，她马上拨通了辛雨芦家的电话。

"你在家吗？"

"在家呢，怎么了，曲子谱完了想让我过去？"

"有一件非常重要的事,你得跟我出去一趟。你先别问什么事,到时再说,啊!你在家等着,一会儿我儿子开车带我去你那儿,接上你一起走。"

"你这人怎么老这么霸道,老爱搞突然袭击呀。看我孤老婆子好欺负是吧?"

"我没时间和你多说了,你等着我就是了。"周汀菡知道,辛雨芦无论嘴上说什么最终都会谦让她顺从她。当初在法国留学时就是这样。她放下电话就打开抽屉往外拿药,前两天单位发了许多,儿媳妇又拿来了一些,她全装进一个大袋子里,最后又装上了几块糕点和一个大切片面包用报纸盖好。

不一会儿,她儿子就开车来了,还给了她一个手机,让她紧急时用。到了辛雨芦家门口接她时,辛雨芦上车前忍不住又埋怨了几句,上车后看见了驾驶座上周汀菡的儿子,也就没再说什么。不一会儿,汽车开到了离音乐学院不远一条小胡同中的一个小院门前,周汀菡叫车停下,两人下了车。待汽车开出了一段距离,她才抬手轻叩门钹。

"这是谁家呀,咱们到底要干什么?"辛雨芦越发迷惑了。"朋友家,咱们是去救命。"周汀菡用力敲了七八下,可里面半天毫无动静。周汀菡又用力推了推,老式的双扇木板街门只用了一根木门闩别着。过去北京许多四合院的旧街门全是用这种最简单的木门闩。木门推开了一道大缝儿,可仍是未打开。周汀菡放下袋子,从头上拔下发卡开始拨门闩。"你这是要干么,这要让人看见怎么办呀?"辛雨芦下意识地四下张望着。周汀菡也不回答,依然神情专注地"撬锁"。这门闩本来就是防君子不防小人的,不一会儿就打开了。"走!"说完没等辛雨芦回答,周汀菡就大步往里走,等走到本就不大的院中间,辛雨芦好像突然意识到了什么,她猛然停下来,又拽了一把周汀菡,神情严肃地说:"你等等,先别进去。告诉我这是谁家。"周汀菡看到辛雨芦脸上冷若冰霜毅然决然的表情,知道再瞒她是不行了:"是谢云翮家,他今早打电话说他咳嗽发高烧,感觉快不行了。""嘿!"辛雨芦听后跺了一下脚板起脸:"你,你也太过分了!我要不问你还不说呢吧,我先回去了。"

"你不能走,他要真不行了怎么办?"周汀菡抢上一步拦住了她。

"嘶,他不行了,跟我有什么关系?"辛雨芦脸上依旧冷若冰霜,还似乎有些不屑一顾。

"那我要是不行了呢,你管不管。现在是'非典'时期,谁都知道发烧进医院会怎样,姑奶奶我求求你了行吗?"周汀菡有些急了。

"那你进去,我就在这儿等着。"辛雨芦仍气哼哼地站在那儿一动不动。

"行。你别走啊。"周汀菡知道辛雨芦的犟脾气又上来了,不能再跟她较劲了,她自己先朝正屋大门走去。

"雨芦,快,快进来帮把手。"周汀菡刚进去没两秒钟,就在里面声嘶力竭地喊着。

这声音把辛雨芦吓着了,她快走两步迈进屋中。屋里的场景让她惊呆了。门右侧靠窗户有一张老式的八仙桌,桌子上的一碗方便面还剩多一半,另外几只吃完了的空方便面纸碗套着摞在桌角,桌上还胡乱放着一个暖瓶、两个杯子、露出一沓纸的餐巾盒和三袋感冒冲剂,地上也有两个空药袋,它们和另外十几个乱扔的纸团和几张废纸摊在地上,让人几乎难以下脚。屋里右墙和左墙都各有一个半开的小门,显然是通向两侧耳房的旁门。屋门对面靠着整面墙有一个连体的大书架,而书架上每层都有几本书未插回去,横躺放在成排书的外面。这一切,都使得这屋子显得格外乱七八糟。辛雨芦的目光转向左侧更是一惊:在门的左侧,一架钢琴打开着,上面凌乱地放着一摞写好的稿纸。谢云翮,这个她最不愿见的人,穿着一件过膝的毛巾睡衣正半躺半卧地蜷缩在钢琴旁的一个长沙发上,脸色苍白、灰暗,毫无血色,如同这屋内陈旧的墙壁一样。他眼睛似睁似闭,头仰着、嘴张着。周汀菡已经把他的一只胳膊搭在自己肩上,把自己的一只手伸到他脖子下面。显然,她是想把他托起来,又没有成功。

"甭害怕,还有口气呢。帮我一把,把他弄床上去。"周汀菡已有些气喘吁吁。

"快点吧,恐怕现在你给他一巴掌,他都不知道是谁。"周汀菡看辛雨芦仍然迟疑又补充了一句。

辛雨芦铁青着脸咬牙走了过去,像周汀菡一样把谢云翩的另一只胳膊搭在自己肩上,两人一起把他架到了左边小屋的床上。辛雨芦碰到谢云翩的胳膊时,感觉到他的体温高得烫人,忍不住打了个冷战。

"你烧壶水,我给他找些退烧药。"

辛雨芦正想出去呢!她在客厅中找到了一把不大的电水壶,去右侧小厨房里打了水插上了电。看着屋里的样子,她摇了摇头。她是真不情愿触摸这里的任何一件东西,哪怕是碰一碰。可她又是真看不下去!她一语不发地低头收拾起屋子来。干了有一会儿,客厅、厨房都收拾利索打扫干净了。五月的暖阳透过后窗上的磨砂玻璃斜射进来,柔和而温润,仿佛能拿手捧起一把来似的。由于是平房有地气,加之房顶又高,屋里不像楼房似的那么闷热。辛雨芦身上已微微冒汗,她从书架的一摞纸杯中拿出两个来,倒满了开水,送进里屋。

"他吃了药,睡了。"周汀菡过了一会儿也从里屋出来了。

"喝口水吧,给你倒上了。"辛雨芦瓮声瓮气地说。

"这怎么喝呀!我不避讳,我使那玻璃杯子,我沏点茶。哎……"她说完等辛雨芦抬起头看她时,才接着说,"这屋子让你一收拾完还真挺不错的啊。"说完自己先笑了。

"你是夸我还是气我，什么时走？"辛雨芦仍然没有好气地嘟囔了一句，可说话的腔调已明显底气不足，更多的倒是赌气和委屈的成分。

"等睡醒了再说吧，你要不来，我一个人还真不行。你又帮他捡回一条命。"是啊，谢云翱在法国时曾大病一场，那时也是有辛雨芦及时的精心照顾他才活了过来。"哎，是你上辈子欠他的吧。他这一个人过得也真是……"周汀菡话说了一半叹了口气不再说了。可这一半话就足以让辛雨芦的内心像要喷发的炽热岩浆般波涛翻滚，随时可能迸发。而这情感的煎熬在地表之上是看不到了，看到的仍是一湖宁静的春水。周汀菡如果继续说下去就很可能让这岩浆迸发出来，可她又恰到好处地停了下来。是啊，辛雨芦又何尝不是一个人在生活，年轻时在谢云翱离开之后倒是有过几个男朋友，可不是昙花一现就是苦撑一段也以失败告终，至今无儿无女的她也是独自一人。可在普通人眼中，一个男人一直光棍就成了天大的不幸，而女人岁数大了孤身一人很正常。她已习惯了人们的这种态度。可今天却不一样了，屋里的这个男人，可以说是毁了她一生的罪魁祸首，却仍然赢得了她最好朋友的同情和怜悯，她自己居然也来帮忙，细想起来简直是天大的笑话。辛雨芦的愤恨又涌上心头，她寻找着机会随时等待着爆发。内心的气愤让她浑身冒汗，她随便从书架上抽出一本杂志使劲地扇了起来。

"雨芦，你过来看看，他真是奇才，可惜了呀。啊，你看这儿写的什么！"周汀菡的声音从钢琴那儿传过来，她正翻着谢云翱放在钢琴上的稿纸。愤愤不平的辛雨芦没有答理她，周汀菡见辛雨芦没出声，就拉过一把折叠椅并排坐在了她身边："你看，全是你让我给你续的那半截曲子的草稿。关键是这页！"她把稿纸伸到辛雨芦的眼皮底下，一页一页不停地翻给她，"看这儿！"在这一页纸顶端的页眉处，用华丽的法文写着一行字："献给心中的爱人——雨芦。"而"雨芦"两字的字体则比其他字更为流畅、优雅。"我好像又回到了阿尔卑斯山了，你看看这一部分……"十几页写满曲谱的五线谱稿纸被塞进辛雨芦的胸前。辛雨芦面如死水般不动声色地看了看，先是表情平静轻描淡写地往后翻了几页，可看着看着，内心随着曲谱上的乐曲涌动起来……默唱着这些曲谱，如阿尔卑斯山泉水般清澈晶莹的泪水已充满她的眼眶……

当那一行字再次映入她的眼帘时，她的泪水也如阿尔卑斯山山顶冰川下的雪水，在依然冷峻的外表下正悄悄地融化，流淌下来。这乐曲是给她写的，她当年的企盼、失落、伤感，和这几十年的委屈、悲愤、逃遁，曲谱中的乐曲全都诉说出来……

不知何时，周汀蓊又递给了她几页曲谱，一只手已搂住了她的肩头。她也微靠在周汀蓊的肩头，咬住嘴唇，任由自己的泪水如雨线般流淌。"好雨芦，当年你从阿尔卑斯山下来就是这样。这几年你太不容易了，要哭你就敞开哭吧。"辛雨芦的哭声终于如同岩浆冲破地表崩裂出来，她把头侧俯在周汀蓊的胸前，呜咽地哭着，在这低沉的哭声中，依然能感到她还在拼命抑制着自己不发出大的声响。这哭声如同决堤的洪水奔流而下，而她还在执着而无用地一把一把地捧着泥土往决口处填埋。陪她一起落泪的周汀蓊不住地递给她纸巾："雨芦啊，你太不容易了。咱们回来就没过上几年好日子，挨批、挨斗，我还有我们家老安能安慰我才挺过来。你是一个人呀，我怎么就没想到呢。这十几年日子好了，我怎么就没想着你呢！你太不容易了。他知道这是你让帮忙谱写的，还是他懂你呀，你看看这曲子，就他一个人心里最明白你呀！心里还一直装着你。可他真是太可恨了！他还不如一个人出家在山上永远不回来呢。想起来恨得我都想吃了他！那么冷的天，你在那个隐修院门口等了他七天，他连面都不露，一张纸就把你打发了。这个缺德的，我也没看见他学成什么呀，也没修成仙呀，他还想你干什么，他回来干什么，他应该回隐修院念他的经去……"周汀菡用力地搂住辛雨芦的肩膀……

两个人不知又暗自流泪流了多久，从左侧里屋传来的一声咳嗽声，让她们从悲伤中惊醒过来。

"我过去看看。"周汀菡说完就拿衣角擦了擦眼睛离开座位，从冰箱里拿出了一块她刚才放进去的凉毛巾走进了里屋。

"是你呀。"已经睡醒脸上有了一丝血色的谢云翾，用微弱的声音与周汀菡打了一个招呼。

"不是我还是谁呀，你还有谁可找呀？不过，我不是一个人来的。"周汀菡把凉毛巾盖在谢云翾的前额上。

"多谢了，我千不该万不该，不该这时得这病，现在感觉好多了，我这是两天没怎么睡太累了，歇一下就能好。还有谁呀？"谢云翾靠着枕头微微坐起来一点儿。

"还有谁，你最想见的，最怕见的。"周汀菡一边倒水拿药一边淡淡地说。可就这声音不算高的一句话，却使得谢云翾如同被雷击了猛地浑身一颤。他用双手紧掩了一下睡衣，几乎是又要钻回被窝中。

"你瞧你这样！当初你出家不露面时，可是有本事啊。她又救了你一条命！吃药。"周汀菡的语气仍是愤愤不平的，脸色也很难看。

谢云翾顺从地吃完了药，怯生生地感叹了一句："哎，我下辈子还她。"

"别说这没用的。谁知道有没有下辈子。有下辈子谁还愿意遇见你。"

谢云翾没有再说话，摇了摇头，闭上了眼睛，两滴泪水无声地顺着眼角滑淌下来。

周汀菡看见谢云翾痛苦的样子，也摇了摇头把体温表递过去，靠近他小声说:"试试表。刚才她看见你写的谱子了,也哭了半天了。你不许再惹她难过了。我看呀,你得这病也是老天帮你,要不然,她这辈子也不会见你的。待会儿要是见到她,你学会说几句好听的。"

"行,行,我说什么呢?"

"别问我,不会说跪下磕三个头。"

周汀菡看到谢云翱对她的话信以为真,张大嘴痴呆为难的样子,心里倒有几分窃喜。对,让他吃吃苦头才解气。周汀菡没有做任何解释,看谢云翱吃完药就又出去了。

到了客厅她发现辛雨芦已不在屋里,而客厅另一侧通向小厨房的门倒是开着呢。她走进厨房,看见煤气灶上一个火眼儿上煮着几个鸡蛋,在靠墙长条低柜上的电磁炉上,烧着一壶开水,另一个电高压锅正煮着粥。辛雨芦则低着头,默默地正为不知从哪找到的几根有些干瘪的山药削皮。

"这还能吃吗?"周汀菡拿起一个捏了捏,双手一掰撅成两半。

"能吃,我小时候看见我家的工人们,吃的不如这些呢。"

"是啊,三年困难时期要是能吃上这个,就谢天谢地了。这两天'非典',我们那边都买不到什么菜了。"

"谁还敢送菜来呀,北京怎么办呀?"

"不管怎么着,也比过去强多了。"

"唉,"周汀菡对着辛雨芦向客厅那边努了努嘴,压低了声音说,"也不知道那位那些年怎么过的,他倒是会挑时候回来。改革开放日子好了,他也回来了,还算海归专家,好事全让他赶上了。上回同学聚会,我们两三个人逼着他问他在国外结过婚吗,为什么还单身。他就会知道脸红傻乐,被罚了好几杯酒愣是没问出个所以然来。有人说他是天主教的和尚,他还跟人家急赤白脸的,现在更成了孤家寡人了。唉,都知道他是加入教会的,也没有人敢跟他走得太近,在学校许多人还躲着他。我估计他这些年在国外日子也不好过,要不然怎么会这样。"辛雨芦没有续着周汀菡的话往下说什么,仍是默默地削着山药。

周汀菡过了一会儿又忍不住说道:"唉,你是第一次来,他这院南边那间房你没看过吧,也收拾得不错。以前一直是一个老保姆住。'非典'刚一来就走了,我带你去看看。"

"有什么可看的呀。"辛雨芦头都没抬说道。

"你不知道,我和我家老安来过几回。那保姆,南方人,五十多岁可好干净了,那屋子收拾得比这屋都不差。水开了,先放这儿落落开。走,走!"周汀菡硬拉着辛雨芦出了屋。

"门锁着,回去吧。"两人走到南面的倒坐屋前,辛雨芦发现门上着锁。周汀菡四下扫了一下,发现窗台上有一个扣着的小花盆。她轻轻"哼"了一声,又轻轻地把花盆掀开,一把已经落了少许灰尘的钥匙就露了出来。

"你还满在行啊。"

"当年我们家就这样留门,家里没啥可偷的。"

屋子里的窗户全都从里面加了一层塑钢门窗,没多少尘土,很干净。床、桌子、柜子全都用塑料布盖着,床头柜上较小的塑料布,是几块不同颜色塑料布用透明胶条拼接起来的。可以看出有的塑料布也是用塑料袋铰开做成的。"这南方人就是会过。你看,这间小耳房装修得多好。"周汀菡一边四处巡视一边说。

屋西头的小耳房改成了卫生间,卫生间里还安了电热水器和淋浴喷头。卫生间在朝南方向也有一个门,打这个门直接与东边的一间厢房相连,厢房改造成一个烧土暖气的小锅炉房。"你坐会儿,我方便一下。"周汀菡把辛雨芦一人留在了屋里。辛雨芦掀开一个简易沙发上的塑料布坐了下去。对面桌有一台小电视,电视机旁居然还有一部电话。这屋内比正房明显少的东西只是书架,能看出谢云翩对这位保姆还算是比较照顾的。

没一会儿,周汀菡出来了。她刚要对坐在那儿休息的辛雨芦说什么,她裤兜里的手机突然响了起来。"哟,我儿子的电话,我出去接一下,你也方便一下吧。"她说着举着手机快步出门走到院中间,刚刚学会使手机的她,以为这样会接听得清楚一些。

等周汀菡再进屋时,脸上一往的沉着自信没有了,而变得神形慌乱、愁眉紧锁,她边走边像是自言自语又像是向辛雨芦求救似的说:"这可怎么办呀,这可怎么办呀?怎么全赶一块了。屋漏偏逢连阴雨呀。"

"怎么了,这么着急?"

"刚才我儿子来电话,我们家老安今儿早上心梗又犯了,差点没又过去。上一次还是我拿改锥硬撬开他的嘴把速效救心丸给他灌下去,才让他捡回一条命。"

"老安太胖了。去医院了吗?"

"去什么呀,儿子说他死活不去,说死也死家里。儿媳和儿子刚给他送回家,这不就一个劲儿地找我。他每回都这样跟小孩似的,我要是不在他就要死要活的,弄得跟临终告别似的。哎,怎么办呀!没一个让人省心的。"

"那,那你就回去吧。"

"那屋那位也没退烧呢。咱们没来行,来了半截扔下……"

两人一下子全都无语了。沉默了一会儿,还是周汀菡先说了话:"回屋去吧,粥该熟了。再扛一会儿看情况吧,反正儿子儿媳妇都在。"

"过一会儿他好了我和你一起走。"辛雨芦小声地说了一句。

她俩回到了正房的厨房里,水已开了。粥和鸡蛋也已经熟了。周汀菡放了凉水冲了一下鸡蛋,好让它们快速降温,又在碗里倒了一些酱油、醋,把两个剥好的鸡蛋放了进去。辛雨芦把一碗热粥和勺子递了过去:"我再放点山药再煮煮。"

周汀菡两手端着粥和鸡蛋去了谢云翮的卧室。可她刚进去没多会儿,辛雨芦听见周汀菡的手机又响起来。辛雨芦来到客厅,周汀菡也随手带上谢云翮的卧室门来到客厅。周汀菡刚一从兜里掏出手机打开,就听见她儿媳妇急促的声音传来:"妈,您在哪呢,我爸还是不太好,他也不去医院,就是闹着找您。怎么说都不行。""小雄呢?""小雄在卧室里生闷气呢,他爸不听他的,还把他骂一通。还说除了您谁都甭管他。我们真是怕他再出什么事。"

周汀菡无奈又无助地抬头看着辛雨芦,攥着电话久久地没回声。"妈、妈,您听着呢吗?"电话里又传来了儿媳妇焦急的声音。"我听着呢,我……"周汀菡再一次愁眉紧锁无助地看了一下凑近细听她们通话的辛雨芦……

"你先回去吧,我一人在这儿盯着吧。"辛雨芦的话让周汀菡大吃一惊,她又仔细地看了一下辛雨芦,辛雨芦面似静水,又朝自己点了点头,冷静中含着刚毅。周汀菡心里一下子踏实下来:"我马上就回去,半个小时就到家。"她揣起了手机说:"我再进去跟谢云翮说一下。"

周汀菡从里屋出来后没有说什么话,就面有愧色地低头开始收拾东西,只是临走时又嘱托道:"他晚上还要吃次药,他,我跟他说了晚上有急事打电话,不行你再给我打。你看行吗?"

"你都安排好了,还有什么不行的。"

"对不起,雨芦,我……"

辛雨芦打断了周汀菡的话说:"行了,赶紧走吧,他又不能吃了我。倒是老安怎么样晚上打电话告诉我一声。就说我说的,让他听点儿家里人的话,不然没人再爱管他了……"

两个人交谈着走到了大门口。"雨芦,难为你了。"临出大门口,周汀菡又忍不住拉着辛雨芦的手说了一句。"行了,别婆婆妈妈的了，我老太婆了，什么没经历过，你快点回去吧。"辛雨芦轻轻地推了一下脚步放缓的周汀菡。辛雨芦看着周汀菡在安静的胡同中走远了，回身关上街门插上门闩进了院。这时她倒是有时间仔细看看这个小院了。小院只有南北两面和西面有房子，东边是一堵斑驳的老墙，这也使院子成了一个扁扁的长方形。小院用灰砖满铺了地面，东墙下和南房的窗台下留了三块花圃地。东墙根下种着小葱、小萝卜和豆角，长得还挺好。在南房的窗台下则种着月季，长势喜人，已迎风怒放。辛雨芦想，这月季肯定是谢云翮种的，而那些蔬菜则是保姆种的。她走去挑了三个小胡萝卜拔了出来，又薅了几根小葱，这就够晚饭的了，可以给谢云翮炒个萝卜通通气，自己打小就爱吃拌萝卜缨，她又撅了两把萝卜缨子进了屋。

　　忙到晚上吃饭时了，辛雨芦还真是有些犯难了。粥和菜都做好了，可怎么送进去呀。刚才谢云翮是昏睡着，可现在他吃饭可是要醒着的啊。这个人曾是她最爱的也最恨的，自己已是五十多年没再跟这个人说过话。虽然他们曾经有过那么甜蜜而难忘的过去，而那甜蜜而难忘的岁月又成为她一生挥之不去的痛。算了，什么都不想了。可就在她拿起饭碗迈步要进去时，她又感到非常紧张，心"突突"地跳，拿碗的手都感到有些不稳。她又把碗放下，双手交叉在一起放在胸前。她就这样站了一会儿后，才又咬着嘴唇端起了两只碗走出了厨房。到了谢云翮卧室门前，她用脚轻轻踢了两下门。"唉，请进。"屋里传来谢云翮明显心虚、底气不足的微弱声音。辛雨芦低头走进屋尽量不去看谢云翮，她一言不发地把两只碗放在床边桌子上，又把下午周汀菡放下的两只碗拿走，临出门头也没回地说了一句："吃完饭过半个小时吃药。"等她出了卧室关上门回到厨房，她依然感觉到心脏"突突"地在加速度跳动，手心、前胸、后背都出满了汗，双腿也感到疲乏无力。她放下碗又蹑手蹑脚地回到了客厅轻轻地坐在了桌子旁。她怕什么呢，怕谢云翮？怕他什么呢？

怕他做什么说什么，也不像是。是他对不起自己，自己怎么反倒怕上他了。是自己怕他说出什么不知怎么应对？已有多次了，谢云翮想找机会向她道歉赔罪，都被她强硬地堵了回去。可那都是有中间人，他俩昨天通电话是第一次，可五十多年了从未有过面对面。而这次是面对面，自己竟然先给他做上饭了。他要再赔罪怎么办？继续骂他或不理他？她猛然明白了，自己怕的不是再堵他、不理他，而是怕自己原谅他，自己如何面对面原谅他这件事。莫非在自己内心深处还埋藏着一线希望的火花——与他和好如初。如果说她的心是一片死寂的原野，那火花就藏在这空旷漆黑的原野的某个小土丘后面，若隐若现。它随时可能熄灭，它熄灭了不会改变原野上的一切，花依旧开草依然长。可你如果走过去，轻轻一吹，它就会迅速地燃烧起来，照亮整个原野，甚至会让整个原野都燃烧起来。而过了五十多年了，辛雨芦到底对谢云翮还有多少恨，她自己也说不清楚了。她不理他更多的只是在表明一种态度，发泄一种情绪。她靠的是一种蛮横的惯性，而这种惯性到今天好像已用完了，无力了。其实她自己都没有意识到，在她内心深处，她曾经对谢云翮的爱怜、欣赏，她天生所具有的温柔、善良，在刚才看完乐谱的哭泣中，已如解冻的冰河复苏了，冰河下的暗潮已不断地涌动，她反而更像一叶扁舟被它们推着往前走。

辛雨芦歇了一会儿站了起来，从厨房端出了自己的饭菜慢慢地吃了起来。所谓饭菜就是一碗稠的山药粥、一个鸡蛋、一块周汀菡拿来的蛋糕和她自己拌的萝卜缨。萝卜缨，她用酱油、醋、糖、味精和花椒油拌了拌，吃起来非常可口。可能是因为刚摘下来，也可能是一点没有施化肥，吃到嘴里特别的清香、爽脆，都能听见它们在嘴里破碎的声音，也给谢云翮尝尝的念头竟在她脑子里闪了一下。

她刚吃完饭电话就响了起来，她猜可能是周汀菡的电话就抄了起来："喂，汀菡？"

"是我，哪儿还有别人呢。噢，对了雨芦，他们家是一个电话三间屋都可以接听，带分机的。你还好吧。"

"我能有什么不好，还是说说你们家老安吧。"

"没事，吃完药了，这回不是那么严重。只是看我不在，可能是担心吧，就跟孩子们闹！老小孩儿。"

"是离不开你，你多幸福呀。"

"这种幸福还是少点吧！我就是免费保姆。那位怎么样了，还烧吗？"

"饭给他放进去了，烧不烧我不知道。"

"嗯，这样，你先挂了。我再打进来，你先别着急接，看他能不能接。他要能接我让他试表，试完再让他告诉我怎么样了。过二十分钟我再打一个电话过来，那时你再接。我告诉你他什么状况。"

"行。我这算怎么回事呀。"

"雨芦，全看我的面子，回头我好好谢你。"

"用不着谢，下回这种事别再叫我就行了。"

"哎，还不知道明天怎么着呢。刚才电视上说今天'非典'又死了三个，疑似的二十几个，全国就更多了，太吓人了。许多商场也关门了。咱们都小心点儿先保住命再说别的吧。对了，你那个学生的被隔离的表妹怎么样了？没染上吧，现在好像染上就没命啊。"

"我哪儿想得起来问呢，她给我家打电话我也接不到呀。"

"谢云翻只要不是'非典'就算他命大，也算咱俩命大。我都没敢跟我们家老安说我干什么去了。我那儿媳妇在屋里、上阳台都戴个口罩，就差睡觉也戴口罩了。"

"你们那小区房子也确实太密了。现在看来还是平房好。"

"那你就在那儿躲几天。"

"你说什么呢，我现在就走。"

"别生气，别生气。你看你，一点都碰不得，像老虎似的。好了好了，你挂电话了我再给那位打一个。你先别接啊。"辛雨芦没有回应就挂了电话。过了不到一分钟电话再次响起，她故意"哐当"一声关上门走进院里去了。

天上已有了微弱的星光，天空格外透亮，暖暖的晚风吹来让人觉得全身都非常清爽舒坦。花池中的月季在微风中轻轻摇曳，淡淡的清香与地气蒸发出的薄雾混在一起，小院中一派氤氲的样子。辛雨芦从窗台下找到一个马扎，吹了吹土坐在了花前，静静地看着那艳丽的花朵，闻着花香和泥土的芳香。她歇了一会儿打开了保姆住的那屋，接了多半盆水开始浇灌这些可爱的花草。

也就是过了半个小时，电话又响了。她知道这是周汀菡打给她的了。她拿着空盆又走进了保姆住的南房接起了电话："是我！"

"雨芦，嗯，怎么说呢，是这样，谢云翮的体温降下来一些了，扶着墙自己上了一次厕所，还是感到无力。他还说可以让你晚上走，他再想办法找人，我问他能找到谁，他又想不起来谁。他带的两个博士生都回外地老家了。学校其他人吧，他又怕人家要送他去医院，难得他也知道惜命了。我让他再听我电话。要不……我真是离不开，要不……你再坚持一晚上，看明天情况再说，明天一早我过去……"

"你走的时候我就想到可能会这样。我一个糟老太婆子在哪儿住不是住，我上辈子欠他的，不怕多一次。"

"雨芦。我，让我怎么说呢，老天怎么就不睁开眼睛看看啊？"

"算了，别什么都怪人家老天爷，是我自己有眼无珠缺心眼儿。"

"那是他谢云翮。"

"哎，先说好了，我可就是烧烧水做做饭，其他事可干不了，他要不行了趁早打120。"

"别生气了，我这就给他打电话，能自己干别什么都指望你。"辛雨芦听了周汀菡这话差点说出什么"他都那样了能干什么呀"，可她话到嘴边又收了回去。过了十几分钟，辛雨芦用茶杯倒了一杯热水拎了一个小暖壶，又敲门进了谢云翩的卧室，仍是低头一言不发将茶杯和暖壶放下，将空了的饭碗和筷子拿走了。算是告诉了谢云翩她还在。收拾完厨房她就去保姆那屋收拾屋子了，待到全都干完，已是晚上近十一点了。

第六天

　　辛雨芦怎么也想不到，她竟然是被早晨从后窗户照射进来的阳光晃醒的。这对她来说是多年没有的事，她这许多年一向醒得很早。刚睁眼，她侧过头透过薄薄的轻纱，看到窗外一排排青瓦组成的屋脊和屋脊背后浓密葱绿的大枣树树冠，一时蒙了，自己在哪儿呢？她揉揉眼再看看四周，想起了昨天的一切。她昨晚上一人睡到了谢云翮保姆的屋里，唉，这才叫造化弄人。可这一夜她确实睡得非常香甜，她本来几十年来都睡眠不好，昨天睡到保姆的床上反倒躺下就着了，一觉到天亮，醒来后神清气爽。"我真是奴才的命！"她骂了一句。

　　不知那个谢云翮怎么样了，这要是他先起床发现自己这个样子可就麻烦了，她急忙起来洗漱，梳理头发。一切收拾好了，她来到了院中。她故意在院中间咳了几声，活动了几下腰腿，才慢慢地走到正屋的门前。她也不知谢云翮起没起床，病好没好。昨天他病着，自己反倒好进去，今天他要是好了，自己还有必要进去吗？正当她站在门前犹豫时，门竟然"吱"的一声慢慢地打开了，在她还纳闷儿时，已穿戴整齐的谢云翮站在屋里用手拉着门轻声地说："进来吧，吃点早点吧。"谢云翮的这一举动，让她不禁吃了一惊。她停了好一会儿，费了很大劲从牙缝中挤出一句话来："你好了？""啊，好多了，不烧了。多亏了你们，先吃早点吧。"谢云翮说完话又往斜后方后退了两步，给辛雨芦让出路来。辛雨芦咬了咬牙低头走进屋里。方桌上竟然真的摆好了一副碗筷，昨天煮的那一小锅粥下面垫着一本杂志，放在桌上，还冒着热气，旁边一个小碟子里放满了榨菜。辛雨芦昨天就在厨房冰箱里发现了几袋未开包的榨菜，没想到今天自己就先享用上了。

"你坐吧，我去给你拿面包。"谢云翮说完就进了厨房。辛雨芦不知所措地坐了下来，可还是没有动桌上的碗筷。谢云翮很快又从厨房出来了，手里端着一盘烤好的面包片，这是周汀菡昨天带来的。他蹑手蹑脚地走到桌子前，轻轻地把盘子放到桌子上："我先进屋去，你慢慢吃。"

"你不吃吗？"辛雨芦还是忍不住问了一句。

"我早晨热了一袋牛奶，吃了三片面包，已经吃完了，我吃药去。"谢云翮说完未等辛雨芦再说什么，就知趣地回自己的小屋了。

辛雨芦慢慢地喝着粥。用黄油煎烤得焦黄的面包片散发着诱人的芳香，她咬一口含在嘴里，面包几乎能化在口中。几十年了或者说回国后至今，她还从未有过别人做好早点给她吃的经历，尤其是她年轻留学时最喜欢吃的黄油煎面包。其实，她几十年来早已改掉了在欧洲时的习惯，早点也常常是豆浆油条，或是头天晚上剩什么就第二天早晨凑合吃了。一个人生活，没让生活变得更精致细腻，反而是更加随意简单。本来她可以好好享用一下这顿简单但十分可口的早餐，可是她仍是心事重重无心享用。她最终还是草草地快速吃完，收拾碗筷进了厨房。

他既然都能自己做饭了，自己洗完碗就走，其他的辛雨芦已不愿再想。当辛雨芦擦干手从厨房出来时，谢云翮已直愣愣地站在了屋中央。

"你既然好了,我这就走了。"辛雨芦没有看他,目不斜视地走到沙发前,弯腰拿起了自己的提包。"你能坐下听我说一句话吗?"谢云翮像是害怕太近冒犯了辛雨芦,说完话又往后退了一步。

辛雨芦抬眼瞄了一下谢云翮,心里不禁产生了一丝怒气,怎么着,病好了就要提要求了。她绷着脸没说话但还是坐了下来,心里想:我倒要看看你能说什么。

谢云翮看见辛雨芦坐好了,他站正了深吸了一口气,在辛雨芦还在愣神的一刹那,他居然"咕咚"一下跪了下来。辛雨芦一下子惊呆了,她怎么也不会想到谢云翮竟会有这样的举动,她的大脑一下陷入空白。谢云翮却没管这些,也没有抬头仔细看辛雨芦的表情,就慢慢地郑重其事地磕了一个头:"这是感谢你的救命之恩。"说完又要俯下身去磕第二个。这时的辛雨芦已完全缓过神来了,已是满脸通红和怒气:"你,你站起来,你这是干什么!不用说你,换了别人也一样,见死不救的事我辛雨芦做不出来。""这第二个头是赔我当年对不起你的罪,这些年我一直欠着你。"谢云翮的第二个头磕得竟然还带了响声。"谢云翮你起来,不然我真的走了。"辛雨芦几乎是喊了起来,声音大得几乎让她自己都吓了一跳。谢云翮这时才仰起头正视辛雨芦,凝望着辛雨芦充满怒气的双眼,两行泪水无声地淌了下来,"我对不起你呀,你为什么还救我呢?我该死呀。你和周汀菡昨天在屋里说的话我都听到了,我不知道啊,我当初太不应该了。我不知道会是这样呀。"

"你不知道,所以后来我有多少苦都跟你没关系。"

"你别这么说,我知道你是赌气说的。你所有的苦都是我当初造成的。"

"谢云翮——"辛雨芦刚喊出这三个字,又发现自己的声音太高了,她缓缓地喘了一口气稳定了一下情绪,平和地低声地说:"谢云翮你先起来。我真的不是赌气,真的不怨你。当时国家就是那个样子,整个民族都遭难了,你如果回来也会是那样,怎么能赖你呢?说到当初,当初我也不是你的妻子,你我也没有确定一定要结婚走到一起。你追求你的音乐,也无可厚非的。"当辛雨芦说完这些话,她自己都对自己感到惊讶,以前自己怎么没明白这个道理呢。哎,先不多想了,先把他劝起来,"所以,你先起来,你我都是老头老太婆了,什么话都可以说,什么事都可以商量。可你这样我承受不起。你不想折我的寿吧?你是真的不想让我再多活几年,还是要逼着我马上走?"

"没有,没有,我……可还不够三个呢。""起来!"辛雨芦的声音又高了上去。"我起来。"谢云翮像个受婆婆管制的小媳妇乖乖地又不情愿地慢慢站了起来,直挺挺地站在那儿了。他膝盖上和布满皱纹的额头上都沾着土印,几缕灰白的长发耷拉到挂着泪痕的脸前,如同请求改过自新的犯人,看上去让人觉得心酸又感到十分滑稽。辛雨芦看到他这副样子,想想他刚才的举动,不仅刚才的怒气全消了,还费了很大力气才没笑出声来。她尽力使自己外表仍保持严肃冷漠,语气仍然冰冷地说:"你有什么话坐下说吧。"

谢云翮看辛雨芦确实是真心实意让自己坐下来,已确实感到很疲惫的他扶着椅背慢慢地坐了下来。可坐下来后,他却半天都没有出声,这又让辛雨芦感到奇怪,为什么跪着叩头时说是有话要说,坐下来反而没话说了。"你没有要说的了吗?"

"啊,不,不,我有……"谢云翮说到此,又迟疑地停了下来。过了近一分钟,他才如同使出全身的力量说道:"我,我想听原作。"

谢云翮的这句话,又让辛雨芦的怒火重新燃起,涌上脑门,愤怒中还暗含着失望。她没想到,他憋了半天竟然仅仅是这么一句话,上回惹自己生气的就是这句话,他竟敢又说出来了。可自己究竟又盼望他说什么呢?她自己也说不清。算了,辛雨芦转念一想,是自己让他坐下来说的,还是周汀菰说得对,他长到七十多岁了仍然是个傻子，一个只知道音乐的傻子。

谢云翮看过了近一两分钟辛雨芦仍没有回答他任何话，沉不住气又说道："我，我先也只是想为你做些事，赎罪。然后再……可现在，我，我已陷进去了，谱不出来后半部分我死不瞑目。"

没错，他就是一个傻子、疯子。辛雨芦看着谢云翮那眼巴巴的可怜而又滑稽的样子，久违的怜爱之情不自觉地又涌上心头。"那乐曲是一个八音盒演奏的，既没磁带也没唱片，你哪儿听原作去。"

"八音盒？"

"对。是我的学生从一座正拆迁的西洋楼中捡到的，那个八音盒非常珍贵稀奇。"

"那么珍贵稀奇，怎么搬家时会被扔下呢？"

"好像是原来那家人解放前特意藏起来的，后来没机会拿走，具体的情况我也说不清。"

"这倒是有可能，我在隐修院时，那里也有人专门制八音盒。"

"那里不是全是搞音乐的吗?!"辛雨芦说完这话时也意识到自己太感情用事了。隐修院，修士们修行的地方，怎么会是全搞音乐的呢，像谢云翮这样的呆子，为音乐入隐修院，天下能有几人呀！

"其实，入隐修院的人也是什么人都有。这可能就是天意。雨……"谢云翮没敢叫完，看见辛雨芦那依然色如寒霜的脸就赶紧停住，"你不知道，当初我入的那个隐修院里就有一些人是半路出家，进入隐修院的，与我同屋的一个瑞士人叫卡恩，是他家乡非常有名的钟表匠，由于妻子和小儿子去世，悲伤过度就入了隐修院。他就仍在隐修院里做钟表，为隐修院换一些零钱买生活用品。"

"你在那里待了多少年？"心情已放平和的辛雨芦忍不住问了一句。

"说来话长，有些事真是天意难违呀。"谢云翮站起来给辛雨芦和自己各倒了一杯水，又把其中一杯端到了辛雨芦所坐的沙发旁的小桌子上。"你坐这儿吧。"辛雨芦趁机站起来走到谢云翮刚才坐着的那把椅子旁坐了下来。

"哎,我在那里待了十年。山中只一日,世上已千年。那里的日子好像是以季节、以年来算,一晃就是十年。我那同屋的卡恩后来得了绝症,一定要回家,要与故乡的妻儿葬在一起。我本来就不是一个合格的真正的修士,当时我负责的整理隐修院曲谱的工作也基本上完成了,院长就让我陪老卡恩回故乡了。在隐修院的日子里他一直照顾我,我们情同手足。他家乡是一个很美的瑞士小镇,叫德根拉珀,那里的人非常纯朴、友善、安静。卡恩回到家乡后又奇迹般地活了一年多。我就在他家乡的教堂和学校里帮忙。卡恩去世后,我也没有什么计划和打算,就又在卡恩家住了三年多,他家和这个院差不多一样大,小镇还为我办了居住证明,但我还是中国国籍,后来又一个偶然的机会我重又回到了法国,那以后我又在巴黎的音乐学院一直待到回国前。那个卡恩,他不仅会做手表,也会做八音盒。那个小镇也有几户人家专门制作八音盒,通过商人卖到全世界。那时我走在去教堂、学校的小巷中,就常常听到优美的八音盒乐曲。当地有句谚语:'你闭着眼睛走路,只要听到了八音盒的音乐声,就是来到了德根拉珀。'今天,又是八音盒让我、让我,让你救了我。莫非是卡恩在天有灵,莫非是德根拉珀依然在佑护着我。"

"那儿那么好,你怎么不在那里成家过一辈子呀。"辛雨芦说话的口气中已稍含着一些不满和特殊的意味。

木讷的谢云翮并没有听出辛雨芦的弦外之音,仍沉浸在对往事的回忆中。是啊,他那些年所过的日子,他回国后还未向任何人说起过。"那时,当地人先是以为卡恩去世后我仍会回隐修院,后来我留下来,他们仍然一直把我当、当半个神职人员来看待。如果不是后来离开,我可能就真成了他们的神父了。我回国也是卡恩临去世前多次跟我说,要回到故乡,一定要回到亲人身边。其实我们两人在故乡都没有直系的亲人。我直到现在才明白他临终遗言的真谛。亲人不是一定要有血缘的,故乡那些你爱的和爱你的人,都是你真正的亲人。卡恩入葬时,镇里能去的人都去了。他没为那些人做过什么,可他们都把他当亲人一样看待。我的命,这回也是你们这些亲人冒死才救下来的,我回来也没为你们做过什么。这就是人们所说的浓于水的亲情吧!我怎么能不回来呢。"

听了谢云翮的话,辛雨芦感慨万分。是啊,自己是对他有气有恨,但是在内心深处又何曾把他排除在外。只是自己这些年只想着怎么不理他,从未想过怎样接受他,更想不到有一天他会跪在自己面前。他又有多大的罪过呢,让他受这样的委屈。自己昨天能帮他躲过这一劫,也算是偿还了他吧。

谢云翮接下来的话更是让辛雨芦吃了一惊,她又被迫听起了她以前最不想听话:"当初我狠心不出来见你也是没有办法。我在山上迷路被隐修院救了养好伤后,就被他们的圣歌、他们的音乐迷住了,我在那里遇到了音乐天才,后来也成为我在隐修院的老师杜蒙。我当时非常想跟他学那里的古典宗教音乐,可他说要学就得十年,他不愿意教一个过两天就走的。我说我能做到。本来他这么说只是想吓走我,我那么说也有些冲动。可没几天我就真的迷上那些古曲了。你们恰巧来了,我真的怕自己一出去见你就没有勇气再坚持下去了,也怕杜蒙看不起我,看不起中国人。我也是反反复复几次走到门口,就是没能打开那扇门。我知道,杜蒙的那双眼睛就在我身后一直盯着我呢,我害怕自己成为他眼中的懦夫。那天傍晚,周汀菡搀着你,顺着山路离开隐修院的样子,无论什么时候,我一闭眼就能浮现在我脑海中……"谢云翮又哽咽地停住了。

"别说了,你该吃药了,你吃完药先上床休息,我给我的学生打电话问问,看看能不能让你听听那八音盒。"

"你答应我了,你真的答应我了。"谢云翮像小孩子一样露出了天真的笑容，内心的欢喜全都毫无保留地写在了脸上，人也不由自主地站了起来，向辛雨芦这边走了两步，眼睛一眨不眨地盯着辛雨芦。辛雨芦抬起头，谢云翮那近在咫尺的充满乞求和感激的目光一下子全都撞入她的眼帘。"轰"的一下，一团淡淡的红云满罩在脸上，让她感到双颊微烫。她已是七十多岁的人了，几十年的风霜雪雨，已使她在任何情况下都能淡定地处理一切。她赶紧侧过头去稳定一下自己的情绪，说道："我试试吧。你回屋躺着吧。"说完后端着水杯快步进了厨房。

"这儿有开水。"不明就里的谢云翮向辛雨芦的背影虚弱地低声喊道。

辛雨芦的脑子已让谢云翮搅乱了：怎么办，谢云翮这个呆子要听原作，自己也确实答应学生给谱出曲来。对了，从昨天早晨到现在一直没跟方海琴通过电话，也不知她给自己家里打了多少回了。练琴和续那半段曲谱都是方海琴放不下的事。对，正好问问情况，如果能行就让谢云翮听一听八音盒，他听完了自己也好离开。不然，自己老在这里也不像话。辛雨芦想到这儿，又无奈、凄苦地摇了摇头长叹了一声。她打开厨房门，谢云翮已不在客厅，他那小屋的门关闭着。辛雨芦收拾完客厅和厨房后拨通了海琴家电话，恰巧是方海琴接的，没等辛雨芦多问什么，方海琴就兴奋地说了起来："辛奶奶，您知道吗，昨天、今天我都去看我妹妹了，刚回来。今天让我们第一个见面的。她一点事都没有，就是显得更白了。我们都盼着她什么时候能赶紧出来呢。"

"你们俩说话了吗？"

"喊着说了两句，人家允许用吊篮往上吊东西呢，我给我妹妹写了一封'大'信给吊上去。"

"哈哈，我只听说过信有长短，还没听说过信还有大小，大信有多大呀？"

"辛奶奶您别乐,您不知道,我是特别找了一个特大个信封装的。您知道为什么吗?"

"为什么呀?"

方海琴声音压低了一些:"是我表妹的一个同学,我跟您说过的,就是和我一起去小洋楼取下八音盒的那个男孩儿,他昨晚求我带一封信给我表妹,我怕我二姨知道不同意,就、就偷偷地把他的信装进我的信封里了。"

"你还挺有招儿的,成了游击队的地下交通员了。"

"哈哈!辛奶奶您就别取笑我了,我都不知道我这么做对还是不对,真怕再出什么事。可他打电话一跟我说,我没细想就答应了,答应了我又不能反悔呀,唉。"

"你做得没错。你表妹和那个同学都把你当作好朋友,为朋友冒一些风险做一些秘密的事是应该的。"

"他的信挺厚的。自从上次那事出来后,我是真的很想帮帮我表妹和她的朋友,可我又真的有点怵他们了,真怕再整出什么事儿来。"

"他如果把你当朋友,也不会在信中装不该装的,写不该写的。海琴呀,你年岁比他们大,你呢,不仅要帮他们,也要……怎么说呢,要告诉他们什么是对的,什么该做,什么不该做。我知道,因为你表妹被隔离你觉得内疚,所以总想能为她做些事作为补偿。你的心是好的,可也要把握个度,也不能什么都做。"

"我明白了。有时我真觉得自己太笨了,总是做完了又后怕。我总盼望自己能做一次完全正确的事,心里就踏实了。对了,辛奶奶,嗯,那个谱子?"方海琴说到这里迟疑地停了下来。

"海琴,你喜欢那支曲子吗,觉得它谱得怎么样?"

"我觉得它太好了。无论什么时候听,它都能贴近你的心。如果我拿着那八音盒,我也会每天都听的。它就好像……反正我觉得中国人谱不出来。"

"是吗?"海琴的话让辛雨芦的脑海中又闪出了谢云翮的身影。

海琴听出了辛雨芦口气中的不服气。是啊,自己还求辛奶奶谱出后半段呢。她立刻解释道:"辛奶奶,我不是那个意思。怎么说,它的前半段肯定是外国人谱的,听起来就觉得好像它来自一个神秘的地方,像您以前说过的天籁之音。"

"看来你已入门了。所以呀,要想谱出后半段,虽然不长,也不是那么容易。"辛奶奶说完叹了口气。

"辛奶奶,您别着急,您可一定要保重身体。我这两天没去您那里,真的很想您。每天看那么多疑似的被隔离、被送进医院,还有死的,真的太害怕了。真盼着'非典'早点能治,别再死人了。我妹妹也能早点出来,我也能去您那儿了。"

方海琴的话让辛雨芦鼻子微微发酸,她看了看表说:"海琴呀,你要是想不得病呀,一定得保证身体好。'非典'好多科学家都在研究着呢,肯定会有办法。明天想着给你妹妹打电话多聊聊,也许她会告诉你同学写的什么,你再想想怎么帮她。"

"嗯。那男生前两天还曾说要想办法把我妹救出来呢,也不知他会写什么,要干什么,一想这些我真是害怕……"

"所以,你要多跟他们沟通,无论干什么事,你要先知道。偷偷救你妹妹出来的事可不能干,太危险了。"说到这里辛雨芦不禁想到自己,自己不是也正冒着危险在救朋友吗,还是被迫的。海琴的境地不是正与自己一样吗!是啊,见死不救,还怎么能算朋友呢,可是……

她无奈地说:"海琴呀,隔离是政府的决策,是绝不能违反的,如果被发现了那捅的娄子就大了,可不能支持他们想逃出来的。你想着再给我打一个电话,今天我没在家,下午可能会回去!"等挂断电话,辛雨芦突然又想起来,最重要的事———听一下八音盒——

竟然忘了说了……

辛雨芦放下电话心仍不能平静,她仍在猜测着:现在的孩子真是太精又太胆大了。那两个孩子在信中会写什么呢?自己是不是马上再打一个电话问问能不能听一下八音盒,不然怎么离开这里呀……

放下电话的方海琴内心也未能平静,也如辛奶奶一样在苦苦地冥想着:胡大雷会写什么呢?他不会再"胡来"吧,自己真有点怕他了。明天怎么问表妹呢?

无论她怎么想也不会想到,此时此刻,胡大雷也在和她们一样,在想着猜着信中会写什么。那信中的内容,就是胡大雷自己,也只知道自己的那一半……

胡大雷此时又回忆起昨天下午和今天早上的情境,一件一件的事情像电影一样在他眼前闪过。

昨天下午,刀疤老人又一次找到了他。奶奶已开始有些疑心了,这个刀疤老头怎么又来了。还是刀疤老人说附近的街坊全拆迁走了,自己挺喜欢大雷这孩子的,就找大雷说说话,才让奶奶安心地让他俩在院里聊。

刀疤老人开门见山地说:"小兄弟呀,还得求你呀。昨晚上我按你给的号码给小初打了一个电话。"

"怎么样呢?"胡大雷关切地问。

"哎,她还在恨我。是,当初我是不该留下梁先生自己先回来。可我绝没有贪生怕死呀,老太太在天有灵可以做证啊!"

"那,那个八音盒就是她的在天之灵了。"

"孩子,你说得太对了。只要打开它,一切就会真相大白。"

"可是,你求我,让我要回来?"胡大雷疑惑地问道。

"当然不是。你那位小同学不是还隔离着,怎么能拿出来呀。哎,就是拿出来,咱们俩打开了,里面就是真的有信,咱们看完了再给她,她也不会相信啊,还会认为我造假骗她,就会更恨我了。"刀疤老人看着胡大雷耐心地解释道。

"那怎么办呀?"胡大雷更迷茫了,甚至觉得没什么希望了。

"开始我也是觉得没办法了。昨晚上我去小洋楼待了半天,求梁先生的在天之灵救救我。真的就显灵了,让我猛然有了一个办法。"

"什么办法?"

"这个办法还得你帮忙。"刀疤老人停顿了一下接着说,"你那个同学不是在小初家隔离着呢吗,她一直拿着那个八音盒,那个八音盒你们都没有打开过,对吧?"

"没有!"

"对呀,所以呀,我想到了给小初写封信,向她说一下以前的事,让她先打开看那个八音盒,她先看到了,不就会相信我说的是真的了吗?"

"对呀。太好了!这一下大家都知道你是好人了。"胡大雷禁不住高兴地从马扎上蹦起来。

刀疤老人的脸上也几十年来头一次露出了灿烂的笑容,眼中闪出久违的光芒:"小兄弟呀,如果有这一天,我这后半辈子就没白熬呀,我死都瞑目了。"

"那您就赶紧写吧。"

"嘿,嘿。"刀疤老人竟腼腆地低头轻声笑了起来,"不怕小兄弟笑话,信我已经写好。这一张纸我写了一天了。"

"那就给她吧。"

"所以就找你帮忙了。"

"找我帮忙?"

"还得靠你呀,你是我的贵人。这两天你那同学家往上吊东西我都在。只有她家人才能往上吊东西。只有你求他们把我这信吊上去才行。"

"行，我给她表姐打电话。"胡大雷爽快地答应了，可刚一答应他又犯难了，"我怎么跟他们说呀？"

"嗯，你看你能不能给你的那个女同学写封信，让她把我的信转交给小初。再呢，把我的信放在你的信封里不就行了吗。我呀，开始也没有想到这个好主意。真的是梁先生显灵啊！昨天晚上，我一下子想到了许多办法。"

"还有什么呀？"胡大雷忍不住好奇地问。

"嗯，也没别的了。"刀疤老人又不好意思地微笑着低下了头。

"嗯，我想想啊，我给裘莹莹写封信，把你的信也装进我的信封中，再让她帮忙把你的信转给梁奶奶。事先呢，给她表姐打电话，把信给她表姐，求她帮咱们把信吊上去。"

"对，就是这样，小兄弟你真聪明。"

"那……"胡大雷想起身看看表，突然又想起了自己兜里的手机。他拿出来一看，竟快到晚上六点了。"那我就赶紧写，一写完就给她表姐打电话，她要同意就给她送过去。明天她们就能吊上去了。"

"谢谢了，小兄弟！你抓紧写，我就不耽误你了。我这就把信给你。"刀疤老人说着解开了一直扣着的上衣口袋，小心地从里面拿出了一个对折的信封，打开用手抚平了，交到胡大雷的手上。胡大雷能感觉到老人的手在放信的一刹那有一个极短暂的停顿。

"您放心吧，我一定小心放好。要不，您先复印一下？"

刀疤老人又一次腼腆地笑了："这东西哪儿还好复印呢！小兄弟我信得过你。"老人说完站了起来，"我先走了，给你腾时间写。对了，我带了点蔬菜给你奶奶。我走了，我就不和她打招呼了。小兄弟，你也少到人多的地方去，出去戴上口罩。我是知道咱们这一块拆迁得没两三户，几乎没人来，肯定传染不上'非典'给你家，我才来你这儿的。你出去也一定直来直去，这事儿真难为你了。我老头子将来有机会一定报答你。"

"离她们家那么近，没事的，外面也没人。这菜我替我奶奶谢谢您。其实我也正想写信给我同学呢。"说完这话，胡大雷也突然感到不好意思，羞红了脸笑着低下了头。

刀疤老人走后，胡大雷开始写他平生的第二封信，也是给裘莹莹的第二封信。留给他的时间真的不是很多了，他写完还得给裘莹莹的表姐打电话。他先在旧练习本上写了一遍改了改，最后抄在作文纸上。

裘莹莹：

你好！

你和老奶奶都好吧！我知道廖老师已经看过你了，她回来就打电话告诉我了。廖老师也没怎么批评我。我给你写这封信你别怪我，这是为了上回我跟你说的那个刀疤老人写的。

我这信封里有一封刀疤老人写给那位奶奶的信。你一定要转给她。信很重要，刀疤老人有冤情，老奶奶能帮助他弄清楚，才能真相大白。秘密就在你拿的那个八音盒中，那个八音盒是个藏宝盒，里面有封秘密的信。你千万别打开，得那个老奶奶亲自打开才行。你得让她自己打开宝盒再看信才行。

还有几天你才能出来呀？有人告诉你吗？我头一次心里这么害怕，晚上还得去你家那里，真的怕碰见你妈！我觉得心里很对不起你和你家长。本来我应该告诉我家长这件事，可是我爸出海一时不能回来，我奶奶又老了，你再打电话给你家长时，请他们原谅，对不起！我真的很后悔，那天要是稍微改变一下，结果就不会这样了。只有你什么时候出来了，我才会心安。你一定不能得病，要努力！只要你能平安出来，以后在学校里，我一定改正对你的态度，再不像以前那样了。

电视上说治疗"非典"的疫苗快要研究出来了。等"非典"疫情一结束，咱们还一起去那个假山那儿，我和李一凡还给你抓鱼，陪你喂松鼠。别的不说了，我还得给你表姐打电话，让她帮我把信带给你。你外语那么好，你表姐还会弹钢琴，我今后一定要好好向你们学习！

此致

敬礼！

同学胡大雷
2003 年 5 月 19 日

胡大雷写完信又找了一个好看的稍大一点的信封，把自己的信和刀疤老人的信全装了进去。在他家找到个信封不是难事，他奶奶以前就给街道上糊信封，一些没印好的全留了下来。

裴莹莹家的电话打通后，让他感动万分的是方海琴毫不犹豫地就答应了他。可方海琴接下来的话又让他犯难了："我要是告诉二姨这件事，她要是不让我传你的信怎么办呀？我怎么给我表妹呀？"胡大雷想到了刀疤老人的主意，"你能不能给你表妹写封信，然后把我的信再装进你的信封里？先别那什么……回头再跟你姨说。我向天发誓，信里没有什么……嗯，那个……特殊的。"胡大雷吞吞吐吐地说到这里，脸不自觉地红得发烫。

"我没别的意思。这样办行是行，可你怎么给我呀？我二姨不让我一个人出去，我怎么拿到呀？我真的不是不愿意。"方海琴的语气显得她亏欠了胡大雷似的。电话里一下子静得几乎连电流通过的声音都能听到，方海琴和胡大雷都被这事儿难住了……

没过几秒钟胡大雷先说话了:"你就一会儿都不能出来呀,我给你送到你家……那儿呢?"他还是不死心,可又不敢说直接送到家里,他还真的很怕见到裘莹莹的妈妈。又停了几秒钟,方海琴又开口了。

"我、我现在能几乎每天去楼道倒一次垃圾。"

"那就行,我这就去你家那儿,待会儿你倒垃圾时我就把信给你。我这就去。"说完胡大雷就差点要挂电话,可听筒里又传来了方海琴的声音:"你等等。"他心里又"咯噔"一下。"你、你知道我什么时候倒呀,你也不能老在楼道里待着呀。现在人们都怕见到陌生人,再赶你走。"她的话让胡大雷心里一下子凉了半截,他开始有些怀疑方海琴是不是不敢帮他——自己确实给她家捅了大娄子。

"这样吧,你在楼下对面花园那儿等着,那里不显眼。我倒垃圾时,会从楼道窗户往外招手找你。你看到我就快点送上来,时间长了我二姨也会着急的。你写完了吗?写完了就十分钟后在那儿等我,到得了吗?"

"写完了!到得了!我现在就走!"胡大雷一颗悬着的心又放了下来。

不到十分钟胡大雷就到了裘莹莹家楼下的小花园里。往常,傍晚的这个时候正是花园里人最多的时候,有玩游戏的小孩儿,也有遛弯儿的老人,还有下棋的和打牌的。可现在,花园里寂静得吓人,石桌石凳上都积满了尘土,只有一个像是精神上有问题的老太太,低着头嘴里不住念叨着什么,迈着小碎步在花园里转着圈跑步,两次险些撞到胡大雷,她也不变方向,还是胡大雷闪得快才躲开了。胡大雷一边提防着她,一边不停地往楼上看,唯恐方海琴从窗户探出头来他错过了。这时的每一秒钟都让他感到无比煎熬。

终于,在楼道窗户上露出了方海琴的半个脑袋,没等她的头全探出来看清楚外面,胡大雷压低声喊了一句"我来了!"就往楼门洞里冲去。刚上楼的时候他跑步的声音有些大,跑到二层后马上高抬腿轻落地,一步跨两三个台阶,跨一步用手用力拉一下楼梯扶手,把自己拽上去，也就几秒钟他就跑到了五楼。方海琴手里拿着一个塑料垃圾筐站在楼道里正往下看呢。

"海琴姐，没晚吧？"信已攥在胡大雷的手里。

"你真快，那就给我吧。"方海琴伸手接过了信，看了一眼，上面写着"裘莹莹同学收"。

"那，没事我先走了？"

"行。我今晚就写信，把你的信装在我信封里。不怕折吧？"

"不怕，就是千万得给……"说到此他又怕方海琴误会，停了一下才接着说，"不是全是，全是为了我自己……"他不知道怎么向方海琴说刀疤老人的事，他也没时间全告诉她。

"行了，反正我会给她，你放心。"方海琴倒是善解人意地主动打断他，为他解围。

"谢谢你！"胡大雷说完目光中充满感激地看了一眼方海琴。方海琴冲他微微一笑："没事，你赶紧走吧。"胡大雷的感激让她心里感到很大的欣慰，这几天她内心一直有极强的负罪感，这感觉压得她有时都喘不过气来，尤其是夜深人静她一人躺在床上时，她多次悔恨得想大哭一场，如果能让她把表妹换出来，无论有多大危险她都愿意，这种每天都提心吊胆揪着心的日子，不比在隔离区让她好受多少。现在她能为表妹冒险做点事，她内心还好受一些。看着胡大雷跑下楼道的背影，她心里自言自语道，你们等着吧，等我老师把谱子谱出来……

早晨九点多钟，当裘莹莹从吊篮里拿出表姐给她的大信封时，好奇地笑起来："梁奶奶你看，我表姐用这么大一个大信封给我寄信。"

"要跟你说的话多呗，要不就是里面装着宝贝呢。"

梁奶奶的话倒是提醒了裘莹莹，她没再管吊上来的其他东西，就迫不及待地把表姐的信封撕开。

莹莹表妹：

　　你一切都好吗？我每天晚上都祈祷你能平安健康！求上帝、求佛祖保佑你！我也不能替你做什么，只能在外面干着急。昨天下午二姨夫给家里打电话来，说他战友打听到市领导和专家们正在研究，可能再过几天，如果隔离区里没有新病人就解除隔离了。二姨和二姨夫昨天怕告诉你，你会着急、兴奋影响睡眠，或在奶奶家不安心，所以商量好不告诉你。我实在是忍不住了，先给你通个风报个信。嘻！

　　你一定会好奇，这信封怎么这么大呀！哎，没办法，有一个人昨天来咱家（只到了五楼楼道），求我给你捎封信。我看他可怜巴巴的就答应他了。你能猜出他是谁了吧？！

　　好了，可能你已没兴趣再听我唠叨了，给你多留点时间看他的信吧。

　　代问梁奶奶身体健康，心情愉快！

表姐方海琴
2003 年 5 月 19 日

　　看完表姐的信，裴莹莹又是惊喜又有些羞臊，还有些不敢相信表姐说的会是真的。她内心的小秘密已被表姐看出端倪，如同自己密封的魔术箱被表姐掀开了一角，窥视到里边的部分秘密。可胡大雷怎么会、会敢托表姐带信给自己？他真的那么关心自己？她已顾不上想这些了，抱着信封就跑回自己的屋里，一大口气吹开信封，从里面倒出另一个正常大小的信封。她小心翼翼地撕开一条窄窄的小边儿，把信纸轻轻捏了出来。

　　她刚看到"裴莹莹"的称呼时，就感到一股暖流涌上心头。可往下看到"你和老奶奶都好吧"，心里又感觉被浇了一杯凉水，怎么把自己和梁奶奶放在一起呀。她又继续往下看，当看到"秘密就在你拿的那个八音盒中,那个八音盒是个藏宝盒,里面有封秘密的信。你千万别打开,得那个老奶奶亲自打开才行。你得让她自己打开宝盒再看信才行"时裘莹莹的心里有了一些紧张,她忍不住看了一眼床上被垛里侧,白天时她都把宝盒藏在那里。如果仅仅是个八音盒,她真的很愿意永远珍藏它,而且就是现在无论有谁要拿走它,她都会非常伤心。可如果它藏着什么秘密,是什么非常重要的东西,她却有些害怕了,一阵莫名的恐惧袭上她的心头。读到这里胡大雷也不问自己什么,裘莹莹有些失望了。她的眼睛快速向信的下一段扫去。

"还有几天你才能出来呀?有人告诉你吗?我头一次心里这么害怕,晚上还得去你家那里,真的怕碰见你妈!"

哈哈,她不禁笑出声来。"我觉得心里很对不起你和你家长……以后在学校里,我一定改正对你的态度……"

读到这里裘莹莹已是心花怒放。她虽然被隔离了,可她确信自己肯定不会得病,会平平安安地出去的,那么,等她平安地出去……她真想闭上眼睛把这封信贴在脸上感觉一下它的温暖。

裘莹莹再一次吹开胡大雷的信封,里面真的还有一个小信封,上面写着"初晴亲启"!这一定是刀疤老人写给梁奶奶的信了。原来老奶奶叫"初晴",多美的名字呀。怎么给她信,怎么跟她说呀?裘莹莹感觉有些棘手,心里有些迟疑。她又看了一遍胡大雷的信,看来刀疤老人的信一定是对梁奶奶有好处的。宝盒就在身边,只要对老奶奶好就行。胡大雷让自己做的事一定要做!

裘莹莹打开房门,梁奶奶没有在客厅,她又打开厨房门,梁奶奶正坐在小板凳上洗菜。"看完信了,中午奶奶给你做合菜,这豆芽和菠菜多嫩呀,这种日子,真难为他们是怎么运进城里的呀。"

"奶奶,您能先……先洗洗手出来吗?"

"怎么了好孙女,什么事这么急呀?"梁奶奶扔下手中的菜,眼光有些不安地快速上下打量了裘莹莹两三遍。

"奶奶,我没事,是找您有事!"裘莹莹说话时特意把"您"字语气加重了一些。

"哦,找我有事,行,我这就过去。"

梁奶奶洗完手狐疑地跟着裘莹莹来到客厅,裘莹莹没有在客厅里停留,而是去了梁奶奶的卧室,还走在梁奶奶前面。这在以前是从未有过的。

"奶奶,这有您一封信,嗯,是我同学……我表姐信里夹着的,是……奶奶,是您认识的那个刀疤老爷爷给您的。我同学说他是好人。我以前挺怕他的,他让我同学捎信来了,给您!我、我先出去了。"裘莹莹鼓足了勇气费了好大劲才把这些话一口气说完,说完了就赶紧把信给了梁奶奶,离开时她轻轻地把门给带上了。

当裘莹莹把信塞到梁奶奶手里时,梁奶奶的大脑中几乎是一片空白。这太突然,也太出乎意料了!她想到千万种可能,可从未想到过路加会给她写信,信又是通过这种方式转到她手里。她拿着信,在裘莹莹关上门出去后才缓过神来,心里像打翻了五味瓶。怎么办,看着手中的信,她真的不知该怎么办,是打开看还是给他退回去,怎么退回去?她想把这信搁下,可找了半天觉得放哪儿都不合适。她还是把信放到写字台上。她看着信,往事一幕幕又浮现在眼前……梁先生、梁夫人和老太太的那些话语又回响在耳畔……

梁奶奶慢慢地让自己的心情平静下来。她在自己胸前画了一个十字,又闭上眼双手合十做了一番祷告,最后才用剪刀小心地把信封剪开。

小初:

请原谅,我实在是没有别的办法了,才只好给你写信,让孩子们帮忙转给你。

我这样做不是为了要向你表白什么，也不是为了洗清我的罪责。我对不起先生和夫人，我永远是他们的罪人。如果能用我的命换回他们的命，无论是当初还是现在，我都愿意。可是，我不是胆小鬼，我当初绝不是因为贪生怕死，抛开先生一人跑回家的，是先生让我回来给家里报信的，我不回来他不答应。而后来，我骗夫人去机场，那都是老太太让我那样做的。老太太说只有那样才能救先生！

　　你一定会说我骗你，想洗清自己的罪孽。我可以向主起誓，我不是！而且有信物能证明我的清白。当初老太太曾写了一封信放在她最珍爱的那个八音盒里了，是老太太亲口对我说的。那信可以证明一切。我想让你知道这些，并不是要为我自己证明什么。我是想让你知道你的路加不会做对不起梁先生、梁夫人的事。你可以恨我，可你不要再恨你自己了，永远不要再骂自己"瞎了眼了"。我不求你饶恕我，只求你能看了老太太的信以后，不再因为我而责难自己。我早就想去天堂找梁先生和夫人了，如果我还有资格进入的话。我现在活着，就是因为他们的小楼不能脏，我要每天为他们打扫干净，小洋楼的鸽子要有人喂，它们是梁夫人养的那些鸽子的后代，每年清明我还要为梁先生烧把纸。

　　现在小洋楼拆了一半了，我的心每天都在流血。我当初没有能力保护好先生，现在也没有能力保护先生的房子。也许那小楼拆光的时候，就是我该去找梁先生的时候了。对这个世界我无怨，对自己我悔恨一辈子。但是，当初老太太是把她要说的话全写在信里了，我不能把老太太的嘱托也一同带走。那样，老太太在天有灵也不会答应我的。那信中还有老太太写给梁先生的一些重要的话呢！

　　我不说什么了。你看了信一切就清楚了。

愿上帝保佑你和先生、夫人的孩子。阿门！

路加

梁奶奶把信重新缓慢地放到桌上，仿佛这薄薄的一片纸有千斤重。她心乱如麻：该怎么办？我该信他吗？小楼已经被拆了一半？他真的会……

她感觉到自己的心被无数根绳索捆绑在一起。命运又一次把抉择权柄交到她的手中。她缓缓地坐下，凝神望着桌上的信纸，陷入沉思中。

过了有三十分钟，她从抽屉里找出了她的小电话本，来到了客厅拿起电话，拨通了美国长途。她知道这时应该是女儿回家睡觉的时间。

"继慈，你在家呢吗？"

"妈，您怎么今天主动给我打电话了。对不起，妈，今天忙，没给您去电话。您还好吧？"

"继慈，你上回说你的事快干完了，你能早些回来吗？"

"怎么了妈，我上回说，'非典'了要回去陪您，您死活不让。是有什么事了吗？"

"没什么事，就是想你了。"

"不可能，没事您不会催我回去的。妈，您不要吓我，一定要告诉我，是不是发生什么事了？这里的人也是天天看中国新闻，看'非典'的情况。您那儿怎么了？"女儿的话音里已带着哭腔。

"真的没出什么事。只是这两天有一个朋友来……说了一些过去的事，我也有事儿跟你商量，要告诉你一些以前的事儿。"

"没有别的事了吗？"

"真的没有别的，就是怕那个朋友不愿意多等时间。"

"好的，妈。我尽快处理这边的事情，处理完了马上回去。妈妈，您身体还好吧？'非典'是不是还闹得很厉害，您一定要小心！"

"我身体好着呢。我这儿你把心放在肚子里吧。你什么时候回来，事先给我打个电话。柏佳学习紧张吗，可不要累坏了她。"

"佳佳挺好的，小孩子累不坏。她现在还在学校里找了一份教中文的零工，自己也开始挣钱了。昨天她还来电话说，不让我告诉你，说第一个月的工资一定给您买个礼物。她这几天还在网上四处搜寻呢，说是一定要有特殊意义的……"

"她在那儿花销大，可别让她给我买什么，我老太婆也不需要啥……"梁奶奶打断女儿的话急着说。

梁继慈也拦住了母亲的话说："您别管她，一把屎一把尿把她拉扯大了，她还不该孝敬您呀，妈，我订好机票就打电话告诉您。"

"那你早点睡吧。"

梁继慈放下电话并没有睡下，她披上睡衣，打开身旁的笔记本电脑，迅速地上网查询最早能从美国飞回北京的航班。本来，在"非典"刚一开始，她就要放下这里的研究工作飞回去陪母亲，是母亲生气地严厉拒绝她，才没走成。她也曾向单位表示愿意马上回去，作为医生，这时正是祖国和亲人最需要她的时候。而单位回复说，她这种专科的医生现在还不是很紧缺，让她安心搞好在美国的合作研究工作，紧急时会通知她。可现在，从来都很沉着的母亲来电话叫她回去，一定是有重要的事情。她太了解母亲，虽然她一向都是少言寡语，可无论有多大的风雨，她都会坚强地独自一人扛过去。从小到大，母亲从来没有向自己诉说过任何疾苦。印象中，母亲从来都如同一个刚生产完的母亲，第一次见到自己刚生下来的婴儿那样，对自己总是露着最亲密和最慈爱的微笑。从小到大，她深深地体会到，她得到的母爱要超过别人家孩子无数倍，这是让她感到最幸福的。

在记忆里，母亲只对自己发过一次火。那是在"文革"时，母亲工作的妇产院里、胡同墙上贴满了大字报，胡同里竟有几张说母亲是资本家特务的女帮凶。她的同学告诉她还有两张极"可恨可恶"，一张是说她不是母亲生的，是资本家的野种，另一张直接就说母亲没有结婚就生了他，他父亲是美国特务早跑到美国去了。她当时已是高中生了，国家已经取消高考制度两年多，使她打小就想上医学院的梦想彻底破灭了，而她被迫上山下乡的可能性却有百分之九十。现在有了这样的大字报，她更感到无脸出家门，前途无望，那天她在家哭了一天。当已被安排在住院部洗尿布、床单的母亲回家后，她忍不住向母亲说了同学看到的大字报，向母亲哭着问道："妈，我是野孩子吗，我爸是谁？他……真的是特务逃跑了吗？"一向温柔慈善的母亲突然像发疯的母狮子一般吼叫起来："胡说！全是胡说！不许听他们胡说。你爸爸、你妈妈……"仿佛用尽平生力气吼了这几句女儿完全不明白的话突然停下后，号啕大哭起来，那哭声像是要把心给哭出来，要把天上的神灵给哭出来！那一天晚上她陪着母亲几乎哭了半宿。从此以后直到今天，她再未敢问同样的问题。她仿佛感觉到那是母亲内心深处不可触摸的痛。她在心中暗暗发誓，今生今世不会再问母亲这个问题，只要母亲能永远和她在一起就足够了。第二天母亲依然按时上班了，她的同学与母亲前后脚跑来告诉她，昨天一夜之间，街上揭发她母亲的大字报全没了，问她是不是和母亲昨夜里去撕的。她向毛主席发誓她和母亲根本就没出过屋。那以后好像真的有神灵，任何关于母亲的大字报都不可能在街上存在超过一天，后来也没有人再有心思写了。

有朋友来造访？会是……母亲75岁了，无论什么事不能再让她独自一人承担了，回家！回到母亲身边去！明天一早就请假，收拾行囊。回家的想法让她有些兴奋。今晚，现在，她决定马上给还在联合国暂驻埃塞俄比亚医疗调查组的爱人打电话，给在美国波士顿市哈佛大学约翰霍普金斯医学院的女儿打电话，给国内管理部门发电子邮件，告诉他们她的决定。而且，无论怎样她都决不会更改自己的决定！

梁奶奶放下电话扭头看了一眼裘莹莹住的屋，也就是女儿继慈和外孙女柏佳都曾住过的屋，屋门依然紧闭着，梁奶奶忍不住在心里说了一句"真是懂事的孩子"。

梁奶奶轻轻地敲了敲门叫道："莹莹！"梁奶奶的声音未落，裘莹莹就把门打开了，她是一直站在门口等梁奶奶叫呢。她双手把宝盒递到梁奶奶面前："奶奶，给您。"梁奶奶用手轻轻地抚摸了一下裘莹莹的头，并没有接过宝盒。她凝神深情地看了它一会儿，又用略微颤抖的手慢慢、慢慢地抚摸了一下，然后抬起头说："好孩子，这宝盒不是奶奶的，奶奶怎么能随便打开呢？"

梁奶奶的话一下子让裘莹莹犯迷糊了，她原以为梁奶奶会马上打开宝盒呢："那，谁该打开呀，什么时候打开呀？"

梁奶奶的手从裘莹莹的头上滑落到她的肩上，安慰她道："你别急，到了该打开的时候奶奶会告诉你的。你呀，先好好保存着吧！谢谢你的同学帮助转信！你先写作业或看会儿电视，奶奶这就把饭做好。"

裘莹莹满腹狐疑地吃完饭，马上回到了"自己"的房间。她关好门轻轻地把宝盒捧到写字台上，再一次仔仔细细地打量起它来，这宝盒在她手里这么多天了，从来没有发现它能打开。今天从早上看完信她就仔仔细细地找了一遍，怎么也没发现它能打开下一层。当然，她没敢乱动。现在，她更是碰都不敢碰它一下了，生怕不小心给打开了。她连音乐也不敢放了，虽然那曾是她的最爱，是这些日子她每天中午吃完饭回屋必做的事情。可梁奶奶能打开又不打开，她为什么不打开呢？就在她这样发呆发怔时，梁奶奶家的电话又一次响起了。裘莹莹都有些不敢接电话了。她怕是胡大雷打来的，如果他问自己梁奶奶打开宝盒看了吗，自己怎么说呢，他会不会认为自己没有办好这件事呢。

她打开门看见梁奶奶去接电话了,也踮着脚轻轻地凑了过去,梁奶奶一手拿起电话,一手把裘莹莹揽在怀里。

"喂,你好……"梁奶奶话音未落,听筒里就传出方海琴等不及的声音:"梁奶奶,您好!我是裘莹莹的表姐,您接过我电话。"

"啊,你找莹莹吧,她就在我旁边呢……"梁奶奶刚要把电话递给裘莹莹,电话里又传出了方海琴有些着急的声音:"梁奶奶,我也有事先找您。"

"找我?好啊,什么事呀?"

"嗯……是这样,我的老师让莹莹打开那个宝盒,就是莹莹拿着的那个八音盒,她在电话里听一下。如果您同意呢,我待会儿就让我老师打您家的电话过来,打扰您休息了。"

方海琴的话使梁奶奶心中又多了几分诧异:怎么又冒出个老师要听这个八音盒,事情越来越不一般了。梁奶奶脸上仍带着平和的微笑缓缓地说:"噢,这是你和莹莹的事,你俩商量吧。这个电话呀,只要莹莹在,谁找她,什么时候找都行。"

"谢谢奶奶!"

梁奶奶把电话交给裘莹莹要离开,裘莹莹又像刚才梁奶奶揽住她那样揽住了梁奶奶,将上身微靠在梁奶奶身上。

"海琴姐,什么事呀?"

"莹莹,我跟你说一件事,我老师想要听一下那宝盒的曲子。她想打电话过来,你待会儿接一下,她能谱出后半段。"

听了表姐的话,裘莹莹脱口而出:"这真是太好了!"可她抬头看了一眼梁奶奶,又不禁犯难了:本来是要把宝盒给梁奶奶的,而且,她现在真的有点不敢打开它了。

"可是,海琴姐……"

"怎么了?"

"你让我再想想吧。"

"那是辛教授,而且是为了咱们好。你不是天天想听,天天盼着呢吗?"

"是,是!可,跟你怎么说呢,现在不一样了。"裘莹莹不知怎么跟表姐解释,尤其是梁奶奶还在旁边。

"莹莹,宝盒……没坏吧?"裘莹莹的异常反应,让方海琴产生了疑惑。

"没有,就是,过一会儿我再打给你吧。"裘莹莹真的不知道怎么跟表姐解释,她已经急得满头是汗,眉头紧皱。她不等表姐再说什么就把电话给挂了,一屁股就瘫坐在了电话旁的椅子上。

梁奶奶去卫生间洗了一块热毛巾递给了裘莹莹:"莹莹呀,别着急,怎么了?"

"梁奶奶,我表姐说她老师要听宝盒的音乐,让我打开宝盒。"

"那有什么为难的?"

"您还没打开看呢。我同学说,那里面有要紧的东西要您看,得您先打开看才行啊。"

"啊,莹莹啊,你觉得它像里面有东西存着呢吗?"

"以前我没注意,今天仔细看了,第一层应该没有,在我们家和商场里好像没看见过这么大的八音盒,还做得这么好。"

"那你以前打开过吗?"

"只打开过顶上那半截盖,其他的没打开过,也不知道怎么打开。"

"噢,以前打开没事,那今天你再打开一次也应该不会有事。至于奶奶嘛,我不是告诉你了吗,现在还没到时候。到时候奶奶会跟你商量的。"

"奶奶,那,您是说,我还可以打开它听音乐?"

"那当然了。"梁奶奶说完又对满脸疑云的裘莹莹点了点头。

"那，我给我表姐打电话，说同意放给她老师听。"

梁奶奶又表情庄重地冲她点了点头。

裘莹莹又鼓足勇气站了起来，拿起电话拨通了家里电话。一直守在电话旁的方海琴在电话刚响一声后就马上抄了起来："莹莹？"

"海琴姐，你让你老师打电话过来吧，我放给她听。"

"太好了。刚才怎么了，你？"

"没什么事，你就打吧。我妈在家呢吗？"

"行，我待会儿就打，我先让二姨接电话。二姨，莹莹的电话。"

"莹莹，你怎么中午就打电话来了？"莹莹妈既欣慰又关切地问道。

"刚才我跟海琴姐说点事儿。"

"啊，梁奶奶挺好的吧？今天你爸上午也来电话了，真不易。他说市里又研究了要解除你们隔离的事呢，你快能回家了。"

"真的，太好了！可……"裘莹莹看了一眼身边的梁奶奶，她真的有些离不开梁奶奶了。而且，她还不知道宝盒中是梁奶奶的什么重要东西呢。

"怎么，还不想回来了。"妈妈逗笑地对她说。

"不是……"这几天她遇到的事，真不是一两句话能跟妈妈说清楚的，她也不知道如何跟她说清楚。

"妈，等回家我再跟您慢慢说吧。要是梁奶奶也能去咱家住就好了。"

"没问题，等隔离一解除，就让梁奶奶跟你一起上咱家住几天，正好把你爸开除了。"

"嗯，梁奶奶住的时候，临时把他开除了。妈，您先挂电话吧，待会儿海琴姐的老师还要给我打电话，有事呢。"

"海琴的老师还能找你有事？"

"您就挂了吧，回头再跟您说。"

过了没十分钟,辛雨芦的电话就打了过来:"喂?是梁大姐家吗?"

"您,是辛奶奶吧?"辛雨芦的声音虽然很平和友善,可裘莹莹听到时还是感到有些紧张。

"你是莹莹同学吧?"辛雨芦的声音变得更亲切了。

"是我,我表姐都告诉我了,我现在就给您放。谢谢您帮我和姐姐谱曲。"

"好孩子,是我该谢谢你们!"这句话是发自辛雨芦内心的,"你让我听到了最美妙的音乐。我会尽我最大的努力帮你完成心愿的。"她说话时看了一眼身旁的谢云翮,谢云翮眼中露出了少有的坚毅点了点头。

"那我放了啊。"

现在宝盒在裘莹莹心中变得更加珍贵了,她小心翼翼地把宝盒打开了,舒缓、缠绵的乐曲慢慢地飘散出来,如仙葩奇花的清香飘满梁奶奶家的客厅,也回荡在谢云翮那洒满午后温暖阳光的客厅中。谢云翮与辛雨芦二人一起陶醉于话筒里传来的音乐中,二人的心不知不觉被这音乐拉近了,两人的身体也靠近了许多。辛雨芦微微仰起头,凝视着窗外五月格外厚重的云朵,像是自言自语地说:"当年,我走在隐修院墙外,每天听到从墙里传出来的就是这样的音乐,我等了你七天啊。""对不起,从第一天起,我总以为你当天晚上会走,到了晚上我又想你第二天就会走了。就这样,一天一天的……"谢云翮含泪低头悔恨地说。音乐戛然而止,二人都猛然从回忆中回到了现实中。辛雨芦马上往旁边闪了一步擦了一下眼角,怕有泪水溢出。

"辛奶奶,您听清楚了吗?再放一遍吗?"裘莹莹稚嫩清脆的声音传了过来。辛雨芦转身看了一眼谢云翮,谢云翮也听到了裘莹莹的话,明白辛雨芦是在征求他的意见。他又恢复先前的坚毅:"不用了。"

"你要需要就再放一回？"辛雨芦还有些不放心，又追问了一句。

"不用了。这样的音乐伴了我十年，听一遍一辈子不会忘的。能让她说说这八音盒什么样吗？"

"你怎么还关心它的形状啊。"辛雨芦捂着话筒说了一句，不等谢云翮回答，又挪开手对着话筒说，"莹莹呀，你给辛奶奶说说你那个宝盒的样子好吗？"辛雨芦说完将电话改成"免提"状态。而辛奶奶那略带恳求的语气让裘莹莹有些吃惊，又有些兴奋。

"好的，辛奶奶，它是长方形，顶上是木头的，花纹像花瓣和云朵，一团一团的。盒前是镜子，上面有突出来的雕花，像钻石，但也是透明玻璃做的。后面一面是木头的，底儿也是木头的，好像很硬。每回盒盖只是开开一半，像钢琴似的，一打开它就演奏音乐。打开盒子，里面就是琴键，我……"裘莹莹回头不好意思地望了一下梁奶奶，像是做了错事似的，有些悔意地说，"我，也按过那些琴键，全都，嗯，能按下去，也全都能弹起来。"

"噢，还真是神奇精致啊！"

"还有更神奇的呢，它是宝盒，下面有个首饰盒，里面还装着……"她差点就说出"梁奶奶的信呢"几个字，可她抬眼看到站在阳台上侧身远望的梁奶奶，后面的话一下子卡在嘴里没说出来，她下意识地用手捂了一下嘴巴。宝盒里有信，是胡大雷告诉她的秘密，怎么能随便说出去呢。

辛雨芦听到话筒里突然没了声音，她与谢云翮对望了一下，各自心里就都明白了。

"莹莹，没有别的了吧？"

"没有了，它反正是挺好的，它不是我的。"裘莹莹加大声音强调了一句，又望了一眼阳台上的梁奶奶。

"谢谢你，莹莹，等过两天曲子谱好了就告诉你。"

"谢谢辛奶奶。"

辛雨芦放下电话，向谢云翻不解地问道："你谱曲子，干吗还问那八音盒什么样？"

"开始我就是想知道一下。你知道吗，当初我在的那个隐修院和瑞士其他地区的两三个隐修院中都有做八音盒的，卡恩的老家就更不用说了。我对它们也很喜欢，喜欢看它们的样子。可这个小女孩这么一说，我觉得我好像又明白了一些东西，猜出了一些东西。"

"什么东西？"

"我先谱出来，我还不敢肯定。"谢云翻若有所思地说。辛雨芦看他这个样子，也没再问什么。她想到了另一件事，是不是自己该走了。谢云翻已坐到了钢琴前，打开了琴盖。

"你不再休息休息，刚好一点。"

"没事的，弹琴也是休息，这曲子也不急。"刚才八音盒演奏的乐音，再一次从琴键下缓缓流淌出来，并带着一股神奇的力量，牵引谢云翻的心灵与辛雨芦的心灵一起缓缓地飘向远方，四周的一切变得模糊不清……

辛雨芦下午提出要走时，谢云翻说出了心中的秘密。

"我在隐修院那些年，不仅在我们那个隐修院，我也去过其他两三个隐修院和小镇，瑞士工匠们做八音盒，与他们做手表一样精致。他们还把八音盒和首饰盒合为一体。而打开的方法也是千奇百怪，我猜，我猜这个八音盒之所以只有一半音乐，可能，可能应该是用那些小琴键正确弹奏后半段乐曲，那个八音盒会与刚打开一样播放出后半段音乐，然后，那个八音盒下面的首饰盒就会打开。"

"那买它的人……"辛雨芦不解地问。

"当初买它的人，会同时得到乐谱的。而等到顾客熟记于心了，乐谱也就没用了。"

"我搞了一辈子音乐，还从未想到音乐能有这个用途，成为钥匙。"

"音乐本来就是打开人们心灵之门的钥匙,而聪明的瑞士人,则把它物化了。"

"那么小的琴键,怎么弹奏呀?"辛雨芦仍不解地问道。

"是啊,瑞士人的本事就是能把什么都做小了,越小他们做得越精致。我看过他们做表时的工具,个个都那么精巧。至于怎么弹奏嘛,你看我们演奏民乐的不是也有戴假指甲的吗……"

"我也曾没事学过,不戴弹不了。"

"对,只要戴个指环,指环有个按柄就能弹了。不用戴十个,有两个就行了。当年就是瑞士人在手表上安上了精巧的旋转手柄,解决了手表上弦的问题。"

"她们几个小孩子无意捡到的,也不知里面会有什么,原来人家是谁……你有精力就想想谱子吧,我今晚回去再向我那个学生好好问问。"

"那我,我不留你了,让我再为你弹一首再走吧。"

那首谢云翮在巴黎音乐学院弹奏过的巴赫的钢琴曲,再一次回响在屋内,扣动了辛雨芦的心弦。五十四年前听到谢云翮弹奏它时,辛雨芦惊叹他对乐曲准确的理解和炉火纯青的技巧。今天感动她的,则是乐曲不断传达出来的情感、思绪,让本来已整装待发的她忘我地微闭上眼睛,随着乐曲懒散地漫步在绿草如茵的塞纳河旁,焦急地疾行在通往隐修院那浓林密布的阿尔卑斯山路上,悲伤而无助地倚靠在从马塞到上海的远洋轮船船舷上,一幕幕往事随着乐曲浮现在眼前,青草的气息、林中的鹿鸣、冰冷的海风也全都扑面而来……

下午四点多钟,胡大雷的电话又打到了梁奶奶家。他这已是忍了一段时间了,他现在特别想知道梁奶奶看没看刀疤爷爷的信,打开宝盒后里面的信是怎么写的。如果有好消息,他好再告诉刀疤爷爷。他盼望能是裘莹莹接电话,如果是梁奶奶接电话,他真不知道怎么说。他估计这会儿梁奶奶该在厨房里做饭了。

"喂……"胡大雷说了这一声就停下了。

"胡大雷?!"裘莹莹听出是胡大雷的声音,可也不敢太确定。

"是我,裘莹莹!嗯,那个梁奶奶打开宝盒了吗?"

"没有。我也不知为什么,她看信了,好像有一些伤心,也好像有些激动。可我把宝盒给她时,她说还不到时候。"

"啊,她怎么这样呀,为什么不看呀?"

"嗯,我猜她好像……"

"好像什么?"胡大雷急切地问。他真的很着急,他是为刀疤爷爷着急,他不该老背着罪名和冤屈。他原本以为梁奶奶打开宝盒一看,所有的事就都真相大白了,刀疤老人也能平反了。可这到了关键时刻,梁奶奶怎么不看呢!

裘莹莹并没有偷听别人谈话的恶习,可她出来上厕所时屋里太静了,她还是将梁奶奶与女儿的谈话几乎一句不漏地全听到了。她感到了胡大雷的焦急,忍不住补充道:"啊,其实梁奶奶也快能看到了。她是等她女儿回来,我猜啊,她女儿一回来,她们就会打开宝盒一起看。"

"她女儿……在哪儿呢?"

"在美国,会很快回来的。我猜梁奶奶让她赶快回来,就是要让她看这封信。"

"噢,但愿早点回来吧。刀疤爷爷几乎每天都上我家,就为这事。估计今儿晚上他还来。"

"你,你不怕他?"

"你别看他长得那么凶,他人挺好的。他的刀疤是跟土匪搏斗时被土匪砍的。那个,我今天先跟他说让他等等,梁奶奶女儿什么时候回来,你一定告诉我。"

"行,可我可能也待不了一两天了,听我妈说我们的隔离也快要解除了。"

"真的！你先能回家最好了。别的事，可以再想办法。李一凡和我都特别盼着你出来。"

"隔离解除了，我还想请梁奶奶住我们家呢。"

"那真太好了！那不是就更好办了吗，耶！"刚才听裘莹莹说隔离要解除，她要离开梁奶奶家，胡大雷除了为她高兴，心中还真觉得有一点儿可惜。要没有"非典"，他真希望她再留在梁奶奶家，那样他就能帮助刀疤老人了解梁奶奶的情况了。而现在裘莹莹要在隔离解除后请梁奶奶去她家，那不是就更好联系了，更容易知道梁奶奶的想法了吗。他恨不得马上把这些全告诉给刀疤爷爷！

胡大雷合上手机。裘莹莹要解除隔离的消息，让他兴奋不已，都不知道干什么好了。他看到奶奶正在厨房里和面，忍不住走了过去说："奶奶，前两天我们班有一女生不小心去了妇产医院的那个宿舍楼，结果您猜怎么着？正赶上她去的那个单元里有一个人得了'非典'，结果她被隔离在里面了。"

"啊？！电视里播了那个隔离地方的新闻了，没听说有你们同学呀，她家大人还不急死呀，现在怎么着了？"

"看您吓的。隔离马上就要解除了，人家这两天就要回家了，我告诉您是怎么回事吧……"

此时，在市政府市长办公楼二层的一间小会议室里，齐晋铭、秦公澍、梁世仑、吴朋雄等人也在商议着解除隔离的事。

"今天临下班了把你们几位找来，可能你们大概也知道点信儿了，今天市里开了两次会，卫生部的领导和专家都参加了，最后确定了，后天就要对我市的'非典'隔离区进行有步骤的解除工作。先实行半隔离，其实也跟解除差不多。待会儿秘书处会把会议纪要复印给你们，这专业上的事你们比我清楚。市里选定妇产医院宿舍作为第一个，当初隔离时你们几个是现场指挥，市里面决定解除隔离的事也不另请高人了,你们几个还接着来吧。今天,咱们就是商量商量具体怎么落实市里决定。"齐晋铭一口气说完这些话,疲惫地靠在了沙发上,双手揉起太阳穴来。

听完齐晋铭的一席话,梁世仑与秦公澍相互望了一眼,秦公澍示意梁世仑先说。

"我中午就听到一些消息了,有两个专家是我上学时的导师。半隔离是一个过渡办法,亲朋好友可以与被隔离人见见面,套用现在的流行语,就是亲密接触一下。半隔离区里不该进的人还是不能乱进,里面的人经过消毒后,一天可以出来两次。下楼到小花园里透透气走动走动。还真不能让他们走远了,这个,怎么说呢,有没有潜伏期真不好说。而且,别人见到他们可能会躲得远远的,那样他们感觉也不舒服。我想,可能关键还是解除的第一天,最开始的时候。封闭了这么多日子,亲戚朋友知道信儿了,可能会一下子全赶过来。"

"现场,我可以跟公安和街道打招呼帮助维持,配合你们防疫部门,可也不能不让人家家属见面呀。"秦公澍接着梁世仑的话说。

"记者要是知道了,也会拥过去。现在'非典'也不是像一开始那么厉害了,他们又都活跃起来了。"

"如果没有限制,全都搅一块,那不就乱了。"齐晋铭插了一句。

"街道办事处的一个办公点儿和活动站就在那个小区院里,往上吊东西那两天,我和大梁还在那儿歇过脚呢,能不能组织人多的,亲戚多的在那里见见面,聊一聊?"

"那里地方大吗?"

"还行,还有两个大会议室呢。"

"要是能在那儿见面,那记者也能采访了。齐书记最好能在那里给他们举行个见面仪式,我可以安排一些重点记者拍摄采访,效果肯定好。"宣传部副部长吴朋雄向前探着身,面含微笑试探地说道。

吴朋雄的话让齐晋铭心里微微一动，他用咨询的目光看了一眼梁世仑。

梁世仑沉吟了一下："报道一下解除隔离对安定民心会有好处。秦秘书建议的那个方式，我觉得比较好。可以选一两家居民去那里，您去接见一下。"

"这样，初步决定选一两家去办事处，其他的也可以再找别的地方，传达室、花园里什么的，先见个面。一家或一家每口人第一次只能见四五个亲戚或同事，人太多就容易出事。慢慢来！你们定个方案，如果市里没别的安排，我就去一次。安全、防疫和新闻部门要配合好。公澍啊，方案你总负责吧，我看了还不行，我看后还得最后报齐书记阅一下。"

"行，我们商量一下，明天上午报给您行吗？"

"行，越早越好。领导越早定了，你们准备得就越充分。当然，你们别等着，该做什么准备现在就安排做……"

当窗外已是满天星光时，齐书记才领着这几个人下楼向食堂走去，他们心里都明白，今天又要在这里熬一夜了。

正如胡大雷所猜想的那样，晚上八点多钟刀疤老人果然又来到了胡大雷家门口，他这两天已经来胡大雷家不少趟了，自己都开始有些心虚了。他迟疑地徘徊在胡大雷家门口，最后扯着嗓子冲院里高喊了一声："收废品了。"

没过一会儿，胡大雷家的院门果真打开了，胡大雷提着垃圾桶出来了。

"嘿嘿，小兄弟，你是听到我的喊声了。"刀疤老人不好意思地笑着说。

"我奶奶也猜出我出来倒土是为了见你，不过她没拦我。今儿下午我给我的同学打电话了，我的同学说……"胡大雷说到最关键处停了下来。

"说怎么样了,小初她看了没?"

"您别急,怎么说呢……"胡大雷所知道的情况是裘莹莹无意偷听到的和猜想的,他不知道如何向刀疤老人讲述,讲述多少。

胡大雷的吞吞吐吐,让刀疤老人更加焦急和不安。同时,一种不祥的预感,如同一股阴风顺着他的后背爬上他的头顶,他打了一个冷战,浑身变得有些冰凉:"小兄弟,知道什么就说什么吧?"

胡大雷咬了咬牙说:"梁奶奶没看八音盒里的信……"刀疤老人把肩上挎着的垃圾篓放到了地上,身体微微弯曲,把大竹扫帚当拐杖拄在地上,有些吃力地抬头仰望了一下天空,长出了一口气。

"不过她不是说她永远不看了,她说,等到了时候再看。"

"什么时候?"刀疤老人像是抓住最后一根救命的稻草一样,猛然一把抓住了胡大雷的胳膊问道。随即他又意识到自己的失态急忙松开,无奈地低下了头。

"嗯,她没跟我那同学说。刀疤……"胡大雷想劝劝他,情急之下差点随口喊出"刀疤老头儿"。他改口说:"刀疤爷爷,您别太急,我同学说,好像……她是等她女儿回来看。"

"等她女儿回来……"刀疤老人低头自言自语地嘟囔了一句,猛地抬起头,眼睛里放出了充满希望的光芒,"对,对!应该等她女儿回来看。她才是梁家的血脉。小初,想得周全啊!她女儿啥时回来,知道吗?"

"听我同学说,就这一两天。"

胡大雷的这句话仿佛是一剂还魂针,使刀疤老人一下子又来了精神,如同刚被判刑即将入狱突然得到了大赦的通知一样,竟旁若无人地开怀大笑起来。他又一次抓住了胡大雷的胳膊笑着说道:"小兄弟,记住了,我姓梁,叫梁路加,以后你就叫我梁爷爷,或直接叫我路加老头儿都行。我就要见到光了,我已经看到光了……我一定要好好谢谢你!"

"不用谢,只要您今后不再被冤枉就行了。您撞死了土匪,也该算英雄。"

"嘿嘿,他们谁都不知道,其实,梁先生那时已跟地下党联系上了,在组织慈善会的人呼吁和平解放呢!梁先生叫我不要对任何人讲。你知道吗,当初如果梁先生不被土匪杀害,本来他已同意让我参加解放军的,我会开汽车呀。"

"我知道,上回您讲过了,将来您教我吧。"胡大雷也被老人眼中喜悦的光芒感染了。

"行!"老人说到这里停了下来,充满深情地拍了拍胡大雷的肩膀,"我们将来要做的事还多着呢……"

"大雷呀,你的那个电话响了。"奶奶的喊声从院子里传了出来。

"你赶快回去吧,谢谢你。我先走,啊,小初她女儿要是回来……"

"我一知道信儿就去您那儿告诉您。"胡大雷边往院里跑边喊着。

"好,好。我这几天晚上也还在这一块溜达。"刀疤老人仍不死心地往小院里喊了一句。

刀疤老人怀着激动的心情和如同重生的喜悦大步地向前走去,他三拐两拐就又到了小洋楼前。他慢慢地坐在了已拆得只剩二十厘米高的院墙上,顺手揪了一棵嫩草含在嘴里,深情地望着拆到一半的小洋楼,就这样默默地长时间地望着。微弱星光下未拆的一半仍是如童话中仙女的城堡一样美丽。红色的房瓦,可以方便圣诞老人进出的烟囱,东侧墙上绚丽的彩色玻璃窗……

梁先生讲课时那铿锵有力的声音又回响在他耳边:"溪流令神之城欢悦,这城就是至高者之圣所。神在其中,使它坚不可摧;破晓之际,神将助它。"

"破晓之际,神将助它!"刀疤老人不断地重复着这句话。

已过了夜里十点半了,裘莹莹仍未睡着,她平生第一次失眠了。

当她实在忍不住到客厅倒水喝时，发现梁奶奶的屋门虚掩着，还有微光透出，原来梁奶奶也未睡呢。

"莹莹是你吗？"

"梁奶奶是我，您还没睡呢，我能进来吗？"裘莹莹一边回答着一边走到了梁奶奶的门边。

"进来吧，好孙女。"

裘莹莹转身跑回屋抱起了八音盒又来到了梁奶奶的卧室。

"来床上坐吧，别冻着。怎么了，孩子？"

裘莹莹上床与梁奶奶并排靠在床头上，身子微微侧向梁奶奶一边："梁奶奶，对不起！"

"怎么了，好孙女？"

"昨天我不小心，在厕所听到了您和阿姨——您女儿打电话的事了。"裘莹莹注意到，梁奶奶手中拿着一个相册，打开的一页中，看上去好像正是年轻时的梁奶奶与一个梳辫子穿裙子的小姑娘合影的黑白照片。

"啊，没事的，她就要回来了，你马上就能见到她了。"梁奶奶说话时用手点了一下照片上的那个小姑娘。

"可是，奶奶，您知道吗，我是担心。"

"担心什么呀？"

"这个八音盒在我这里放了那么多天了，除了能放音乐，从来没有再打开下一层。您看，这是有一道缝儿，可怎么打开呀，那里面是放着您要看的东西吗？我，我在前两天晚上没事捣鼓它呢，从来没再打开过。梁奶奶……"

"嗯？"

"您是不是，是不是想您女儿回来让她看里面的信呀？"

"好孙女，不管里面有什么，只有她才有权打开它。"

"可她要是回来了，也，打不开呢，她会打开吗？这个八音盒，是她小时候的玩具吗?"

"她,都怪奶奶,她小时候什么玩具也没有。噢,倒是有废的听诊器和针管给她玩过。呵呵,没想到大了她还真就干了这行。本来,这个宝盒,可以在她小时候放音乐给她听。可后来,发生了一些你不知道的事情,一切就都变了。她,本来应该出生在你们拿到这个宝盒的那个小洋楼里,可一夜之间全都变了。一两句话也说不完……还好的是,她就要回来了,看见她亲生姥姥本该留给她的东西了。"梁奶奶说话间又把裘莹莹往自己的怀中搂了搂。裘莹莹依偎在梁奶奶的怀里说:"我也不知道怎么回事,脑子就是老想着怎么打开宝盒这件事,它老在脑子里转悠,不想都不行,怎么都赶不走,我也有点怕拿它了。梁奶奶,要不,先放您这儿吧!"

"还是你拿着吧,要不,你也在奶奶这儿睡,它也就放奶奶这儿了。"

"那太好了,您不怕挤?"

"不挤。今天晚上有雨,咱们俩正好暖和一下。"裘莹莹又一次打开八音盒,在它那如甘泉般沁人心脾的音乐声中,微微地闭上眼睛。梁奶奶看看怀里的裘莹莹,再看看挨墙边放着的打开的八音盒。是啊,自己也从未打开过它,在小洋楼住着的那些年,也从未看见过老夫人是如何打开它的。它是那么精致,应该有钥匙吧,锁眼儿在哪呢?梁奶奶轻轻地把它拿起来捧在了手里,用手抚摸了一下它那晶莹的镜面和上面的玻璃雕花,又把它举过头顶,仔细看了看宝盒的底面,紫檀木的底面,同样是光滑如镜。她轻轻地用指尖按了一下一个琴键,它陷了下去,一松手,又慢慢地弹了回来。也看不到锁眼儿在哪儿。这宝盒到底是怎么打开呢,过两天女儿要是真回来了,打不开怎么办?她以前还真没有想到这一点。

昔日在小洋楼里生活的那些往事,又不断地涌上心头。老太太是广东人,也会弹钢琴,楼上就有一架。她曾在楼下听到过老夫人弹琴，好像曾有与那个八音盒一样的音乐。那个八音盒演奏的曲子好像也不是那么短。梁奶奶陷入了回忆中，不知不觉地哼起来她曾听过的八音盒演奏的曲子……

"梁奶奶，您怎么会哼这么好听的曲子呀？"裘莹莹眼睛半闭半张迷迷糊糊地问道。

"我哪里会哼什么曲子呀，这就是当年我在老太太那儿，就是那个小洋楼里，好像是那个八音盒发出来的，以前那声音不是现在这么短。我曾在老太太门外听过，我也不知道它是怎么弄出来的，我有时候一想她们呀，就哼这支曲子，记得多少哼多少……"

剩下的话梁奶奶没有说出口，在那些让她伤心欲绝的日子里，无数个夜晚她抱着、搂着梁夫人的女儿，就是靠哼着这支曲子坚持下来的。这曲子曾是滋润她心田的甘露，她的心本来已如枯井，这曲子如同从地下涌出的泉水，抚慰了干涸的井底。从梁夫人离去到十年浩劫结束，几十年中，她历经了无数的艰难，外人眼中的她整日脸色和表情都如同白色大理石，冰冷坚硬，毫无生气，只是在忍耐着，挣扎着。而谁也不知道，除了坚忍以外，在那干涸了几十年的枯井井底，一直都藏着一泓清波、一汪涟漪：这清波就是往日与老太太、梁夫人和梁先生在一起时的欢声笑语；这涟漪就是她对女儿的爱，是梁夫人临终时的嘱托……

只有在夜深人静，她断断续续地哼唱这支她从不知名的，也是她唯一会哼的乐曲时，一幕一幕才慢慢地闪现在眼前。有时，路加的背叛、一些恶人给贴大字报辱骂她的情境也会闪现在眼前，她会默默地流泪，可随着她把乐曲哼完或再哼一遍，一切就都过去了，她又心静如水安稳地睡去。第二天，无论朝霞满天，还是狂风暴雨，她又如同白色大理石一样坚不可摧，而且更加圣洁。而女儿早晨睁开眼第一眼看到她的样子，永远是天使般的微笑。就是十年浩劫最艰苦的那些日子里，女儿眼中的她也从未有过绝望或因愤恨而诅咒，因窘迫而卑微，就是女儿把医学院的毕业证书拿给她看时，她也只是双手紧紧地抱住她，默默地流泪。女儿曾在大学的作文中写道：

"我的母亲，不仅职业是白衣天使，在我的生活中，在人群的背后，她更是真正的天使，她有天使所有的美德……

"无数个夜晚，如果你听她断断续续低声哼起那仿佛是她从天堂里带来的圣洁的乐曲时，你会相信……"

第七天

  也许是在梁奶奶怀中睡了一宿的缘故，裘莹莹早晨醒得特别早，精神特别好。梁奶奶看她醒了就要穿衣服下地，忙说："莹莹呀，你今天醒得怎么这么早，再躺会儿，奶奶去给你做早点。"裘莹莹看了看梁奶奶，再看看床里边的八音盒，它被梁奶奶用枕巾包裹着。
  "梁奶奶，您昨晚哼曲子来着吧？"
  "哪算什么曲子呀，就是原来在小洋楼老太太那里断断续续地听的，好像就是这个宝盒发出的。不过呀，是孙女你带来后，我才知道它是怎么响的。可奶奶从来没听过整段的，一共也就两三次路过老太太卧室时听到过一小段。过一会儿奶奶给你梳个辫子吧。"梁奶奶捋着裘莹莹的头发说。
  "梁奶奶，您能再哼一遍吗，求您了！"裘莹莹有些兴奋地求道。
  "好，你求奶奶做什么事都行。一边干一边哼，可全接不上啊，我啊，就是记得多少就这么哼多少，一个人时解闷……"
  梁奶奶一边给裘莹莹梳头，一边又轻声地断断续续地哼了起来……
  "梁奶奶，您哼的后边几段全加起来也比咱们打开时听的短多了，可我猜它们一定是一支曲子，我也学过弹琴，就是没学成……

梁奶奶我现在告诉我表姐行吗，她正让她的老师给谱曲呢。"裘莹莹已经抑制不住自己的兴奋了，在梁奶奶的怀中睡了一宿也让她容光焕发，精神倍增。

"人家可能还没起呢吧？"

"我给她叫起来，您不知道，只要是好听的音乐，什么时候叫她，她都会高兴。"

裘莹莹等梁奶奶刚一给头发扎上红色的皮筋，就"腾"地站起来，边走边套上拖鞋跑到客厅的电话旁。

裘莹莹把她知道的整个事情一五一十地讲了一遍，又哼了一遍梁奶奶昨晚上哼过的那几小段不连贯的曲子。方海琴听完也陷入了无比的兴奋中，她也兴高采烈地说："真是踏破铁鞋无觅处，得来全不费工夫。我听得出来，肯定与那宝盒演奏的是同一支曲子。我这就给辛奶奶打电话，她肯定会让这曲子更好听，补完整了。"

"好的，谱好了马上告诉我啊。"裘莹莹觉得胜利就在眼前了。

方海琴一分钟也没有停，又给辛教授家拨去了电话："辛奶奶，您知道吗，那八音盒本身就能演奏那支曲子的后半部分。我表妹隔离到的那家的梁奶奶曾听到过，而且还有更特别的事呢……"方海琴把她自己这几天所经历的、所知道的又都原原本本地给辛雨芦讲了一遍，最后还不无担心地说："辛奶奶，您说，您就是谱出来了，她们打不开宝盒，也是挺让人难过的。"

辛雨芦听了方海琴的这一席话，从初晴、刀疤老人再想到自己和谢云翻不禁感慨万千，忍不住说道："海琴，其实我也没能力把那支曲子谱出来，也是又请了一个老同学帮忙。我这个老同学，那位……那位爷爷吧，他说，可能那个八音盒确实是个宝盒，里面确实能装信和其他一些东西。你不是刚才又哼出了乐曲后半段中的一些吗，不是那位梁奶奶听到过吗，也许那后半段曲子就是打开宝盒的钥匙。"

"乐曲是钥匙？"辛教授的话让方海琴有些疑惑。

"是的，应该是按曲谱弹奏那宝盒的琴键，曲子弹完了宝盒就会接着奏响乐曲，与你们刚打开时一样。音乐结束了宝盒就会全打开。"

"啊，有那么神奇！"方海琴吃惊地张大了嘴。

"我的那个老同学，那位老爷爷在欧洲待过很多年，他是在瑞士，那里就有一些工匠做这样的八音盒。当然，也有别的方法开的。而你刚才说那个老奶奶听过八音盒演奏过后半段曲子，我猜，应该不会错。不过，还是要试一试后才能知道。"

"那，他能，能谱出来……一模一样？"方海琴试着问道。

"我也不敢肯定，我待会儿再把你哼的给他弹一遍，应该会有帮助。"

"太好了！辛奶奶，真是太好了，那样，她们全都有救了。我表姐的那个同学胡大雷，昨儿晚上打电话跟我说了一些特别的事情，我跟您说啊……"方海琴高兴得恨不得要蹦起来，她还是头一次为别人的事这么高兴，她把自己所知道的一切又声情并茂地叙述一遍，最后，她又绕了回来："辛奶奶，最后还得请那位爷爷保证谱对曲子呀。"

"我这就给他打电话，你等我的好消息吧。"

辛雨芦放下方海琴的电话就马上拨通了谢云翮的电话："我是辛雨芦，你，昨晚上还好吧？"

"是你，雨芦，我基本上全好了，得谢谢你们俩。当然了，主要是你……"

"你也会说让人中听的话了。"辛雨芦几十年来，心中头一次有了甜蜜的感觉，禁不住笑着与谢云翮逗了一句。

"嘿嘿，我说的是心里话。雨芦，你别动，仔细听啊。"

话筒里传来了舒缓的钢琴声。谢云翮再一次让辛雨芦惊愕了，话筒中传来的乐曲把方海琴哼过的几小段完全包容了进去，可自己并没有弹给他呢！

"你听呢吗？"谢云翩问道。

"你也别挂啊。"辛雨芦也弹一遍，与谢云翩弹奏的完完全全一样。她的演奏也让谢云翩惊诧了："雨芦，你太棒了！"

"我也没那么神，是我那个学生的表妹住的那家的老人，也哼出来了一部分，先告诉我了，加上你补全了，我这就跟你学会了。不过让我弹第二遍，也就不一定完全是这样了。"辛雨芦停顿了一下，又感慨地说，"她就在那个八音盒的主人家当护士，真是太巧了。"

"太巧了，太巧了。救人一命胜造七级浮屠，我们救不了人命，她们被隔离，生死未卜，能帮她们实现一个小小的心愿，也算是做回善事。我这就把曲谱给写完整了，抄出来。"

"你可能不只是帮她们实现一个小小的心愿，也许是几十年的大心愿。"

"你说什么？我不太懂，是不是我写时间太长了，脑袋犯木了？"

"先不说这个了，你要注意身体啊。早上吃了吗？"辛雨芦没有急于回答，而是很自然地轻轻问道。

"啊，我还没去厨房找呢，不知道你们，你给我剩下了什么吃的？"

辛雨芦无奈又心疼地摇了摇头，想了一想说："你先把剩粥热了喝了，待会儿我给你送饭过去。"

"你，待会儿给我送吃的？"谢云翩有些不相信自己的耳朵，回国几年来辛雨芦一直对他冷若冰霜，要不是这回他病倒，周汀菡强拉着她来，她可能今生也不会理自己呀，现在，她竟会主动给自己送吃的！

"怎么，不欢迎吗？"辛雨芦又回到以前冷冰冰的口气问道。

"不是，不是，完全不是。欢迎，欢迎！"

谢云翻慌张而恐惧的回答，让辛雨芦差点笑出声来，心里充满爱意地骂道："真是个呆子。"

"好了，你别太累了，我待会儿就过去。"

"那你，路上一定要小心。现在'非典'还挺厉害的，谁都不敢出门。戴上口罩，最好是加厚的。在家里打电话叫辆出租车。坐车也别摸别的地方，'非典'传染得太厉害了。"

"行了，我知道。"谢云翻的一番话，还是让辛雨芦感到了浓浓的暖意，一股幸福感油然而生。她放下电话不禁自言自语道："我这是怎么了？不想了，但愿能谱出来圆那位老人一个梦，几十年守候这么一个心愿而活下来，太不容易了。"可她再一想，自己和谢云翻不是也与这两位老人相似吗？她不敢再往下想，匆匆忙忙地换好衣服，收拾好东西就出发了。

方海琴放下辛奶奶的电话也是一刻没停，就又回拨了裘莹莹的电话。裘莹莹此时正和梁奶奶吃早点呢。电话铃一响，她就站起来要过去接，起来后又意识到应该让梁奶奶接，自己终究是客人。她看了一眼梁奶奶，梁奶奶嘴角微微向上翘了一下冲她点了一下头，又转向电话努了一下嘴。裘莹莹立刻跑了两步抓起电话："喂，请问您找谁？"

"莹莹，是我。你听我说，我老师辛奶奶说，那个宝盒里面是能装信，也能打开……"方海琴快速地刚说到这里，竟被比她速度还快的裘莹莹打断了："怎么打开？"

"还是乐曲！就是后半段乐曲！"方海琴说得太快太兴奋，说到这儿停了下来，深深地喘了一口气。

"乐曲怎么打开，你，你快接着说呀。"方海琴的停顿让裘莹莹又急又恼。

"好、好，是这样。那宝盒打开了不全都是小琴键吗，它们就是钥匙，按照后半段乐曲弹奏对了，就能打开宝盒。"

"后半段乐曲？什么曲调，多长呀？"

"调儿，我老师正找一个大师谱呢，应该，和前半段一样长吧。唉，莹莹，你忘了，梁奶奶不哼过一点儿吗，说是宝盒演奏的？就是那曲子。"

"啊?!"方海琴的话先是让裘莹莹惊呆了，等她明白过来，又兴奋得再也说不出话来了。她怎么也没想到，那一排小小的琴键就是钥匙，更确切地说，是密码。琴键就是密码，乐谱就是密码开启的顺序。美妙音乐的背后，是艺术、科学、技术的融合！

裘莹莹回过头眼睛闪着异常兴奋的光亮，对站在身后的梁奶奶说："奶奶，宝盒能打开了，按着曲子按琴键就能打开了。"

"我都听见了，好孙女。要不是你和你表姐，不，还有人家那些大音乐家，奶奶还真耽误大事了！奶奶没文化，没想到这么多呀。谢谢你呀，好孙女，谢谢人家大音乐家啊。那宝盒是老太太的心爱物件，怎么可能那么容易就打开呢。奶奶当初没想到这一层啊，真是老糊涂了啊。"梁奶奶眼里也满含泪花。

"奶奶您别难过，这不是都解决了吗。"

"奶奶不是难过，奶奶是高兴啊。"

"奶奶，那，那，那个老奶奶会写信跟您说什么呢？"裘莹莹的问话，一下子又让梁奶奶的笑容消失了，脸色凝重起来："说什么？奶奶现在还是不敢想，奶奶的女儿就要回来了，她回来一打开就知道了。"梁奶奶下意识地看了看墙上的日历和镜框中女儿的照片。

平房旁的大枣树上的鸟儿已在晨光中叫唤了一个多小时了，胡大雷依然没有下床。不过他早就醒了，一直靠在床头看刀疤爷爷昨天送给他的小说《雪山飞狐》和《天龙八部》，这是拆迁时一位老邻居送给刀疤老人的，拆迁时许多人家都发愁太多的书拿不走，尤其是杂志和小说一类的闲书。据刀疤老人说，这一段时间他家快成书库了。胡大雷昨天夜里就趴在床上看到很晚，这书写得太神奇了，今早上一醒他又迫不及待地开始读。可正在他读到兴头上时，床头的手机响了起来。他的手机号没几个人知道，这么早会是谁呢？

"喂，请问您找谁？"

"大雷，我是吕玫苑阿姨，手机好使吗？"

"阿姨，是您啊，好使，太好使了。"对于胡大雷来讲，这手机不仅是好使，而是帮了他大忙了。

"阿姨，您怎么不上我家来玩了，我奶奶还一直夸您呢。"

"是吗，我就要去你家玩了。大雷，你爸爸要回来了。应该是明天早晨，七点多就能到北京。"

"啊，真的?！他怎么不打电话告诉我呀？"

"他那里与咱们这儿有时差，他那儿白天时咱们这儿还是夜里呢，怕影响你睡觉就没给你打，先告诉我了。"其实，从昨天下午到现在，吕玫苑与胡生勃已通过三四次电话了，短的有十几分钟，长的有半个多小时。是吕玫苑不让胡生勃给家里打，而由自己来转达这个消息。她从内心已希望融入这个家庭，传达这样一个重要的消息，正是一个绝好的机会。胡大雷是不会想到这一层的。

"噢，我老爸还真想得周全。那，我和奶奶……"

"你和奶奶在家好好准备，我开车去机场接他。你把电话交给奶奶，我跟奶奶说几句。"

"好，您等着。"胡大雷一翻身就下了地，跑向厨房，一边跑一边扯着嗓子喊，"奶奶，吕阿姨来电话，我爸要回来了！"

奶奶正在厨房里，坐在板凳上择洗自己发的豆芽菜，看着跑进来的胡大雷，奶奶脸上还有狐疑："吕阿姨？"

"就是给我这手机的那个阿姨，她说我爸明天就回来！"

"噢，什么，明天？这么远明天就能回来，他怎么不早来信儿呀？"

"吕阿姨要跟您说话。"胡大雷把手机举到了奶奶耳边，等奶奶在围裙上擦干了手,他又抓起奶奶的手帮她抬到耳边拿住电话。

"喂,小吕……"

"大妈,我是玫苑。生勃给我打电话说他明天早晨就回来,他怕吵您睡觉就没给您打。我们都定好了,我开车去机场接他,他坐飞机回来。"

听了吕玫苑的话,胡家奶奶脸上笑开了花,自己千盼万盼的儿子就要平安回来了。"坐飞机可贵吧,要注意安全呀。他这么突然,家里都没准备呢。"

"没事的。飞机比轮船安全。我们商量了,他这次回来就不再上船出海干了,就在北京找事做。他说您包饺子就行了。"

胡家奶奶的眼睛湿润了。儿子每回一走就是几个月,而且是漂洋过海,每一次儿子走后,她的心都是悬着,惦念着,可她又无法阻挡他。他一个大男人,没有知心人,如果再没挣钱的营生,闲在家心里更苦。他这次回来不走了,又与这姑娘商量了,看来儿子今后的日子是有盼头了……

吕玫苑没有听到胡家奶奶的回音,小心地追问了一句:"阿姨,大妈,行吗?我下午再过去一趟,给您送肉去。"

"啊,不用,我明儿一早就和上面,放两小时就醒好了。你们回来就能正好包好了。肉馅,我正好有时间,自己剁。"

"阿姨,您别自己剁了,我买的也是超市手工剁的,看着他们剁保证干净。我今天再买一些熟食什么的,您再告诉我买什么菜,我反正是一趟。"

"太辛苦你了,啊,那就买点韭菜,买棵白菜,有那个南方的小西葫芦再买两三个,咱们做两样的。你要是下午去,中午就来家吃饭吧?这时候你们单位还上班吗?"

"'非典'这一段一直不上班。中午我还有事在外面,就不去了。晚上我在家吃好吗?"

"好好，我们等你。你想吃点什么，大妈给你做！"

"啊，什么都行，嗯，我特别爱吃老北京炸酱面，就是不会做，不会炸酱。"

"行，我给你做，保证比外面饭馆的好吃。"

胡家奶奶放下电话已高兴得合不拢嘴了，像吃了蜜，从心里往外甜。儿子终于要回来了，儿子单身也一直是自己的一块心病。现在看来，这俊姑娘与儿子的关系不一般。

"奶奶，这吕阿姨是不是和我爸搞对象啊？"胡大雷觍着脸凑近奶奶坏笑着说。

"你爸爸为了你一个人漂洋过海这么多年，也该有人照顾他了。人家吕阿姨下午来咱家，你可得对人家有礼貌啊。"

"我爸喜欢自由，怎么是为了我呀，我还想去呢。"

"怎么不是为你，你吃的、穿的哪来的。你今天把屋里打扫干净，换身新衣服，吕阿姨下午来咱家吃饭。"

"她也不是看上我了，我换新衣服有什么用啊？"

"你还贫嘴，你要给人家气走了，看我怎么收拾你！你盼着你爸打一辈子光棍呀。"奶奶说话间板起了面孔。

"好，好，我换，我不但不气她，我还得让她看在我面子上嫁我爸。"

"你又要贫嘴，快点去刷牙洗脸收拾屋子。你别当累赘拖你爸后腿就行了。"奶奶又怜又爱地瞪了他一眼命令道。

胡大雷收起手机，开始干每天早晨必干的家务活。待他恰好干完了奶奶安排的这些事，裘莹莹的电话就打了进来。他满心欢喜地翻开手机盖，靠坐在床头。

"裘莹莹，起这么早啊？"

"这还早，我们都干了……"她本想说她们都干了许多大事了：早上主动与她表姐通话，解开了宝盒的秘密，而且让音乐家爷爷开始谱曲写密码了，可这一切，她只是打了两个电话，真正的功劳也不能算她头上。

"你们干什么了，还没开始往上吊东西呢吧。"

"还没呢，所以我先赶紧跟你说件要紧的事。"

"什么事？"

"一个啊，那个宝盒，梁奶奶不是没打开看吗？"

一听到裘莹莹说到梁奶奶和那个宝盒，胡大雷立刻来精神了，他马上盘腿坐直了问道："怎么着，梁奶奶改主意了？"

"没有，你听我慢慢说。奶奶不是没打开看吗，可她听过那宝盒演奏过剩下的半段音乐。咱们以前听的只是前一半，而且，那宝盒只要演奏完整支乐曲，就能被打开，也才能看到里面那封信。我刚才又仔细看了，那宝盒下面至少还有一层，缝儿特别细，几乎看不出来。"

"那它怎么，怎么才能让它演奏完整曲子呀？"

"对，这才是关键。我表姐找了一个音乐家，人家早就知道怎么开，正写那曲子的后半段呢。说是按照曲谱一个一个地按那个宝盒的琴键，它就能接着演奏，然后就打开了。所以呀，这两天就是梁奶奶想打开看也看不了，非得等到人家音乐家把乐曲谱出来才行呢。"

"噢，这谁想得到呀，也太神奇了。我得告诉刀疤老人。他正在家难过呢。梁奶奶要有了曲谱，她就同意打开了吧？"

"梁奶奶在等她女儿，我猜她女儿一回来她就会打开的。"

胡大雷想了一下说："对，对。"刀疤老人曾告诉过他，梁奶奶的女儿是小洋楼主人梁先生的孩子，这宝盒应该属于她，打开宝盒确实也只有她最有这个权利。可这事儿，现在还是先别告诉裘莹莹吧，也不知道梁奶奶是否愿意她知道。可要是把用乐谱打开宝盒这事告诉刀疤老人，梁奶奶会不会有意见呢？

"裘莹莹，这事儿我能告诉刀疤老人吗？要不然，我不放电话，你问一下梁奶奶行吗？"

"嗯……行，你等着。"

胡大雷举着电话下地穿上了鞋，他想只要梁奶奶同意，他就马上去找刀疤老人……

"喂，胡大雷？梁奶奶说可以告诉他。梁奶奶说，清者自清，浊者自浊，是该有个了断了。我也听不懂。"

"我明白了。谢谢你，裘莹莹。"

"你谢我什么呀。其实，这几天隔离也挺好的。对了，李一凡怎么样啊？要不是他，我还来不了这里呢。"

"我这几天没找过他，我今天找他一趟。"

"他前两天给我家打过电话，我表姐告诉我的。他真惨，他妈这两天死死地在家守着他，他一步也不能离开。他跟我姐说他在家里用电脑编什么程序呢。"

"等我今儿见着他就行了。"

胡大雷穿好衣服走进厨房："奶奶，今天吕阿姨来咱家吃饭，得买两瓶雪碧吧，我去买。"

"你是不是又想出去呀？"

"不是，我是想给吕阿姨买点饮料。奶奶，我快去快回。"

"你肯定有别的事，这'非典'这么厉害你可别乱跑了。明天你爸爸就回来了，今天你还不老实一会儿。"

"奶奶，我就买个饮料，再去刀疤爷爷那儿一趟，决不出咱们这一片儿。这一片儿拆得这样，哪还有人进来传'非典'呀。早上我同学来电话，让我给刀疤爷爷传个口信，他家又没电话，我去了就马上回来。"

"那你快点儿啊，从抽屉里拿二十块钱，买大雪碧和大可乐。戴上口罩，快去快回。"

胡大雷一出门就把口罩摘了，顺着胡同跑开了。胡同里一个人都没有。如垂缨般的柳枝在风中摇曳，蜜蜂成群地在大枣树上寻找着花蜜，当他转过胡同转角时，惊飞了一大群喜鹊。街两旁拆到一半的残垣断壁和砖瓦堆，成了麻雀和喜鹊的天堂。一只不知从哪飞来的蝴蝶也误闯进来，在几株盛开的淡黄色蒲公英花瓣上起舞。这里其实刚刚拆了没些日子，工人们也是在"非典"后才陆续走干净的，没想到就这几天的时间里，这里已是春意盎然。看着这美景，胡大雷更是高兴了，他奔跑时把一只手扬了起来，手掌不断地碰撞一根根柔软的柳条，像是他在和每一棵树打招呼、相互问候。

　　胡大雷来到刀疤老人临街的房前时，老人正弯腰低头坐在板凳上，用瓦刀从一块旧砖上往下砍砖上黏结的水泥砂浆。他身旁的地上还零散地堆放了许多半截砖头。而在他身后靠墙根的地方，则整齐地码放着两垛砍干净的红色水泥砂砖。

　　"刀疤爷爷，您这是干么呢？"

　　"大雷来了。没事，砍砍砖。它们全是我从小洋楼那儿捡来的。它们每一块我都想存起来，我是想一辈子都和它们在一起呀。我是想把它们整干净放起来。你今儿怎么来这儿了？奶奶这两天不是管得更严了吗，我给你拿饮料去啊。"

　　"不用了，我出来，这不是有重要事要告诉您嘛。"

　　刀疤老人的眼睛原本由于一早晨辛苦劳作，看上去已有些木然和暗淡，在沾满砖灰的睫毛遮掩下如同干枯的深井。可一听到胡大雷的话，老人猛地向上吹了一口气，睫毛立刻变干净了，睁大的眼睛霎时又放出了希望之光："是，小初……？"

　　"嗯！是那个宝盒的事……"胡大雷把自己所知道的一切又生动详细地讲了一遍。

　　刀疤老人把瓦刀插进砖缝中，站起来挺直了腰，仰面朝天，他不想让眼中的泪水流下来，想让五月明媚的阳光把眼中的泪水晒干：

"上天啊，你真是有灵啊……"

刀疤老人的情绪慢慢地恢复平静，真切地对胡大雷说："谢谢你小兄弟，求苍天保佑吧，你那个同学找的音乐家肯定能谱出那曲子来？一定要谱对呀。"

他的一只手仍搭在胡大雷的肩上："小兄弟，你可能不会想到，只要宝盒能打开，只要小初和她女儿，梁先生的女儿，能看到那封信，就是拿我的命换我都愿意。"

老人的话和庄重的神情深深地感染了胡大雷。"路加爷爷，"他按奶奶在家教他的，对刀疤老人换了一个称呼，"您别急，这不是已经快成功了吗。我一有机会就给您问，一谱出来我就告诉您。要是梁奶奶女儿回来，她们打开宝盒时您要能在场就那就更好了……"

"哈哈哈！"胡大雷的话让刀疤老人禁不住全身震颤地大声笑了起来。这也是胡大雷认识老人以来，他第二次这么开心地笑。

"那样，我老头子非活不了了……"

正中午，当政委聂云风走进小会议室时，吃完午饭的霍炜明与参谋张晓光下棋杀得正酣。

"老聂，你来得正好，赶紧给他支支着吧，老将儿都要上三楼了。"聂政委往棋盘上瞄一眼，霍炜明的棋子全都来势汹汹，都攻到了张晓光的"帅"周围。张晓光的兵力所剩无几，被杀得只有招架之功而无还手之力了。

"跟他兑子求和。"聂云风支着道。

"和，谁跟你和呀，我还有兵没过河呢。老聂，你怎么今儿中午不睡了，看我们下棋来了。"霍炜明充满霸气地说。

"有个好消息要告诉你。"

"有什么好消息，'非典'有治了？"

"倒是没那么大。那天不是和你一起去看了裘旅长他女儿嘛，你让我多打听点儿消息……"

"怎么着，有什么消息了？"霍炜明打断了聂云风问道。

"是，市政府的一个朋友来电话，明天裘旅长的女儿被隔离的地方就基本解除隔离了，而且还举行个什么家属见面会。他闺女就能出来了。"

"真的吗，太好了！"霍炜明把手中的棋子扔到了棋盘上，"我还答应裘旅长要和他一起接呢，你给我好好说说。"

当霍炜明听完聂云风的详细介绍后，扭头对参谋张晓光说：

"晓光，拨通裘旅长电话。"

"霍司令员，现在'非典'还挺厉害的呢，你真要去？"

"晓光，你怕我们有去无回？"

"我是……"

"张参谋的担心也有道理啊。"

"有什么道理呀。我给你俩讲讲我父亲告诉我的一个小故事吧。他说在抗日战争中有一年，我们和国民党都在同一个地区招兵。国民党招完兵后是用军法严厉管理，发现逃兵，轻者皮鞭加身，重者吊起来把人打残了，就是这样还是有士兵不断地逃跑。而有一天，我们的部队预定第二天要开拔离开这一地区，当时的司令员耿虎同志却下令让所有的老家在当地的士兵回家看一眼，只要第二天天亮前回来就行。所有的连排长乃至营团长心里都打鼓，手里捏着一把汗，真的怕士兵们恋家不回来。可是结果你猜怎么样，第二天早上集合点名，一个都不少。许多家住得远的士兵都是赶夜路提前回来的。我们真心地信任和爱护我们的战士，他们才会心甘情愿地去战斗，去流血牺牲。我们不但要关心他们，也要关心他们的家人。"

"霍司令员我明白了，我马上给您拨通裘旅长的电话。"张晓光迅速用专线拨通了裘仲昆的电话，并把电话递给了霍炜明。

"裘仲昆吗，我是霍炜明，明天早上八点准时到指挥部来，有重要任务。"

"是！"电话另一端的裘仲昆立正敬礼答道。答完他把右手放下，又把左手中的话筒贴近脸一些，口气变得亲密问道："霍司令，能透点信儿吗，是要开拔，有任务了吗？"

"你要违纪打听军事机密吗？"霍炜明严肃地问道。

"不敢，我保证明天准时到。"裘仲昆又立正回答道。

"老霍呀，你这一下得让他一夜不踏实啊。"聂云风政委对放下电话的霍司令意味深长地说。

"得磨磨他这个性子。"

"也对！不过他那三个团，确实给咱们军区争了不少光啊。张参谋，明天早晨把那两辆越野车给霍司令准备好，让他去执行任务。"聂云风说完与霍炜明相对哈哈大笑。

刚下午一点半，梁奶奶家的电话极少有地急促地响起来，打破了午后惯有的静谧。梁奶奶和裘莹莹都在各自屋中睡午觉，响个不停的电话铃声让两人都赶忙来到了客厅。梁奶奶站在桌前抄起电话，裘莹莹给梁奶奶搬过来了椅子放在她身旁。梁奶奶并没有坐下，只是用手轻轻地抚摸了一下她的头，算是对她的表扬。身材娇小的裘莹莹个头恰好刚到梁奶奶下巴颏儿。她听不清电话里讲什么，但看到梁奶奶的表情却越来越严肃。过了一会儿，梁奶奶对话筒里说话："谢谢你们想得这么周到。那，我和住这儿的小女孩应该算是按两家人算吧……噢，谢谢你们。你们还会与她的家长联系吧？好，好。"

当梁奶奶放下电话时，裘莹莹已经预感到这个电话好像与自己有关系。她望着梁奶奶的眼睛，希望能得到答案。梁奶奶拉着她的两只手，领她坐到了沙发上，深情地看着她慢慢地说："莹莹，奶奶跟你说一件事。刚才是街道居委会来电话通知咱们，市政府已经决定明天解除隔离，明天上午你就可以回家了。"

裘莹莹听到这个消息看着梁奶奶，半天说不出一个字来。梁奶奶感到裘莹莹的双手在微微地颤抖。"好孩子……"未等到梁奶奶再说下去，裘莹莹像洪水决堤一样"哇"的一声就哭出来，一头扎进梁奶奶的怀中，娇小的身体随着哭泣声剧烈地起伏着："梁奶奶，梁奶奶……"

梁奶奶轻轻地拍着泣不成声的裘莹莹："好啦，好啦，明天就回家跟妈妈住一起了，也能看见爸爸了。奶奶还真舍不得你。你刚来时，奶奶真是担惊害怕死了。你像个小天使一样飞到奶奶身边来，可这楼下就是'非典'病人住的地方。唉，当时奶奶也特别怕你出事不能向你父母交代啊。可是，我不管你，别人家就更怕了，还好，我们都躲过了这一劫……"梁奶奶说到这里，也是哽咽得说不出话来，泪水如断线的珠子一个劲地往下掉。

"奶奶，您别说了，我一辈子也忘不了您……"裘莹莹抬起头，帮梁奶奶擦拭了一下泪水，"我跟我妈说，您去我家住吧。"

"哈哈，好。咱们都不哭了。"梁奶奶起身把桌上的餐巾纸拿了过来，"莹莹啊，明天，他们说先在楼下那个居委会活动站里举行个见面会，和亲戚朋友们见个面。咱俩每人可以见四五个，然后再回家半隔离一段时间。你想想，再赶快给妈妈打个电话，她可能也该知道了。"

"嗯！"裘莹莹心情复杂地站起来走过去拨通了家里的电话。

"妈妈……"裘莹莹刚叫出这一声就如鲠在喉，又说不出话来了。

"莹莹，妈妈和你表姐都知道了，你终于要平安地回来……"妈妈的声音里也带着哭腔，只说到这儿就说不下去了。

"我爸知道了吗？"

"你倒是老惦记他。"莹莹妈声音又大起来，气愤让她恢复了力量，"刚给他打电话，他说刚接到紧急通知，明早有重要任务去军部，这个家就不是他的。"

"重要任务，危险吗？"妈妈的话让她有些担心，离开家的这些日子，她长大了许多。

"唉，他哪天不危险呀，回头我再问问吧。"

"妈妈，听梁奶奶说，我回家后还不能出去，还要在自己家隔离一段时间？明天让见亲属，我想看看我们同学。"

"是，街道嘱咐我了。你想见谁呀？"

"我想见我们同学胡大雷、李一凡他们，不知他们俩怎么样了。"

"你不是跟他们打过电话吗？"

"可电话只是说说呀……"

"莹莹，妈妈不是不让你们见，可这是'非典'时期，你又刚从隔离区出来，可别……人家家长愿意吗……"

"我在隔离区我也没有传染病啊，我也是碰巧被隔离在这儿的呀。我在这儿隔离了这么长时间，不是也没被传染吗？"母亲的话让裘莹莹觉得有些委屈，打断了母亲的话争辩道。

"我不是那个意思，你想同学没什么错，那也得小心啊。咱们得看看人家同学家长同不同意，人家要不愿意呢？"

"什么都是听家长的，要不您别管了，让我打吧。"

"那，那你得跟人家家长好好说，人家家长不愿意，你可不能强求。"

"行，您放心吧。妈妈，他们说咱们明天什么时候见啊？""说是上午，一共三拨，明早上再通知时间。莹莹，今天收拾好自己的东西，我再跟奶奶说几句话。"

莹莹把电话交给了梁奶奶。

"大妈，真不知道怎么感谢您哪。您是我们一家人的大恩人，我要记您一辈子的恩情。"

"莹莹他妈呀，你快别这么说了。这不是碰巧赶上了吗，莹莹这孩子呀，我还真有点儿舍不得她走呢。"

"以后，您就当她是您的亲孙女一样看待。等孩子他爸从部队上回来，我们全家登门去谢您。"

"谢什么呀，我倒是欢迎你们常来家串门儿……"

梁奶奶和莹莹妈像是有说不完的话，裘莹莹在她们聊着的时候回屋开始收拾东西了。这些日子，妈妈没少往上吊东西，漫画书、小台灯、小录音机，还有妈妈的亲笔信……可首先映入她眼帘的，还是床头被垛旁放着的宝盒。是啊，明天要走了，宝盒怎么办？明天，那个音乐家能来吗？应该把它还给奶奶吧？

她捧着八音盒从屋里出来时，梁奶奶还在打电话。

"好。那你明天早晨回来就直接去居委会那儿吧，我跟他们说说，先让别人见面，我们等你回来再开始。你大约几点……最晚九点半能到哈。好，我们等你。"梁奶奶放下电话，回头看见了裘莹莹。她们一同坐到了沙发上。

"莹莹啊，刚才是给奶奶的女儿打电话，她明天上午回来。这几天咱们是被隔离了，可遇到的事儿比以前几十年遇到的事加起来还多。有些以前的事，奶奶也不知道怎么和你说。明天你就要走了，阿姨明天也回来，明天奶奶再把这些事告诉你。"

"奶奶，这宝盒……"梁奶奶一直没提自己手里宝盒的事，莹莹心里有些着急，忍不住问道。

"还是你先拿着。明天，唉，是我老糊涂了，刚才没想好。莹莹啊，你看，那个音乐家爷爷不是谱了曲子能打开它吗，让你表姐问问，人家能不能把那曲子给咱们使一使。我女儿明天一早回来，要不先去那教授那里取一趟？用完赶紧再还给人家。这'非典'时期，咱们也不好麻烦人家来，让我再想想……"

过了两分钟，梁奶奶语气又有些沉重地说："你给你那个传信的同学打个电话，让他转告一下刀疤老头儿，让他明早儿也过来吧，是人是鬼该有个了断了……"

"奶奶，我同学说他是好人。我这就给我表姐和我同学打电话。"

梁奶奶的话并没有影响裘莹莹的情绪，她仍然兴奋地打起电话来，她感觉自己又干起"大事"了。

"妈，还是我，让海琴姐接个电话。海琴姐，梁奶奶的女儿明天早上也回来见面。梁奶奶问能不能向你、你老师、那个音乐家借借曲子使一下，因为明天她女儿，还有刀疤老人都来。梁奶奶想到时候让她女儿、刀疤老人一起看那个宝盒里的信，那信特别重要。那个音乐家要是能借曲谱，梁奶奶说让她女儿明早一下飞机就去取，她女儿明早回来。梁奶奶怕人家音乐家因为'非典'不愿意来。我倒是真想见一见那个大音乐家！他要不来，表姐你能弹好吗？可一定要把宝盒打开呀。"

裘莹莹不喘气地一股脑儿把要说的话全都倒了出来。

方海琴原本也想到了这些事，她知道辛教授和音乐家爷爷已经谱出曲子来了。但是，今天这些事一下子摆到面前，而且明天就要验证了，她心里还是难免有些紧张。

"好的，我这就给我老师打电话，应该谱成了。问完了我过会儿再给你打回去。"

裘莹莹等方海琴一放下电话就赶紧又拨通了胡大雷的手机。

"胡大雷……"她说完这三个字，就觉得心"咚咚"地加重加速跳了起来，口干舌燥说不出话来了。梁奶奶给她递过一杯水来，她两大口就给喝完了。

"裘莹莹，你怎么不说话了，有什么事吗？"胡大雷看过来电显示，已知道是裘莹莹来的电话，可裘莹莹叫完他的名字又半天不说话了，让他有些纳闷儿和担心。

"嗯，胡大雷，我明天就能出去了，隔离解除了。人家允许明天上午在居委会那屋里见见亲戚，还有同学，你，你愿意来吗？"裘莹莹终于鼓足勇气说完这几句话。

"愿意，当然愿意了。这……就结束了，太好了！明儿上午我老爸还回来呢。"

"那么巧,那,那你不去接或在家等你老爸?"

"不用,我一个阿姨去飞机场接他,他下飞机我可以给他打电话。"

"噢,还有一件事,你告诉一下刀疤老人,你不是老能见到他吗,得今儿晚再见一次。梁奶奶说让他明早上也来我们楼下这个居委会里见面。到时候,我表姐也来,带着曲谱来,会打开宝盒的。"

"太棒了!耶!我这就去,让他先高兴高兴,准备准备。宝盒要打开了,但愿……"

在裘莹莹紧张地拨通胡大雷的电话的同时,方海琴也拨通了辛奶奶家的电话。

"辛奶奶,我是海琴。"

"哎呀,海琴呀,你要是再晚打一会儿,我就要出门了。"方海琴感到辛奶奶说话声有些变了,以前她声音中总是透出一股威严之气,今天辛奶奶的声音却给人欢快和喜悦的感觉。

方海琴立刻甜甜地笑着说:"辛奶奶,街道居委会通知我妹妹明天就可以解除隔离了。人家说明天早上她可以在居委会与亲戚、朋友见面。"

"太好了。你终于能心安一些了吧。"

听到辛奶奶的话,方海琴脸上又露出了愁云:"我表妹,她问能不能用一下您请那个音乐家爷爷谱的曲谱,打开那个宝盒。那位梁奶奶说因为'非典',刚解除隔离,不好意思请您和那位爷爷到她们那里。她想让她女儿去音乐家爷爷那里借一下曲谱用,用完就马上还回去。辛奶奶,她们说拿来以后让我弹,要打开那宝盒让大家看,我真的是挺怕的。要是弹不出来打不开,那不是麻烦了吗?"

"是啊,别说你,就是让我去弹我也得好好想想。终究我们不是谱曲子的人。这样吧,我正要给那个爷爷送饭去,我问问他,四五点钟我给你回电话。"

待辛雨芦走进谢云翮的小院时，眼前的情景让她惊呆了。小院扫得一尘不染，院中的青砖甬道上还印着泅湿的水点，空气没有一丝燥气，倒有几分润泽和清新。院中花叶、草叶和花瓣上都挂满了晶莹的水珠，在阳光照射下闪着七彩的光芒，小院显出了勃勃生机。在正房和她曾住过的北房房檐下，还新挂上两盏欧洲古典式廊灯。这谢云翮是搞什么名堂！辛雨芦一边想着一边敲响了正屋房门。

"请进吧。"

辛雨芦刚迈步进屋，心里又是一惊。房间收拾得干干净净，每件东西都摆放得井然有序，空气中还弥漫着淡淡的香水味。这味道是她一生也不会忘记的！同样，这味道是近几十年来她也未再闻到过的。这还是她在巴黎留学时喜欢的一种香水的味道。那时她每天都要擦一点，她最喜欢它那特有的紫罗兰和玫瑰花的淡雅幽香。懂香水的人都知道，无论男人、女人，擦香水绝不能擦多了，多擦则俗，也不能少擦，少擦则贫气，且不能持续到它应坚持的时间。香水只有在似有似无，身边的人在保持一定距离时仍能嗅到一点淡淡的幽香才是恰到好处。而谢云翮的屋中恰好给人这样一种感觉。辛雨芦瞥了一眼谢云翮，趁他没注意深深地吸了一口气。

"喝杯水吧。"谢云翮递过一杯水。杯子已不像她第一天来这里看到的那样挂满茶垢，而是洗得异常透亮。

"今天你怎么这么闲在，有时间收拾屋子院子了？"

"啊，曲子谱出了，心里高兴就收拾收拾。"其实，谢云翮不仅是收拾收拾。为了迎接辛雨芦来，他先是隔半小时就往花上、地上洒一回水，三点钟过后更是十五分钟洒一回，香水也喷了三四回，还不敢喷多了。香水如果多得呛人鼻子，反会招人讨厌。从下午两点起他就坐不住了，一直在屋中转悠，这儿擦擦那里码码，就等着辛雨芦的到来。

辛雨芦喝了一口水说:"你坐下,我先跟你说件事。"她把方海琴讲的明天的事情又细说了一遍,最后说道:"这几乎是人命关天的事,你看,曲子有把握吗?"

"曲子应该没问题。瑞士工匠们做密码只是为了保护宝盒不被外人打开,而不是为了难为它的主人。而且,那些曲子都起源和脱胎于隐修院里的古代神曲、圣歌。故意瞎编不仅是对神的亵渎,也会使音乐不美。那位梁女士哼的那几段,也让我更有了信心。当然,也不能排除有特殊情况。"谢云翮停了一下,轻轻地抿了一小口茶接着说,"至于明天嘛,我肯定是要去的。一来,我一个老朽了,我怕什么?二来,能亲耳聆听那古老的神曲,又是自己破解的,这机会我怎么肯错过。而且,万一有什么问题我当时还可想办法。我也很想亲眼看看那个宝盒。看见它,就如同看见卡恩他们,我的那些老朋友,也如同见到了那位为国家捐躯的梁先生,他也一定很懂音乐。不过,雨芦,你就不要去了。让你的学生告诉我地址就行了。"

"为什么我去不得?你是老朽了,我是什么?"辛雨芦脸往下沉,厉声问道。

"我,我,我们不一样嘛。我本来前两天都差点回老家的人了。你呢,这两天刚冒险救了我,这么劳累,我是想,那里不是有'非典'才隔离的吗,还是安全第一,你得保重自己。"

"不行,我一定要去。你去我就去。"辛雨芦的语气十分强硬,没有一点商量的余地,她也没有更多的解释,辛雨芦又成了往日那个厉害而倔强的辛雨芦。可谢云翮却在这严厉的语气中感受到了温暖,恰如这五月间驱走寒气的春风,让人陶醉其中。

"那,也得人家同意呀。现在是让大家越疏远越好。"

"你是不是想让我疏远你呀?"辛雨芦仍是步步紧逼。

"不是的啊,不是的啊。"谢云翮神情慌张地说完这两句不算完,还用法语又补充了一句"绝对不是"。

这句久违的法语，倒是让辛雨芦感觉很受用。想当年，她与谢云翮在塞纳河边散步，他们常常用法语交谈，而"绝对不是"那时也是谢云翮的口头禅。那时的谢云翮虽是木讷，但是从来对她言听计从，她稍微一吓唬他，他就是这句"绝对不是"。

"行了，我这就给他们打电话，你我都去。功劳也不能全是你一个人的呀！"

听了辛雨芦的这句话，谢云翮开心地笑了，他期盼多年的宽恕，他渴望而不敢奢望的爱情，好像五月细嫩的春风，不经意间已悄悄地来了……

下午吃晚饭前，胡大雷跑到刀疤老人的临街小屋前时，发现门是锁着的。"哎，怎么这么关键的时候不在家呢？"胡大雷无奈地抓住锁摇了摇。他茫然地向四周看了看，猛然看到依墙整齐码放的四大垛砖，对啊，他肯定又是去小洋楼捡砖了。胡大雷又朝小洋楼跑去。

当他跑到小洋楼的跟前时，简直不敢相信自己的眼睛。算起来离他们捡到宝盒到现在只有一周的时间，小楼围墙内外都已收拾得干干净净。院外的道路扫得不见一丝灰尘，路边的二月蓝、蒲公英、车前子经过昨晚的一场春雨，叶子都向上翘着，追逐着夕阳的余晖。院内再也找不到一块碎砖头、一件杂物，剩下一半的楼房的窗户竟然也锃光瓦亮。在碎鹅卵石铺成的甬道上，几只灰色的鸽子优雅地迈着方步。拆了一半的院墙也清扫得干干净净，再没有一块松动的砖头斜摆在上面，猛然看上去这院墙倒像是砌了一半停工了。虽然拆了一半的楼体还是有一些木条和钢筋支棱出来，但是也不再是横七竖八的，也都被捋顺了。这一切看上去是那么的让人怜爱、惋惜，驻足细细观察后又会产生一种心灵的震撼。它不是维纳斯的残缺美，也不是毕加索笔下轰炸后格尔尼卡愤怒的号叫，它更像一个酷刑下的忍者，已受百般凌辱，仍含笑而立隐忍不发，令任何残暴的对手在它面前都会不寒而栗。谁毁掉它，只能更加证明自己的愚昧和冷酷。而它的消亡也不会是失败，那一定是浴火而重生，其精神和灵魂将会永存！

正在胡大雷呆呆地看着的时候，刀疤老人竟然从小洋楼一层拆散的吊顶下钻了出来。还是手中拿着扫把，肩上背着铁垃圾篓。

"刀疤……路加爷爷。"

"小老弟，你怎么来这儿了？"

"您怎么钻进去了，多危险呀！"胡大雷没有回答而反问了一句。

"你以为就你能爬上去，我还没太老。告诉你吧，这楼，就是拆剩下一半，也比现在的新楼结实。"刀疤老人放下扫把和垃圾篓，掸了一下身上的尘土接着深情地说："小兄弟呀，自从1949年我离开这里，我这还是几十年头一次回楼里呢。可没想到它成了这样，对不起九泉下的梁先生呀。我就是一个半废物，给这小院和这小楼收拾收拾，也算是给梁先生尽个孝心吧。小兄弟，你怎么来这儿了？你还没跟我说呢。"

"我来这儿，当然是大好事了。"

"大好事？要不是那天遇到你们，我老头子的心早就死了，就等着进烟囱了，哪儿还盼什么好事呀。可这一遇见你们这群孩子，我这好像又活了过来。遇见你们，小兄弟，就是我的大好事了。"

"遇到您，也让我们懂了许多东西。要不怎么也想不到您整天扫大街……还有那么多经历，也才知道这小洋楼是这么回事。以前我还以为是住大军阀的呢。我奶奶也告诉了我许多梁夫人的事……先不说这些了，先说我找您的事吧，隔离明天就解除了！"

"隔离解除了？"刀疤老人一时脑子还没转过弯来。

"对，就是梁奶奶家。明天街道上让家属见面，明天上午在居委会开大会那屋。到时梁奶奶的女儿也会回来，要把那个宝盒打开。梁奶奶说也让您去！"

刀疤老人听完胡大雷的最后一句话，身体像触电一样猛烈地震颤了一下，全身的血液一下子又几乎全都涌到头顶，他感到有些眩晕，他扶住旁边的墙垛睁大了眼睛问道："你说小初，梁奶奶让我去？"

　　胡大雷对老人用力地点点头。

　　刀疤老人很长时间没有说话，他半转过身去，抬头望着拆了一半的小洋楼嘶哑地高声喊道："老夫人，梁先生啊，你们听到了吗？老太太啊，你的孙女就要看到你的信了……"

　　四周寂静无声，只有几只鸽子仍停留在窗台上"咕咕"地叫着，夕阳为小洋楼镀上了一层淡淡的金光，楼四周松软潮湿的土地，在一整天阳光的照射下蒸发出薄薄的雾气，将小洋楼笼罩在其中，使它更显得肃穆，如同神话中的古堡一般幽远地矗立在那里……

第八天

　　齐晋铭一大早就坐着市委专派的商务车来到了妇产医院宿舍区。他没有下车,让秘书把在现场指挥的秦公澍、梁世仑和吴朋雄叫到了车上。

　　"怎么样了?昨天熬得太晚了,头有点儿痛。小梁啊,现在还是'非典'呢,让这么多人聚在一起,不会出问题吧?"

　　"我们都做好防控措施了,而且各家全都是分开的和错时的。"

　　"噢。千万不能有闪失呀。"齐晋铭一边点头一边用双手揉着太阳穴,双眉仍紧张地拧在一起。

　　"齐书记,电视台待会儿重点录一个家庭,您看您接见哪家人?梁局长那里有详细的单子。"

　　"这个……你们是专家,还是听你们的意见。"齐晋铭迟疑了一下。

　　"要不参加这家吧,就是有一个外面的小女孩被隔离进来那家。多亏那个老大妈收留了她,要不然还真不知道怎么办。她父亲不是部队的吗,听武装部的王部长今早儿说,可能霍司令员还要来?"

　　"啊,老霍要来呀?噢,那天他是光在电脑上露面了。早听说这老哥爱兵如子,果然名不虚传。'非典'后我就没见着过,他要来,我还是陪他吧。"

"好,我们再准备准备,您在车上再休息休息,那一家时间比较靠后。"秦公澍点头答道。

"对了,我准备了一篇今天的'新闻稿',您看看。"吴朋雄也跟了一句。几个人留下,齐晋铭一人下车,各干各的去了。

同样在早晨八点整,一分钟也不早,一分钟也不晚,裴仲昆出现在霍炜明办公室门口。大门敞开着,可以看见霍炜明和政委聂云风笑着聊着什么。

"报告!"裴仲昆整理好军服,笔直地站在门口喊道。

"啊,进来!哈哈,知道我们叫你来啥任务吗?"霍炜明尽量忍住脸上的笑容对走进屋的裴仲昆问道。

裴仲昆向两位领导敬了个标准的军礼:"猜了半宿,是不是外省市有严重的疫区让我们旅去?"

"猜远了,'非典'已经出现败势了。还可以告诉你一个秘密,治疗'非典'的疫苗已经研制出来开始试验了。"霍炜明激昂地大声说道。

"真的,这真是太好了。那叫我来……"

"让聂政委给你传达吧!"霍炜明神秘地向聂云风递了个眼神。聂云风无奈地笑着摇了摇头,转过头严肃地对裴仲昆喊道:"裴仲昆!"

"到!"

"今天上午由我和你陪霍司令员去妇产医院宿舍区接你闺女回家,马上出发。"

"是!"裴仲昆喊完这一声"是"后,才反应过来他"任务"的内容。他脸上的表情全都变了形,似笑却又更像哭。昨天晚上莹莹妈给他打来电话,让他请假和她一起去接女儿回来,他不断地向她解释有重要任务要去军部,结果爱人又是掉眼泪又是臭骂他,可今天自己这……

看着霍炜明和聂云风仍严肃地绷着的脸，他也不敢说什么。等坐到越野车上，车子快速地驶向城里时，裘仲昆实在是忍不住了："霍司令员、聂政委，你俩怎的不早告诉我呀？昨晚上我老婆好一顿向我发火呀。再说，她一个小毛孩子，也不值得你们两位领导关心哪！"

"怎么不值得，就你是天底下第一是吗？"

"我没那意思。"

"我们不来，你能在你老婆那里挺起腰？"

"我在家还是有一定地位的。"

"你吹吧。"

聂云风插进他们俩的对话说："不光是接你女儿，更主要的是看望一下那位收留你女儿的老大娘，她是和平时期的拥军模范呀。"

"有机会呀，你得好好谢谢人家。"霍炜明一改往日的严肃，语重心长地说了一句。

"是，是。"

"裘旅长，你还不知道吧，咱们霍司令员小时候就是寄放在老百姓家里养大的。"

"啊？"

"新中国成立时，我都六岁了，是由我养父母陪着我坐驴车到的北京，才知道谁是我亲生父母。哎，可再回去时我已经十七八岁了，还是参军后自己偷偷儿直接从部队跑回老家的，那时我养母已经去世了。"

"我听说霍司令员曾几次接他们来北京，他们都不肯。"参谋张晓光插嘴道。

"你们体会不到，中国的老百姓真的是世界上最好的老百姓。我结婚时，我们两口子去乡下想接我养父进城住一段，他是死活不肯。

那时候，军民鱼水情绝对是真的呀！"霍炜明动情地感叹道。

辛雨芦一大早就赶到了谢云翩家。站到小院大门口，她整理了一下衣服和头发，心里竟有些莫名的紧张。昨天吃完晚饭收拾完屋子她才走，临出门时，谢云翩仍以惯有的柔弱的语气和声音劝道："都这么晚了，外面还有'非典'，你要不还住对面吧？"辛雨芦抬头看了一眼对面曾住过的北房，随后低头平静地说："我还是回去吧，明早我再过来。"

原本以为终生不再会有什么联系了，可这几天来她已是第三次来到这小院了，而每一次来都对这里多了一分喜爱，离开时又多了一分牵挂。她轻轻叩响了生满铁锈的门钹，门钹上小铁片与扶手的撞击声，在这寂静无人的胡同里显得格外的清脆，一对被惊扰的小麻雀扑棱着翅膀从房檐下猛地飞了出去，落到街对面一棵树冠巨大、枝条茂密的老槐树上。辛雨芦目送它们隐身于这一团浮在空中的淡绿色茸团中，才在心里踏实地轻轻说了一句："对不起！"

她随谢云翩走进院里，厢房前那一小畦玫瑰开得正艳，随微风卷起的一阵阵似有似无的香气，让她忍不住蹲了下去。"你去准备一下咱们就走吧，我不进去了。"她嗅着玫瑰花的清香说道。

"啊，我还有件东西想给你看呢。"

"什么东西呀？"谢云翩的话又让辛雨芦刚平缓下来的心有些紧张了，莫名的，她有些怕老进谢云翩的房间了。

"你进来看看。"

辛雨芦只好跟谢云翩走进屋去。

"你看这个。"谢云翩说着从折叠方桌上拿起两个小铁环分别套在自己的两个食指上。铁环是用家用的铁丝绞拧成的，各有一个突起的小结，样子很像镶钻的戒指。只不过谢云翩是把"钻石"转到指肚下面。谢云翩走到钢琴前把琴盖打开，用"钻石"轻轻按下琴键，那"宝盒"的后半段乐曲又从他两个指尖下舒缓地流淌出来。

"你是怎么做的？"辛雨芦惊喜地问道，"别把琴键扎坏了。"

"不会的，我全都磨圆了。"谢云翮站起来，把两个指环摘了下来，"我那个隐修院的瑞士室友卡恩去世前曾送给我一套手工制表的工具，没想到今天用上了，还能去解开他们同胞留下来的谜语，你套套试试。"

辛雨芦接过来看了看，做工的确堪称精巧。她猛然觉得这一对指环更像一对婚戒，她无意识地在自己无名指前比画了一下，一股无名的伤感袭上心头，她轻轻地摇了一下头没再往上戴，怅然地低声说："不试了，赶快走吧。"这一切谢云翮全都看在了眼里，他默默地收拾好指环，一个信念已在心中默默而坚定地形成了。锁好门戴上口罩，他跟着辛雨芦走出门去接受真正的考验。

胡大雷戴着奶奶给他做的加厚口罩与同样戴着口罩的刀疤老人一起走在通往妇产医院宿舍的胡同里。由于是"非典"时期又是清晨，胡同里一个人影都没有。走了一会儿，刀疤老人先把口罩摘了："太不舒服了，这里哪儿会来'非典'呀。"他把口罩放进裤兜里，有些担心和胆怯地说："戴着口罩，待会儿小初看见会不高兴的，也认不出来我了。"

"您今天真的是与平常不一样，我都有点儿认不出来了。"胡大雷又仔细地打量了一番刀疤老人。平常他的头发如干草般堆在头顶，并有一部分遮在额前，以挡住额头上深深的疤痕和他那双因悲愤、无望而显得有些深邃、阴森的眼睛。这双眼睛以前只愿意看街道上、地上的土、脏东西，看损坏的自行车，而不愿意面对人。而今天，他的头剃成了利索的板寸，目光中也充满了渴望和友善。身上没有了从不离身的垃圾篓。上身穿上了天蓝色的长袖T恤衫，下身穿着裤线笔直的深棕色纯棉休闲裤，脚上蹬着一双带气孔的休闲皮鞋，整个人透着那么一股精气神。"鞋是缎库胡同剃头老冯头儿给的。"刀疤老人低头看着自己锃亮的皮鞋不好意思地解释道。

当他昨晚到缎库胡同老冯头儿家剃头时,老冯头儿既不相信自己的耳朵,也不相信自己的眼睛。当他确认是真的后高声说:"老兄弟呀,你早就该找我,我们都在这儿一起长大,在这儿待了一辈子,这个世道欠你的,你不欠这个世道的。就冲你几十年给咱这儿扫地、修车,这头,我分文不取!我们都是手艺人,我要让你的头显出我们手艺人的骨气来。"剃完头,老冯又使出平生的本领为刀疤老人仔仔细细地刮了脸。刀疤老人再看镜子里的自己时,由衷地感到自己真的像换了一个人!老冯头儿得意地收拾着家伙说:"剃头刮脸,倒霉不显。老兄弟,咱们的好日子就要来了,要好好活着呀……"临别,老冯头儿死说活说地把这双鞋塞进了他怀里。回家路上刀疤老人又绕道走到小洋楼前:"梁先生,我要重新活一回了,我要见到小初,见到您的女儿了。"两行热泪扑簌簌滚落在面颊上……

胡大雷和刀疤老人没费什么劲儿就进了妇产医院宿舍区。警戒的警察问了姓名,打了梁奶奶家电话就放他们进去了。毕竟没有什么人没事愿意往隔离区里闯,今天家属会面的事也不是尽人皆知。进了宿舍区后,两人都不约而同地紧张起来,步伐明显地有些慌乱,不约而同地攥住了对方的手。"刀疤……路加爷爷,你待会儿别紧张。"胡大雷的话是在安慰老人,也是在给自己壮胆。"没,没事,有大家在呢。"刀疤老人的话已有些结巴。

当他俩走进社区居委会的会议室时,里面还是空无一人,他俩是最先到的。"你们先坐下喝点水,等人齐了,就会通知楼上,让隔离区里的人下来。"居委会的一位中年女同志把他们让到了长桌旁的长椅上。胡大雷和刀疤老人紧挨着坐了下来。这会议室的中间的特大号长方形大桌子,明显是几个桌子拼凑的,上面盖了绿色的天鹅绒倒也看不出来,而桌旁的长椅子也不知是从哪个会议室临时挪过来的。会议室的两个斜对角放着两台立式空调机,全都打开着嗡嗡作响。

胡大雷刚一坐下又猛地站了起来，李一凡竟然在另一个中年妇女的陪同下走了进来，那人并不是李一凡的母亲，李一凡的母亲，胡大雷认得。李一凡进屋后愤恨地看了一眼胡大雷，没有打一声招呼就独自一人坐到了另一把长椅的另一头。"李一凡，人家没通知让我告诉你。"胡大雷自知理亏走到了李一凡跟前，"现在'非典'还没完呢，我真的是一片好心才没告诉你。""谢谢你的好心。'非典'没完呢，你怎么来了？"李一凡没好气地瞥了一眼胡大雷。"真的是人家通知只让我一个人来，你看，我连廖老师都没告诉。我要是告诉了你，你再进不来，那样你更伤心了。对了，谁让你来的呀，你怎么也没告诉我呀？"胡大雷的声音调门慢慢抬高了，反问了一句。李一凡听到胡大雷的这句问话自己也乐了。"那你就甭管了，反正我是比你后知道的，你是先知道没告诉我。"

"你怎么知道我是先知道的，裘莹莹什么时候找的你？"胡大雷开始步步紧逼。

"你先说你几点知道的？"李一凡也不示弱地反问了一句。

刀疤老人走过来笑着劝道："你们俩呀，别相互埋怨了，不告诉对方都是出于好心，要怪只能怪'非典'。现在既然都来了，就坐到一起，别待会儿让你们那个女同学看出你们俩吵过架。"

听了刀疤老人的话，两人谁也没再说什么。李一凡虽是对刀疤老人的出现，尤其是胡大雷与刀疤老人搞在一起感到十分不解，可还是挨着胡大雷坐下了。

"裘莹莹还拿着那个宝盒呢吧？今天一起带走吧？"李一凡有些不放心地问道。

"那宝盒还有许多你不知道的事呢……"胡大雷又来了精神，开始一刻不停地把自己所知道的向李一凡眉飞色舞地讲起来……

正在他俩聊得起劲儿的时候，裘莹莹的母亲、方海琴、谢云翮、辛雨芦一起走了进来。

方海琴一眼就看到了胡大雷和李一凡。她兴奋地一手拉住裘莹莹母亲的胳膊，一手指着他们俩说："二姨，他们俩是表妹的同学，那天我们四个一起上山上玩儿的。"说完她扮鬼脸吐了一下舌头，又接着对他俩说，"这是我二姨。"

胡大雷二人此时都已心虚地涨红了脸，两人站起来低声道歉："阿姨，您好！对不起！"说完就站在那儿低下了头。

"不怪你们，以后小心点儿就行了。"

屋里一下子安静了下来。过了有十几秒钟，莹莹妈终于心平气和地又开口了："谢谢你们俩来接莹莹，这回你们父母知道吧？"

"我爸特意送我到这个小区门口的，现在还在外面等着呢。"李一凡抢先一步答道。

"我和这位爷爷一起来的。"胡大雷指了一下身边的刀疤老人。刀疤老人冲来人微微地点了点头。刀疤老人脸上深深的刀痕还是把莹莹妈、谢云翮、辛雨芦三个人吓了一跳。三个人只是下意识地"嗯"了一声。谢云翮尽量保持冷静沉稳地说一句"您好"，算代表同来的人打招呼了。

"这是我老师辛教授，这是我老师找的音乐家谢教授。"辛雨芦听到方海琴的介绍，不服气地娇嗔地瞪了一眼谢云翮，谢云翮故作委屈的样子，无奈地摇了摇头。

而方海琴的话却让对面的三个人全都睁大了眼睛，而目光又全都落在了谢云翮脸上。

"教授爷爷，您真的像胡大雷说的那样，能用音乐开那个宝盒？宝盒里真有宝贝？"李一凡率先问出了三个人都想问的问题。

"我尽力而为吧，任何事情都有规律可循。"谢云翮回答时有意识地退了一步，站到了辛雨芦的斜后方。

"是不是电脑编程似的，那些人都编好程序了，您把程序破解了？"李一凡仍不死心地追问了一句。

谢云翻看了一眼辛雨芦没有说话，用眼神示意辛雨芦回答。

"人家问你这个大音乐家呢。"辛雨芦偏偏又向旁边迈了半步，让出了谢云翻。

谢云翻苦笑了一声："差不多吧。"

这时霍炜明和齐晋铭走了进来，梁世仑、聂政委、裘仲昆几人紧随其后。

"老裘，你?!"看到走进门来的裘仲昆，莹莹妈吃惊得几乎不敢相信自己的眼睛。"你不是有任务吗？"她的声音不经意间提高了八度。

"大妹子，他的任务是我安排的。"霍炜明说完看了一眼窘得面红耳赤说不出话来，用乞求的目光看着自己的裘仲昆，又慢条斯理而郑重地说："他的任务就是在我和聂政委的陪同下，一起来接你们的女儿回家！"

莹莹妈听了霍炜明的话，没有说话，低下头，泪水悄然从眼眶中溢了出来。霍炜明向裘仲昆使了一个眼色，裘仲昆走过去扶着妻子坐下，用手拢着她的肩头轻轻地说："好了，咱们一家人马上就要团聚了。现在这个'非典'时期，霍司令员也是请示、说服了上级同意，我们才出来的。事先谁敢打保票呀。"

莹妈妈悄悄地伸出手在裘仲昆的大腿上不轻不重地拧了一下，又故作生气地瞪了他一眼。裘仲昆知道这一关又算过去了，压低了声音说："疼啊，霍司令员旁边的那个可是市领导。你看那边正架摄像机呢，那你可小心……"

"回家再跟你算账。"

"请她们下来吧，大家都等不及了。你们两个都急着看女儿吧。"已经落座的齐晋铭大声地说了一句。

"谢谢领导，真不敢当，还惊动了你们。"莹莹妈站起来感谢道。

"唉，你们能配合市政府的决定，也该表扬啊。"

"你女儿和那位老大姐都了不起呀。"

"她们来了。"正在齐晋铭和莹莹妈两人说话间,不知谁喊了一句,屋子立刻变得鸦雀无声了。

梁奶奶提着一个简易的旅行包走在前面,裘莹莹抱着一个用色彩绚丽的丝巾裹着的方盒子。"那肯定是宝盒!"李一凡小声地对胡大雷说了一句,胡大雷拉了一下他的手示意他别说话。

齐晋铭和霍炜明互看了一眼都站了起来向门口走去。

"这是霍司令员,这是齐书记……"跟在梁奶奶身后进来的秦公澍紧走两步赶到了两拨人中间,为梁奶奶引见道。可他的话还没说完,就被另一个声音盖过去了。

"妈,爸,海琴姐……"裘莹莹大步绕过前面的梁奶奶、齐晋铭等几个人,伸出双臂把爸爸、妈妈和方海琴搂在了一起,脑袋扎在爸爸和妈妈两人之间,泪水如初春解冻的泉水般涌出,"呜呜"的哭声引得全屋的人为之动容。

"好了,好了,莹莹,同学还在旁边呢。""人家冒着'非典'危险来,你得跟人家打个招呼呀,不能光顾自己呀。"裘莹莹的母亲和父亲一起劝道。慢慢地,裘莹莹的哭声变成了轻微的抽泣。她走到胡大雷和李一凡面前,羞涩地低着头说:"谢谢你们!"胡大雷和李一凡直挺挺地站了起来,谁也不知道说什么,两人互望了一下,都希望并用眼神示意对方先说点什么。

"你什么病都没得吧?"李一凡先打破了僵局,可说完又发觉自己的话有问题,又赶紧跟了一句,"看你挺健康的,今天就彻底回家了吧。"

"嗯,梁奶奶照顾我照顾得特别好。"

"等'非典'结束了,我们再去找你。"胡大雷跟了一句。

"现在她家长最怕的就是你。"李一凡小声嘟囔了一句。

"才不是呢,我爸打电话还说这一次让我成熟了呢。"裘莹莹白了一眼李一凡忍不住说道。

"可不是吗,还有意外收获呢。"李一凡冲着放在桌上用丝巾裹着的宝盒挤了挤眼睛。

裘莹莹看了一下丝巾裹着的八音盒,猛然意识到了什么:"先不跟你们说了。"她转身走回到桌子的另一侧,坐到了梁奶奶身边,把八音盒放到了梁奶奶的面前:"梁奶奶打开吗?"

"等等吧。"

除了站在墙角的一名端着相机照相的工作人员,屋里其他人全都坐下了,每人面前还放了一瓶纯净水。

齐晋铭坐在长条桌的顶头。桌子靠里一侧分别是吴朋雄、秦公澍、谢云翮、辛雨芦、方海琴、李一凡、胡大雷、刀疤老人。桌子靠门口一侧分别坐着霍炜明、聂政委、裘仲昆、梁奶奶、莹莹妈、裘莹莹、梁世仑和一位居委会的工作人员。

"同志们,今天咱们这算什么呢,"齐晋铭看人都坐下了就开始了开场白,"说是欢送会也行,说是庆功会也行。前面已走了几家了,咱们是最后一家。这个隔离区的隔离就算告一段落了。不管怎么样,咱们这儿隔离期间一例疑似病例都没有,大家都平平安安地过来了。这比什么都重要。这全靠大家对市委市政府决定的支持和信任,我先代表市委市政府对大家表示感谢。"待一阵掌声过后他又接着说,"大家知道,虽然咱们的医学家快研究出'非典'疫苗了,发病率也开始下降了,可咱们还不能掉以轻心。今天的见面是个特例,咱们也不大张旗鼓地宣传。这里完了事以后,大家还是在家再好好休息一段时间。现在休息就是和病毒做斗争。"他侧过头看着霍炜明说:"这也全靠咱们的解放军同志呀,重要的岗位全是靠咱们的解放军战士把握着呢。"掌声又一次不约而同地响起。霍炜明站了起来,聂政委和裘仲昆也马上跟着站了起来。三人异常整齐地向全屋人行了一个标准的军礼。热烈的掌声把小会议室的窗户都震得"呼呼"直响。这时，胡大雷的父亲胡生勃和吕玫苑各自拿了把折叠椅悄悄地走了进来。胡大雷看见了刚要叫，胡生勃把食指放在嘴上轻轻地"嘘"了一声，又摆了摆手，示意胡大雷别起来，就和吕玫苑坐在刀疤老人旁边。

"霍司令员，您说两句吧。"

"好。首先得感谢北京所有地方上的同志，我们能完成好每一项任务都得到了大家的支持。"说完这句话他双手抬起来在胸前摆了一下，示意大家不要鼓掌，"其次啊，我代表我自己和我们所有的军人感谢这位老大姐，您是我们真正的坚强后盾。"霍炜明真诚、深情地看着梁奶奶说道。

"您这位首长太客气了，都是一家人。谁赶上都会这样做的。"

"妈。我来晚了吧。"梁奶奶的女儿拖着一个拉杆旅行箱，风风火火地闯到了门口。

梁奶奶闻听声音急忙回头，看见了刚闯进门口满脸是汗的女儿，不知从哪里来的一股力量，"腾"的一下就站了起来。"妈妈！"没等母亲移动地方说出话来，梁继慈扔下拉杆箱，一个箭步冲上去，一把将母亲紧紧地搂在怀里。母女二人的泪水像雨线不停地落在对方的肩膀上。

"好了，好了，那是咱们的市领导和部队的首长们。"梁奶奶轻轻地拍了拍女儿的后背，"这是我女儿，一直在国外，刚回来。"

"梁教授，欢迎您回来呀。"梁世仑走过来紧紧握一下梁继慈的手，又转身对齐晋铭说："齐书记，这是咱们市第一医院的梁大夫，前一段时间赴美国进行学术交流。"

"回来得正好啊。"齐晋铭一语双关地说道。他又冲桌子另一头居委会的女主任喊道："加把椅子。"

"谢谢！"梁继慈接过递过来的椅子挤在母亲的身边坐下，顺手把身上原本就敞开的风衣脱了下来，掏出纸巾擦了擦脸上的汗，梳理了一下头发。

"今天是个大喜的日子,各家都团圆了。老大姐,您看您还有啥要说的,需要我们做的,尽管说。"齐晋铭又转身对梁奶奶说道。

梁奶奶身子往起挺了挺,看了看面前用丝巾裹着的宝盒,又往对面一排人扫了一眼,目光最后在刀疤老人那里停顿了一下。

"其实,本不该耽误大家太多时间,尤其是这'非典'的时候,又挤在一起。可今天,许多人是特意给请过来的,我女儿也是我特意叫回来的。"梁奶奶用一只手抓住了女儿的双手,梁继慈明显感到母亲的手有些颤抖,她反过来又紧紧用双手把母亲的手捧起来握住。

"请大家来,就是请大家帮忙见证一件五十多年前的事儿。这事说小也小,就是我们自家的事,可它说大也大,关系到在座的一个人的名节。看看老天是不是真冤枉了他,还是他害了人。"她又看了一眼刀疤老人。刀疤老人的脸紧紧地绷着,双眉微微地皱在一起,原本黢黑的脸已有些惨白。"继慈,这件事也关系到你的身世。"梁奶奶的话让梁继慈仍有泪渍的脸上充满了狐疑,她用充满血丝的眼睛迷茫地快速地看了一下四周的人,最后又落到梁奶奶的脸上,梁奶奶的脸如冰冻一般毫无表情。梁继慈的双手抓得更紧了,不停地揉动着。梁奶奶也用力地抓住了她的手。母亲手中传来的热流和力度,使她惊恐的心安稳了许多。母亲松手后,她仍紧紧地攥着母亲的衣摆,搂着母亲的腰,像是唯恐一撒手,母亲就会离自己远去。

梁奶奶慢慢地打开了绚丽的真丝围巾,宝盒露了出来。在从后窗照进的一缕阳光和头顶的日光灯的映照下,宝盒光亮的镜面和雕花向外反射出耀眼的光芒。盒顶带有花瓣般绚丽花纹的木板,在光照下也把反光映到了白色天花板上,如一朵朵光影的花朵竞相绽放。

齐晋铭、吴朋雄等几个人都几乎是要站起来,探着身子往宝盒这边看。胡生勃、吕玫苑则是站了起来,走近了两步。

"这盒子本是那边不远那座正拆的小洋楼主人的。那家男主人姓梁,夫人姓杨,新中国成立前他们收养了我,还教我学了护理。这宝盒是夫人的母亲——家中老太太的。本来几十年来一直藏在那座小楼顶棚的暗格中,不想前几天让这几个孩子无意中找到了。有人说它里面藏着秘密,今天就请音乐家给大家打开,大家给见证一下。老先生,麻烦您了。"梁奶奶朝着辛雨芦、谢云翮说完最后一句话,又站起来轻轻地弯下腰鞠了一躬,捧起宝盒要递过去。谢云翮连忙摆了一下手主动站了起来,与辛雨芦一起绕到了桌子另一侧梁奶奶背后。"孩子她奶奶,我叫谢云翮,这是辛教授,请您先让一步。"

梁奶奶在女儿的搀扶下站了起来,往旁边退了一步。

谢云翮横跨半步站到了宝盒面前,辛雨芦轻轻地帮他挪了挪椅子:"坐下弹吧。"

谢云翮整理了一下衣服,庄重地坐了下来。全屋的人都屏住呼吸,把目光投在了他的身上。

谢云翮从兜中掏出一张折叠整齐的写满曲谱的纸,慢慢地打开,在桌上摊平,放到了宝盒的前面,又掏出一个小纸包儿压在白纸的角上。

他抬头看了一下周围的人,微微点了点头,把宝盒缓慢地打开,屋里又是一阵轻微的骚动。远处的几个人又一次站了起来,胡生勃和吕玫苑干脆就悄悄走过来,站到了梁奶奶身边。

宝盒再一次奏响了那神奇而舒缓的乐曲。这乐曲在空旷的会议室里产生了特有的共鸣声,显得更加庄重和神秘……

乐曲又一次在最动听处戛然而止。不明就里的齐晋铭、霍炜明等人脸上,全都显出迷惑不解的表情。

"哟,坏了。"胡生勃忍不住小声说了一句,被吕玫苑瞪了一眼,就不敢再出声了。

谢云翮又环视了一下屋内所有的人,所有的人都在无声地等待着。他沉稳地打开他刚才放在桌子上的纸包,拿出里面的两个指环分别套在两个食指上。他回头看了一眼辛雨芦,再次抚平了放在宝盒前面的那张曲谱。

终于,谢云翙微低着头,仔细而小心地用指环上凸起如短钉的部分,一下一下真如弹琴一般,依照曲谱按下一个又一个细小的琴键。他的表情,仿佛这宝盒如同真的钢琴一般奏出曼妙的乐曲,他完全沉醉其中,仿佛他确实在弹奏着一支只有他自己听得见的心曲。

他的举措让身边除辛雨芦之外的人全都目瞪口呆了。琴键是那样窄小,指环上的"针尖"也是那样细小,而每弹一下都是那么准确,全都按在每个琴键最外端的正中央,而且还都把琴键按到了底部。如同正式的音乐会一样,他按下最后一个琴键后,把手高高地扬起。

会议室陷入了可怕的寂静中。所有人都默契地一动不动,一言不发。他们心中都感觉到要发生什么,而大多数人又不知道会发生什么。然而一秒钟过去了,两秒钟过去了,没有任何事情发生。辛雨芦不知不觉中攥住了谢云翙垂到桌下的右手。谢云翙感觉到她手心冰凉,全是冷汗。谢云翙抬头又看了一眼梁奶奶、刀疤老人,他们渴望而急切的目光让他的心跳也猛然开始加速、剧烈起来,他抬起左手按在胸口上,唯恐这心跳的声音干扰了宝盒。他又收回目光重新聚焦在宝盒上。三秒钟了,辛雨芦觉得这三秒钟比她五十年前在隐修院门前等待谢云翙三天的时间还难熬。她抓住谢云翙的手,本想给他支持和安慰,可当她握住谢云翙的手时,发现自己比他还紧张,传递给他的也是紧张和恐惧。她想松开手,可自己的手又反被谢云翙紧紧地握住。会不会有个别音符弹错了,要不再弹一回试试,辛雨芦心里正揣摩着,在谢云翙弹完曲子后第五秒钟时,宝盒突然再一次奏响乐声……

释然而激动的泪水模糊了辛雨芦的双眼,她没有去擦,她就在这如梦幻般迷离的景象中走进乐曲带来的世界。她仿佛又看到了崎岖的山路,云雾中若隐若现的峰顶和溪谷,感觉到自己又走在了五十年前在山中寻找、求索的路上，期盼相遇的路上。

而辛雨芦不会想到，乐曲给刀疤老人带来的情景几乎与她一样。当音乐响起时，他似乎又开车盘旋在通往寺庙的山上，耳边还回响着夫人的嘱托："不要管我们，去，去救梁先生！"

梁奶奶眼前闪现出梁夫人临终的情景：梁夫人躺在冰冷的长条凳上，因失血过多而冰凉无力的手搭在她的胳膊上，双眼已欣慰安然地闭上，用尽最后的力气嘱托道："小初，帮我，养大她……"

吕玫苑斜靠在胡生勃的身上，一只手伸到背后握着胡生勃的手，音乐让她想起了第一次在游轮上与胡生勃相遇的情景，他那时是船上的助理厨师。他夜晚溜到甲板上乘凉时，正好遇到几个醉酒的洋人要调戏她，她的一句中文"快来人啊，抓流氓啊"竟把他招来，他用北京昔日街头"小玩儿闹"最惯用的"大背挎"还真把几个醉鬼给撂倒了。当然，他的脸也被一记重拳打出了血。感激、敬佩和心疼，让她在没有任何准备的情况下一下子就与这个有点"痞"又不失责任心和上进心的男人陷入情网。以后他们每天晚上都悄悄坐在甲板的角落里谈天说地，直到她困得撑不住的时候。最后几天，他们一直聊天，直到她倚在他怀里睡去再被大海的浪涛惊醒。她本是带着伤痛和绝望上的船，而下船时她已充满了憧憬和期盼。而这音乐，似乎正是他们这一段经历的写照……

宝盒的音乐唤起了所有人最美好的、最刻骨铭心的记忆……

而这音乐又在结尾处让每一个人的内心归于平静，同时又在内心深处埋下了希望的种子……

当最后一个音符的回音在会议室中如云烟般慢慢散去后，宝盒轻微地"咔"地响了一声。梁奶奶第一个从音乐的幻景中回到现实，她整理了一下衣服，挺了挺腰，看了一眼身边的女儿："继慈，帮教授打开它吧。"她对一脸茫然的女儿肯定地点点头，"去吧，你最有这个资格。"

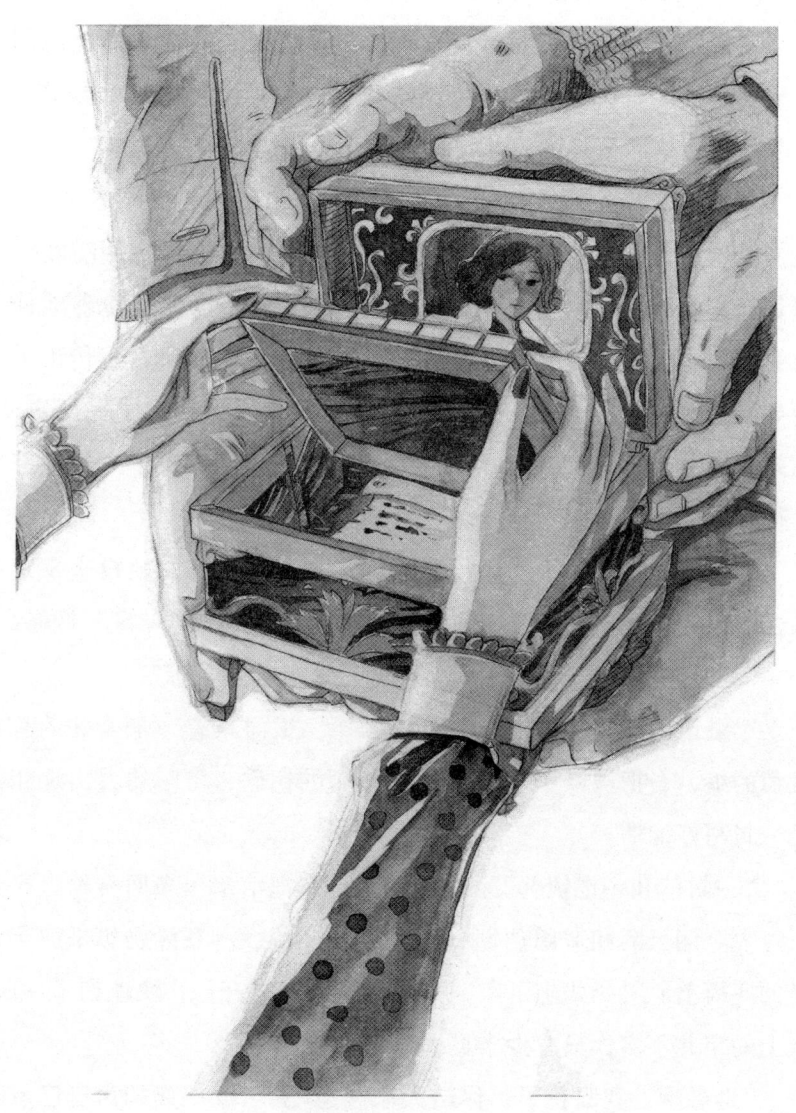

梁继慈的大脑几乎是一片空白，感觉到极度慌乱，这本不是一个医生应出现的现象。她按着母亲的话机械地两小步走到谢云翮身后，茫然地看着宝盒不知从何下手。

谢云翮刚才在弹奏时已经发现，宝盒最两边的两个琴键比别的琴键窄一半，而且它俩恰恰是比欧式古典钢琴多出的两个琴键。他用手指了指这两个琴键，并站起来让开了座位。

多年从事医务工作，让梁继慈努力控制住内心的不安和慌乱，她慢慢坐下，深深地吸了一口气，再舌抵硬腭，慢慢地用嘴吐出一口长气，她重复了两三次，让自己内心最终平稳下来，冷静地伸出双手，用大拇指的指甲按下那两头的琴键。"啪！"宝盒里传出了一声如同开锁时的响声，宝盒的整个"琴盘"好像弹起了一两毫米。这声音虽然十分轻微，可在场的人几乎都能听到，每个人仿佛都在等待着这个声音。

梁继慈又抬头看了一眼母亲和谢云翮，他们都向她投来肯定和鼓励的目光。她用拇指顶住两个琴键顶端侧面，把"琴盘"掀起。

"啊！"胡大雷、李一凡等人终于忍不住发出了惊叹。

梁继慈向前倾了倾身，往盒里张望。里面只有一张叠好的有些发黄的纸，一把被纸压着一半的极精巧的钥匙，可隐约看出那张纸是一封写好的信。

"一封信和一把钥匙。"她伸直胳膊先把信拿出来回身给母亲递了过去。谢云翮和辛雨芦回到了自己的座位，示意梁奶奶坐回到自己的座椅上。梁奶奶坐下来，小心地轻轻地打开信，快速扫了一眼。纸上的字并不多，只有少半页。

"继慈啊，我眼花了，你给大家念念吧。"梁奶奶的声音已有些微微的颤抖和那只有女儿能感觉到的哽咽，可她的表情依然保持着平静和刚毅："念吧。"她递过信，微微地闭上了眼睛。

宸湜吾婿：

　　知汝突遭变故，甚是担忧，然无良策可施。我视汝如己出，愿此下策可保汝之平安，此为要务。

　　汝见信时，吾与牧蕙应已赴台。其孕期近满，离此险地也非不可选之举。我已电告汝妻兄吾此行，并明日面见其人，劝其阻劫汝之人之莽行。求此一举或可救汝！汝为百姓免遭兵燹所做之事吾已早知，其凶险与不测属预料之中。路加所行所言均为吾所嘱，非其本意。其与小初均为我主钟爱之子，可为伉俪。

　　吾一家人再次团圆不知何日，万望珍重！

　　愿天父佑护众生！

　　母草书。

　　　　　　　　　　　　　　　　民国三十八年元月

　　梁奶奶仍然微闭着双眼，泪水不知何时已悄悄地从眼角滑落到脸颊上，无声地淌出，无声地滑落。

　　"妈妈……"梁继慈轻轻地呼唤了一声，这声音就被来自刀疤老人低沉而瘆人的哽咽之声所淹没。这声音如沸腾翻滚欲要喷发的熔岩，被虽有一丝缝隙却仍坚硬的地壳死死地盖住，如同汹涌澎湃的江水突然被高大的堤坝挡阻，只能在堤坝前打着漩涡哀鸣。

　　梁奶奶睁开因泪水而模糊的双眼，慢慢地站了起来："继慈，这是你的奶奶写给你亲生父亲的信。信中的牧蕙是你的亲生母亲。他就是路加。"梁奶奶说话间看了一眼仍在低声呜咽的刀疤老人。

　　"妈妈，你，这……"母亲的话让刚刚平静下来的梁继慈又一次感到自己像是被一根细细的绳索悬挂到百米高空上。

　　"这信是1949年1月写的，当时梁先生——也就是你的父亲，西边那座小洋楼的主人被土匪和特务绑架了。什么原因我不知道，只有路加和梁先生在一起。后来，路加对梁夫人说梁先生在办紧急事，让老夫人与夫人去机场与他会合，一起去台湾。夫人心里很是疑惑，可还是拿上家里东西去了。"说到这里，梁奶奶停顿了一下，用裘莹莹递过来的纸巾擦了擦仍不断流淌泪水的双眼。

"到了机场，夫人见不到梁先生不肯上飞机，逼问路加是怎么回事，他才说梁先生被绑架了。"梁奶奶说到此有些泣不成声了。

"妈妈不要说了吧？"已走过来的梁继慈一只手扶住母亲，另一只手为母亲揩干脸上的泪水。

待女儿把脸上的泪水揩完，梁奶奶将女儿按在旁边的椅子上坐下，把手继续压在她的肩头说："梁夫人当时已有身孕，听到这件事，她，她当时就早产了，生下的孩子就是你！我是罪人，当时没能救活你的妈妈。"

"妈妈，别说了，别说了……你不是罪人。"梁继慈扑进母亲的怀里，放声大哭。梁奶奶的身子晃一晃，抱住女儿，并以怀里的女儿为支撑依然站住了。

"夫人临终时最后一句话，就是……"梁奶奶再一次转过头去望着路加，"去救梁先生。可，可，梁先生……"

"梁奶奶，他去救了。他给我讲过，他的刀疤就是土匪砍的。"胡大雷的话使在场的人一惊。显然，这个场合不该轮上他说话。

可胡大雷的这句话却终于让刀疤老人悲苦至极的泪水决堤了。他号啕大哭起来："梁先生啊，我对不起你啊。梁夫人啊！"他的悲诉与梁奶奶和梁继慈的哭声混在一起，让在场的每一个人都忍不住掉下眼泪，而裘莹莹、吕玫苑更是已哭成了泪人。

霍炜明轻擦了一下眼角，首先恢复了军人的冷静和威严走到了梁奶奶的身边："老姐姐，你抚养了这么优秀的女儿，你对得起她的亲生母亲。"

他又走到了刀疤老人跟前："老哥哥，我知道你。我父亲跟我讲过梁先生和你的故事，他就是从山下救活你的那个部队的。你是对革命有功的。"

他又转向梁继慈："梁女士，你要坚强，你是烈士的后代。"

霍炜明的这几句话，让在场的人全都一惊。梁继慈和梁奶奶的哭声也小了一些。

"今天的这封信，告诉了人们一切。我父亲曾告诉过我，梁先生应该算北平和平解放的功臣。过去一直没有凭证确认，也一直以为他没有后人。没想到啊，他还有你这么优秀的女儿。梁先生在天之灵可以欣慰了。"霍炜明拍了拍梁继慈的肩头。

"是啊，是啊，还有一件可以告慰他们在天之灵的事情。前两天市委领导又视察了这一片拆迁区，特地看了那座小洋楼，专家们都说是难得的建筑精品啊。市委已决定不再拆了，还要把它修复好，作为文物建筑留给后人。梁妈妈，那位大叔，你们以前的功劳，这次抗击'非典'的功劳，人民都不会忘记的。每一次磨难，都会让我们更加坚强。"齐晋铭说道。

"谢谢领导。谢谢！"梁奶奶擦干了泪水抬起了头，"孩子，你父母、你姥姥若在天有灵，今天可以瞑目了。"

"妈妈……"

梁奶奶平整了一下衣服，走到了刀疤老人跟前："路加，我冤枉了你半辈子，对不起！"梁奶奶深深地给刀疤老人鞠了一躬，鞠躬时她快速地瞄了一眼刀疤老人，他脸上的刀疤，他伤痛到极点的双眼，让她揪心得几乎要心碎：几十年的冤屈，什么都不够补偿给你，什么都不够赎回我的罪过，上帝啊……

"小初……"刀疤老人仍有些哽咽、低沉，可这声音却已让梁奶奶感到摄人心魄，五十四年前，她曾在楼上听他在楼下压低嗓音喊她，那是要给她水果吃。五十四年前他曾痛哭着在她的房门外喊她，那是请她原谅他，听他解释。今天她又听到了这自己都不敢相信再会听到的呼声。

"你听到了吧，啊，梁先生是烈士。我再怎么冤枉也值。"刀疤老人的这句话，再一次让梁奶奶的内心震撼了。她顽强地直起身抬起头，直视着刀疤老人一字一顿地问道："路加，你真的这样想的？"

路加再一次擦干眼泪慢慢地抬起头，几十年来第一次双目直视他的"小初"，眉宇间充满了凛然正气。他看着她冲她深深地点了点头："永不后悔！"这四个字声音不高，却震撼了梁奶奶和在座的每一个人，这四个字好像掀翻了梁奶奶心中的一座山，并让山后耀眼的光芒豁然直射心底。

梁世仑走了过来："大爷，大妈，'非典'疫情一结束啊，二老今后还有的是时间叙旧。现在终究疫情没解除，大家不能老聚在一起，也不能太疲劳了，要保持免疫力呀。"

"耽搁大家了，对不起。"梁奶奶恢复了常态，歉意地向屋里的人鞠了鞠躬。

"我们也受了一回教育，孩子们要好好珍惜呀。"霍炜明冲着几个小孩说道。四个孩子似懂非懂地点了点头，不约而同地又默契地互望了一眼，眼光中充满了对彼此的信任。

"您看，齐书记，是不是……"

"是啊，该让老人们回去休息一下了。裘旅长，你一家人今天可以好好团圆了，是吗，霍司令员？"

"你发话了，我还能不准。裘仲昆！"

"到！"裘仲昆"唰"的一下站了起来。

"特批回家团聚一天，明天早晨归队。"

"是。"

"谢谢首长。"莹莹妈刚刚轻轻说完这句话，就被霍炜明的笑声羞得双颊通红，深深地低下了头。

"这宝盒……"一直未作声的吴朋雄提醒道。

"梁大妈,齐书记,霍司令员,两位教授,我作为孩子的家长斗胆说一句,宝盒里的信件已说明了,这宝盒是梁大夫的长辈留下来的。就应该是属于她的,这也是她唯一的遗——纪念物了。"裘仲昆扶着裘莹莹的头非常严肃地说道。

"对,这是物归原主,没有什么可说的。梁大夫,你拿好吧。"

"齐书记,本来我不能做主,可我想我的妈妈也不会反对我的意见。我在这里向在座所有人承诺,我和我的家人都不会占有它。希望组织能调查清楚我父亲的死因,组织做出结论的那一天,我会把它捐给博物馆,让它永远证明那段历史。"

齐晋铭:"放心,秦秘书长,一定让党史办和档案馆的人下力气调查。"

秦公澍:"好的,一定办好。我会让他们再走访一些老同志。"

齐晋铭:"那咱们今天先到这里,老姐姐,老哥哥?"

"听领导的,现在'非典'不方便,赶明儿请你们到家里来做客。"梁奶奶又深情地对谢云翮、辛雨芦等人望了一眼。辛雨芦在与梁奶奶眼神接触的一刹那,快速地用自己的目光将梁奶奶的目光引导到了刀疤老人身上,并暗示地点了点头,梁奶奶会意地闭了一下眼,这一切并未被其他人所察觉。

"我们一定都去!我可记住您的话了。"霍炜明真诚地对梁奶奶说道。

众人都闪出门口,让梁奶奶和梁继慈先走。梁奶奶在梁继慈的搀扶下朝门口走去,双手紧紧地抱着丝巾包裹着的宝盒。走到门口,梁奶奶忽然停住了脚步,回头用目光找到跟在人群后面的刀疤老人:"路加,你愿意跟我们回家看看吗?不过我们还要隔离一段时间。"

梁奶奶的话音刚落,别人都还没反应过来,站在刀疤老人身边的李一凡就插嘴道:"您还不跟着一块隔离进去就得了。"说完他又意识到自己的话欠思考,赶忙又用手捂住了嘴,往刀疤老人身后躲。

他的话先是让大家一愣，随后引起了附和的笑声。

齐晋铭用询问的目光看了一眼梁世仑。

"危险性不大，也不算违反规定。"梁世仑又回头看了一眼神情有些慌乱的刀疤老人，"不过，得上级批准和您本人愿意啊。"

"我批准了，路加老哥，你愿意吗，那可是半隔离区啊。我们是天天跟'非典'打交道，豁出去了，你老哥呢？"说话时齐晋铭一只手拍在了刀疤老人的肩头，说完话手上加了点力，轻推了一下，给刀疤老人一个明确的暗示。

"我不怕，隔离一辈子都不怕。"

胡大雷第一个侧过身来冲刀疤老人使劲地鼓起掌来，他的举动带动身边人也都用力鼓起掌来，并自动给刀疤老人让开一条路。刀疤老人带着憨憨的幸福的笑容朝门口外的梁奶奶母女走去……

正午的阳光从后窗照射进来，恰好为刀疤镀上一层金色的光晕，老人挺起五十多年来都未在人前挺起过的腰，仰起了五十多年都未敢在人前仰起的头，拉住了梁继慈伸过来的手，朝门外走去……

尾 声

在这喜悦的气氛中，众人谁也没有注意到，在门口外窗根儿下，一个看上去七十多岁，身材干瘦的老头，头戴草编礼帽，穿着一身淡黄色亚麻西服，手拄拐杖，瘸着一条腿站在那儿，正用一双阴鸷的眼睛看着走出门来的刀疤老人，同时，又死死地盯了一眼梁奶奶抱在怀中的宝盒，自言自语道："刀疤老头儿，哼哼，终于找到你了。"他又扫视了一下陆续走出来的所有人，"哼，一群废物，就不知道想想那宝盒里的钥匙是干什么的?!"

2011年9月完稿于江苏高邮

图书在版编目（CIP）数据

废墟中的宝盒 / 沐风著．

—北京：北京燕山出版社，2014.8

　　ISBN 978-7-5402-3574-1

Ⅰ. ①废… Ⅱ. ①沐… Ⅲ. ①长篇小说—中国—当代

Ⅳ. ①I247.5

中国版本图书馆 CIP 数据核字（2014）第 166738 号

废墟中的宝盒

著　　者：沐　风
责任编辑：夏　艳　刘一丹
封面设计：柏拉图
内文排版：北京麦莫瑞文化传播有限公司
出版发行：北京燕山出版社有限公司
社　　址：北京市西城区陶然亭路 53 号
邮　　编：100054
电话传真：86-10-65240430（总编室）
印　　刷：三河市灵山红旗印刷厂
开　　本：710mm×1000mm　1/16
字　　数：210 千字
印　　张：17.5
版　　次：2014 年 12 月第 1 版
印　　次：2014 年 12 月第 1 次印刷
ISBN 978-7-5402-3574-1
定　　价：28.00 元